Ausführliche Informationen über unsere Autor*innen und
Bücher finden Sie auf unserer Website
www.scylla-verlag.de

Nicola Henselmann

September Schnee

Roman

SCYLLA VERLAG
Lesen ist gut.

Bibliografische Information der Deutschen Nationalbibliothek:

Die Deutsche Nationalbibliothek verzeichnet diese Publikation in der Deutschen Nationalbibliografie; detaillierte bibliografische Daten sind im Internet über https://portal.dnb.de abrufbar.

1. Auflage
Taschenbuchausgabe Oktober 2020

Coverdesign: necton GmbH
Lektorat: Jeannette Graf / Mea Kalcher
Korrektorat: Tanja Horvath
Buchsatz: Andreas Burbach
Druck und Bindung: Pressel Digitaler Produktionsdruck, Remshalden, Deutschland
Verlag: Scylla Verlag UG (haftungsbeschränkt), Köln / Bergisch Gladbach
ISBN: 978-3-945287-14-9

Anmerkungen der Autorin

Pias Welt, ihre Familie und Freunde sind in meiner Fantasie entstanden.

Wie ihr sicherlich bemerken werdet, habe ich eine heimatliche Verbindung zu Köln und dem Bergischen Land und bin auch der Bergwelt mit tiefster Zuneigung verbunden. Die Ortsbeschreibungen beider Welten entstammen meinen Erinnerungen und ebenfalls meiner Fantasie.

Dass es schwierig sein kann, die Domspitzen vom Balkon einer Wohnung in Sülz aus zu sehen, ist mir bewusst. Ich hoffe, meine LeserInnen verzeihen mir das. Mir ging es um die Symbolik.

Tag null

Ich habe Knete im Mund.

Heute ist der 10. Juni. Mein 15. Hochzeitstag.

Es regnet. Meine Kinder und ich liegen in meinem Bett. Kim, meine Kleine, liegt auf meinem Bauch. Helen, meine Große, schmiegt sich an meine Seite. Wir halten uns fest. Alles, was ich spüre, ist die Wärme ihrer Körper und die nassen Flecken auf meinem T-Shirt, die ihre Tränen hinterlassen.

Ich habe meine Tränen geweint. Heute Nacht auf der Terrasse mit den Kippen und schlechtem Grauburgunder von der Tankstelle.

Christoph hat es den Kindern nicht selbst gesagt. Er hat mich am Telefon angefleht, es allein zu tun.

Also habe ich ihnen erzählt, dass ihr Vater sich in eine andere Frau verliebt hat, er aber immer für sie da sein wird und dass sie nichts dafürkönnen. Wie man das halt so macht.

Nun liegen wir hier. Ich weiß nicht, wie lange. Ist auch egal. Ich zwinge mich zu funktionieren. Helen habe ich in der Schule krankgemeldet, Kim im Kindergarten. Ich koche uns Tee. Essen kann ich nicht. Mir ist schlecht. Immer wieder schleppe ich mich ins Bad und kotze. Schon seit Stunden nur noch Galle.

Mein Körper ist vergiftet. Von Alkohol, Nikotin und Wut.

Ich leide. Und noch viel schlimmer: Meine Kinder leiden.

Helen sagt seit Stunden keinen Ton mehr. Untypisch für mein vierzehnjähriges Plappermaul. Kim hingegen fragt ständig, wann Papa denn endlich wiederkommt. Sie versteht die Welt nicht mehr. Wie soll sie auch? Ihr kleines Universum besteht aus mir, Helen und ihrem Papa. Alles andere ist für eine Fünfjährige unvorstellbar.

Heute Nacht habe ich mehrere Morde begangen. Ihn. Die andere. Mich. Ich habe mir Foltermethoden überlegt, mit denen ich mein Elend tausendfach zurückzahlen könnte. Meine Wut mischt sich mit der Angst, nun allein im Leben zu stehen, und einer riesigen Portion Selbstverachtung.

Ich parke die Kinder vorm Fernseher und ziehe mir Wanderschuhe an. Ich muss raus. Ich will Wege gehen und in Ruhe denken.

Der Tag kann sich noch nicht entscheiden, wie er werden soll. Aus dem Wald schlägt mir erfrischende, feuchte Luft entgegen. Es riecht nach Nadeln, Laub und Erde. Ich gehe so schnell ich kann, bis ich völlig außer Atem bin. Ich will weglaufen. Er hat mich aus meinem Leben gerissen. Aber über das, was mir bleibt, kann ich selbst entscheiden. Vielleicht gebe ich auf. Vielleicht bringe ich mich um. Keine Wut mehr, kein Schmerz, keine quälenden Fragen. Mich fallen lassen in ein Gefühl tauber, weicher Gleichgültigkeit.

Aber die Kinder. Ihre Liebe hält mich in diesem Leben. Für sie muss ich stark sein in all diesem Scheiß.

Er war meine Sicherheit im Leben. Meine erste Liebe. Ein geschworenes *für immer.* Ich habe mich um die Kinder gekümmert und zu Hause alles geregelt. Die Welt da draußen, blieb da draußen. Geld, Steuern, das prallgefüllte Konto. Darum kümmerte er sich. Ich habe mir um nichts Sorgen machen müssen. Jetzt pralle ich schutz- und ahnungslos auf. Mein Herz schlägt mir bis zum Hals. Ich habe Angst.

Ich biege vom Weg ab und gehe querfeldein. Hier sieht mich niemand. Hier kann ich meine Tränen laufen lassen. Und wieder fließen sie in Strömen. Mein T-Shirt ist nassgeschwitzt. Mein Körper zittert.

„Du mieses Arschloch", schreie ich dem vor Leben flüsternden Waldboden entgegen. Ich greife nach einem Ast und dresche auf ein paar Fichten ein. Meine Wut explodiert. Ich schreie und schlage. „Du mieses, verdammtes Arschloch!“

Vögel flattern auf, fliegen davon. „Ja, haut doch alle ab, haut alle ab ihr verdammten, miesen Arschlöcher!“

Ich weiß nicht, wie lange ich auf die Fichten eindresche. Ich höre erst auf, als ich meine Arme kaum noch bewegen kann.

Mein Kopf ist leer. Ich kämpfe mich durch das Dickicht zurück auf den Weg. Es nieselt. Warmer, gleichgültiger Regen. Als ich am Auto ankomme, setze ich mich erschöpft und nass hinters Steuer und fahre nach Hause.

Meine Kinder warten auf mich.

Eine Woche

Er kommt nicht und er ruft nicht an. Er ist einfach weg.

Ich kann nicht schlafen, setze mich ins Auto und fahre durch die Nacht. Ich weiß, wo sie wohnt. Er hat es mir erzählt.

Ich vermisse ihn. Ich will ihn sehen.

Ein schönes Haus ist es. Alte Villa im Bergischen Stil, schieferverkleidet, mit grünen Fensterläden, Satteldach und hübschen Erkern. Am Waldrand. Ein Bach schlängelt sich vorbei und summt ein plätscherndes Lied.

Ich habe etwas abseits geparkt, mich im Schutz der Dunkelheit hinter einen Busch geschlichen und glotze in ihr Wohnzimmer. Da sitzt er. Auf dem Sessel, den Rotwein in der Hand und guckt Fernsehen. *Mein* Mann. Der Vater meiner Kinder. Mein bester Freund. Was ist bloß mit ihm geschehen?

Wie er so dasitzt, strahlt die Situation eine unverschämte Normalität aus. Als hätte er schon immer dort gesessen. Er wirkt völlig entspannt. Und ich? Meine Welt versinkt im Chaos, während er hier die Füße hochlegt.

Ich habe ihm tausend Nachrichten geschrieben, mit der Bitte, seine Sachen abzuholen. Unser Haus riecht nach ihm. Überall liegt sein Kram rum. Morgen ändere ich das, nehme ich mir vor.

Wieder werde ich unglaublich wütend. Bevor ich anfange, Steine in ihr Wohnzimmerfenster zu werfen, wende ich mich ab. Ich hasse ihn. Ob *er* diesen Satz jemals gedacht hat?

Ich habe meine Kinder allein gelassen. Was, wenn eines von ihnen aufwacht und ich bin nicht zu Hause?

***

Ich war im Baumarkt und habe Umzugskartons gekauft. Zehn Stück müssen reichen, um seinen Plunder aus dem Haus zu schaffen. Das nötigste hat er mitgenommen, als er gegangen ist. Er sagt, ich solle alle Möbel, das Geschirr und die Einrichtungsdinge behalten. Schließlich ist seine neue Tussi komplett eingerichtet. Trotzdem ist noch genug Zeug hier, das mich an ihn erinnert.

Die Mädels sind heute nicht zu Hause. Ich will nicht, dass sie sehen, wie ich Papas Sachen zusammenpacke. Helen ist mit ein paar Freundinnen mit dem Bus nach Bergisch Gladbach gefahren und Kim hat sich mit einer Kindergartenfreundin verabredet.

Ich habe freie Bahn.

Zuerst schmeiße ich seine Klamotten in die Kisten. Hemden, Hosen, Pyjamas. Die roten Dessous, die er mir letztes Jahr zum Hochzeitstag geschenkt hat, pfeffere ich oben drauf. Rot stand mir noch nie.

Danach ist sein Bürokram dran. Ordner, Ablagehaufen, unsere Hochzeitsbilder. Ich kämpfe mich durch jeden Raum des Hauses, bis acht Kisten voll sind.

Zwischendurch räume ich um, was ich immer schon umräumen wollte. Als ich mein Sideboard im Wohnzimmer verschiebe, fällt der getrocknete Brautstrauß runter. Die Vase zerspringt in tausend Teile und der Strauß löst sich in Staub auf. Ein Zeichen, denke ich. Deutlicher hätte es kaum ausfallen können. Heulend kehre ich alles zusammen.

Nach dem Haus ist der Schuppen fällig.

Seine Tennisschläger, das Fahrrad, die Skier, alles werfe ich in den Vorgarten. Dann klappe ich die Rücksitzbank meines greisen Volvo Kombi nach vorn und belade ihn. Zuerst die Kisten. Er schluckt sie alle.

Ich rase zu seinem neuen Wohnsitz. Während ich die kurvigen Straßen entlangdonnere, scheppern die Kisten von links nach rechts. Ein verdächtiges Klirren verrät mir, dass soeben seine geliebten Weinkelche zu Bruch gegangen sind. Ich lache hysterisch, drehe das Radio auf, lasse alle Fenster runter und singe laut.

Als ich in die Auffahrt zu ihrem Haus abbiege, knirscht der Kies unter meinen Reifen.

Bei Tag sieht es noch herrschaftlicher aus als nachts. Links und rechts der Zufahrt säumen mächtige Rhododendren den Weg, der an einem Brunnen inmitten eines Wendeplatzes vor ihrem Haus endet. Den Brunnen ziert ein Engel mit knackigem Popo und kleinem Penis. Wasser sprudelt aus einem Füllhorn, das der Engel in seinen mickrigen Ärmchen hält. Viel Kitsch für das ansonsten edle Panorama.

Was soll's - zumindest habe ich genug Platz, um zu wenden.

Ich fahre vor und parke. Mindestens zehn Terrakottablumentöpfe säumen die ausladende Treppe zu ihrem Haus. Darin Rosenbüsche in knalligem pink. Meine Rosen haben immer Blattläuse, oder ich vergesse, sie zu gießen.

Ich öffne den Kofferraum und schleudere die ersten Kisten auf die Auffahrt. Aus dem Augenwinkel sehe ich Christophs dümmliches Gesicht hinterm Küchenfenster. Kiste für Kiste fliegt in hohem Bogen auf einen Haufen, bevor ich meinen Kofferraum wieder zuknalle.

Ich rase zurück, um den Rest zu holen.

Jetzt nur noch seine Sportgeräte. Fahrrad und Skier passen locker in den Kofferraum, aber mir fällt noch seine Tauchausrüstung ein. Sie steht seit Jahren im Keller und immer im Weg. Wie oft habe ich ihn gebeten, sie wegzuräumen. Aber er hatte ja nie Zeit. Also blieb sie dort, wo sie war. Im Weg. 1500 Euro hat der Kram gekostet. Benutzt hat er sie nicht ein einziges Mal. Die Sauerstoffflasche habe ich dann irgendwann selbst nach hinten ins Regal geschoben. Unter Druck stehende Behälter sind mir nicht geheuer.

Ich schmeiße den Tauchkrempel in eine Umzugskiste. Die Sachen müssen weg. Raus aus meinem Haus. Raus aus meinen Füßen und meinem Leben. Am liebsten würde ich ihm noch irgendetwas stinkendes oben drauflegen. Schade, dass wir keine vollgeschissenen Windeln mehr haben.

Ich hieve die Kiste auf meine Stoßstange, aber sie passt nicht mehr neben das Fahrrad. Ich muss das Vorderrad einschlagen, um Raum zu gewinnen. Also packe ich die Skier wieder aus und hebe das Fahrrad vorne etwas an. Das Vorderrad schlägt mit Wucht um. *Scheiße*, jetzt habe ich mir die Finger geklemmt, aber die Tauchkramkiste müsste passen. Ich drücke mich mit meinem ganzen Körpergewicht dagegen und sie fügt sich knirschend ihrem Schicksal. Die Skier passen perfekt oben drauf. Gut geschliffen sind sie noch, denn sie zerkratzen mir die Kopfstützen und graben sich ins Plastik der Kofferraumverkleidung. Wie ich *ihn* hasse.

Mein Finger pocht, der Kofferraum ist zerkratzt und ich schleppe seinen Scheiß durch die Gegend. Mir kommen die Tränen. Verdammtes, geliebtes Arschloch.

Jetzt hätte ich fast die Sauerstoffflasche vergessen. Neben mir im Auto will ich das Ding nicht haben. Herumrollen sollte sie sicherlich auch nicht. Sie muss mit in den Kofferraum. Ich quetsche sie in die Ritze zwischen Radkasten und Tauchkiste. Da liegt sie einigermaßen sicher. Seine Tennisschläger dürfen auf den Beifahrersitz.

Kurz überlege ich, ob ich nicht doch zur Müllkippe fahren soll. Aber ich will mir nicht nehmen lassen, noch einmal sein entsetztes Gesicht zu sehen. Vielleicht ist er ja draußen und sammelt seine Sachen ein.

Wieder knirscht mein Auto die Kiesauffahrt hinauf. Ich habe vergessen, dass mir die Kisten die Wendemöglichkeit um den Knackarschengel-Brunnen versperren. Aus dem Augenwinkel sehe ich ihn am Küchenfenster stehen. Ich muss zurücksetzen, um an die anderen Kisten heranzufahren. Ich wende in gefühlten 85 Zügen. Drei wären mir unter seinen Blicken lieber gewesen.

Ich parke, schmeiße die Tennisschläger zu den Kisten und öffne den Kofferraum. Die Skier stelle ich an den Brunnenrand.

Danach zerre ich gekonnt, und ohne mich zu klemmen, das Fahrrad aus dem Kofferraum. Ich gebe ihm einen lässigen Schubs und lasse es gegen den Haufen rollen. Jetzt nur noch die Tauchkramkiste. Ich ziehe sie zu dem anderen Krempel. Zum Werfen ist sie viel zu schwer.

Wieder hätte ich beinahe die Sauerstoffflasche vergessen.

Wie eine Widerstandskämpferin mit Panzerfaust schultere ich das Ding. Ich biege meinen Oberkörper samt Flasche nach hinten, um Schwung zu holen und stoße sie Richtung Haufen. Zwei Schritte von mir entfernt landet sie mit einem blechernen Plumpsen im Kies. Ziel weit verfehlt. Scheiß egal. Ab hier bin ich nicht mehr zuständig. Ich will nach Hause.

Ich knalle die Kofferraumklappe zu.

Ein alarmierendes Zischen, gefolgt von dem Geräusch prasselnder Steine, lässt mich innehalten.

Ich drehe mich um.

Die Sauerstoffflasche bebt und beginnt sich um die eigene Achse zu drehen. Dampf zischt wie aus einer Flugzeugturbine aus dem Ventil. Kieselsteine schleudern in alle Richtungen. Wie Hagelkörner schlagen sie links und rechts von mir im Autolack ein. Als ein Stein knapp mein Ohr verfehlt, gehe ich hinter dem Wagen in Deckung. Einen Atemzug später schießt die Sauerstoffflasche torpedoartig in Richtung des Krempelhaufens. Dort schlägt sie staubend ein, zerschmettert ein paar Kisten, wird abgelenkt und gräbt sich weiter durch die Auffahrt in Richtung Eingangstreppe.

Den ersten Terrakottablumentopf touchiert sie, wodurch sie wieder in eine Rotationsbewegung gerät und unaufhaltsam Topf für Topf in Stücke schlägt. Es fliegen Tonscherben und Erde. Pinke Blütenblätter segeln über das Meer der Zerstörung. Wäre es nicht so furchtbar, wäre es wunderschön.

Von der untersten Treppenstufe prallt die Flasche ab und rauscht zurück in Richtung der Skier, die am Brunnenbecken lehnen. Die Flasche hebt ab und köpft den Engel. Kopf und Flasche landen mit einem Platschen und Zischen im Wasserbassin des Brunnens.

Die Flasche gibt ein klägliches „Pfffft“ von sich. Das Wasser sprudelt noch einmal auf, bevor es schließlich zur Ruhe kommt. Der Engel krönt trost- und kopflos das Chaos.

Letzte Rosenblätter landen schweigend im Brunnen.

Stille.

Oh mein Gott. Ich habe einen Engel geköpft.

Zertrümmerung, wohin das Auge reicht. Ich setze mich hinters Lenkrad und drehe den Schlüssel. Im Radio läuft *Wrecking Ball* von Miley Cyrus.

Im Rückspiegel sehe ich, wie er aus der Haustür tritt. Er hält sein Handy vor der Brust und filmt die Szene. Bestimmt als Beweismaterial für seinen Anwalt.

Dann aber bitte mit einem fulminanten Finale. Mein perfekter Kick-Start wirbelt Kieselsteine durch die Luft. Die Reifen quietschen, als ich auf die Hauptstraße abbiege.

Was für ein reinigendes, befreiendes Gefühl. Mein Pulsschlag reguliert sich. Ich lasse das Fenster herunter und strecke den Mittelfinger in Richtung ihres Hauses.

Miley und ich singen im Chor: „I came in like a wrecking ball ...“

Ein Jahr

Das Amtsgericht. Nur er, ich und unsere Anwälte. Er ist angespannt, seine Miene versteinert. Wir geben uns die Hand. Ich weiche seinem Blick aus. Ich weiß, dass jeder Augenkontakt Erinnerungen hervorrufen wird. Es ist unnötig, mich damit zu quälen. Es ist ein Abschied von guten und schlechten Zeiten. Es tut gleichmäßig weh. Der Druck auf der Brust bleibt, als wir stumm den Sitzungssaal betreten. Ich fühle mich wie auf einer Beerdigung. Nur ist hier niemand gestorben.

Während die Formalitäten geklärt werden, besiege ich die aufsteigenden Gefühle mit meiner Beruhigungsstrategie für Beerdigungen: Das Leiden ist zu Ende, flüstert meine innere Stimme in sonorem Singsang.

Das ist der letzte noch nötige Schritt, den ich gehen muss, um mich von diesem Lebensabschnitt zu verabschieden.

Da sind keine Zweifel. Es ist endgültige Entschlossenheit. Aktenzeichen werden notiert, Parameter in Diktiergeräte gesprochen. Ein Vorgang, der sachlicher nicht sein könnte. Es dauert keine zehn Minuten, dann spricht der Richter das Urteil: „Im Namen des Volkes ergeht folgendes Urteil: Die Ehe der hier Anwesenden Pia Lückerath und Christoph Walter Lückerath, geborener Müller, wird als zerrüttet betrachtet und gilt fortan als geschieden."

Zerrüttet.

Wie ich danach wieder nach Hause komme, weiß ich nicht. Mit dem Auto, schon klar. Aber wer ist gefahren?

Ich versuche, in mich hineinzufühlen. Erleichterung? Freude? Trauer? Nichts passiert.

Freunde fragen mich, ob man nun gratulieren dürfe. Darf man gratulieren, wenn man erfolgreich eine Ehe gegen die Wand gefahren hat? Ich glaube nicht.

Ich dachte, wenn ich die Scheidung hinter mir habe, wird es besser. Irgendwie klarer und eindeutiger. Pustekuchen.

***

Ich rechne. Es kommt mir vor, als hätte ich das ganze letzte Jahr nichts anderes gemacht. Mein Kaffeebecher von heute Morgen steht auf dem Bild, das mir Kim am Wochenende gemalt hat. Bunte Blumenwiese, Schmetterlinge und eine grinsende Sonne. Mein Kaffee steht auf der Sonne. Kim meint, ich solle ihn dort abstellen, damit er warm bleibt. Eine kleine sonnige Fläche auf meinem ansonsten mit Papierstapeln überladenen Schreibtisch.

Ich zerknülle meine letzte Notiz und pfeffere sie Richtung Papierkorb. Ich verfehle ihn und sie landet in der Ecke meines Büros zwischen den aufgeschlagenen Ablageordnern und all den anderen zerknüllten Papieren auf dem Boden. Ich taste unter den Unterlagen nach meinem Handy. Zehn Uhr. Schon wieder ist ein Tag vorbei und ich bin noch nicht viel weiter. Egal wie ich die laufenden Kosten und Einnahmen hin- und herschiebe, es reicht einfach nicht.

Ich glotze auf meine Notizen und die nicht kleiner werdenden Ablagestapel vor mir. Mein Scheidungsurteil liegt oben auf.

Nichts ist seitdem passiert. Nur meine To-do-Liste füllt sich stetig. Besonders nachts, wenn ich endlich in Ruhe denken kann. Daueraufträge ändern, Unterhalt, Verträge, Versicherungen und was sonst noch dazu gehört. Habe ich etwas vergessen? Vermutlich.

Meine Normalität ist das Chaos. Ich funktioniere in einem engen, vorgegebenen Takt. Dazu sinkende schulische Leistungen, Kinderfreizeitplanung, zerstörte Kinderseelen, die Scheiß-Finanzen und meine Angst vor dem Leben.

Ich nehme das Scheidungsurteil und hefte es in den Ordner mit den Anwaltsschreiben und Gerichtsladungen.

Dann sammle ich die zerknüllten Papiere ein und schmeiße sie in den Papierkorb. Auf dessen Boden liegt das Wochenblättchen mit den Kleinanzeigen. Ich ziehe es aus dem Müll und blättere durch die Jobangebote. Ich muss einen Job finden. Ich schaffe es sonst nicht. Die Kosten für das Haus fressen mich auf. Telefonistinnen werden gesucht, Callcenter-Agents für In- und Outbound - was auch immer das bedeutet. Flexibel soll ich sein. Auch an Wochenenden und am Abend. Bereitschaft für dies, offen für jenes. Ach, leckt mich doch alle mal am Arsch. Mehr als halbtags kann ich nicht arbeiten. Nur vormittags. Ich habe keine Betreuung für Kim.

Ich schmeiße das Anzeigenblättchen wieder in den Müll und male ein fettes Ausrufezeichen hinter den To-Do-Punkt *Job suchen*. Vielleicht habe ich an meinen zukünftigen kinderfreien Wochenenden Zeit, meine Bewerbungsunterlagen fertig zu machen.

Die Papawochenenden hat mein Anwalt endlich durchgesetzt. Ab jetzt *muss* mein Ex organisieren, dass die Kinder jedes zweite Wochenende bei ihm sind. Die Briefe meines Anwalts ließen Christoph keinen Raum für Ausflüchte. Ein Ton, den er nicht gewohnt ist. Schon gar nicht von mir.

Ich habe Sorge, dass er meine Kiesauffahrt-Zerstörung doch noch gegen mich verwenden wird. Dummerweise hat er das Videomaterial an Helen weitergeleitet, die es sofort mit ihren Freundinnen geteilt hat. Irgendwie ist das Ding im Internet gelandet. Auf den sozialen Netzwerken verbreitet es sich auch nach fast einem Jahr noch rasant und auf YouTube habe ich schon über 15.000 Klicks. Hin und wieder lese ich die Kommentare. Von „Respekt!“ über „Weiß doch jeder, dass man Sauerstoffflaschen nicht werfen darf!“ bis „Das ist doch fake, oder?“, ist alles dabei.

Helen meint, ich solle Youtuberin werden und noch mehr Engel in die Luft sprengen. Damit könne ich viel Kohle machen. Ich werde darüber nachdenken und male ein zweites, fettes Ausrufezeichen neben den Punkt *Job suchen*.

Tja, und auch sonst habe ich keine Unterstützung. Weder finanziell noch emotional. Meine Mutter wohnt zu weit weg und meine Bekannten haben selbst genug mit ihren Familien zu tun. So sehr sie sich auch in den ersten Wochen um mein Schicksal sorgten, das Interesse ließ mit der Zeit nach. Mittlerweile meldet sich niemand mehr bei mir. Ich befürchte, ich habe mich in meinen *Freunden* getäuscht. Sollen sie doch alle in ihren Friede-Freude-Eierkuchen-Beziehungen bleiben.

Ich bin allein. Nicht umsonst heißt es: allein, alleiner, alleinerziehend.

Alles in allem wächst mir die Situation über den Kopf. Meine Nerven liegen blank. Ich schreie wegen Kleinigkeiten und vergesse dauernd Termine, Pflichten und Dinge.

Meine düsteren Gedanken werden unterbrochen. Ich höre schlaftrunkene Kinderfüße den Flur entlangtapsen. Die Bürotür öffnet sich.

„Mama? Ich kann nicht schlafen“, flüstert Kim. Sie legt ihren Kopf an meine Schulter. „Überall sind Monster und sie wollen uns fressen.“

„Du hast nur schlecht geträumt“, sage ich und ziehe sie in meinen Arm. „Wollen wir auf den Schreck erstmal was trinken?“

Sie nickt.

Hand in Hand gehen wir in die Küche und trinken beide ein Glas Wasser. Sie will das Elsaglas, ich soll aus Anna trinken. Wir prosten uns zu und lassen Annas und Elsas Köpfe klirren. Cocktailfeeling, abends um zehn, mit meiner kleinen Tochter und Wasser ohne Sprudel. Na bravo.

In ihrem Zimmer kontrolliere ich den Schrank. Er ist frei von Geistern, Monstern und Hexen. Dann schauen wir in den Ecken, hinter der Tür, unter dem Schreibtisch, dem Bett und natürlich unter der Bettdecke nach.

„Die Luft ist rein. Ich denke, du kannst dich wieder hinlegen."

„Ich hab immer noch Angst, Mama."

Ihr Dackelblick ist herzzerreißend.

„Ok. Wenn du magst, kannst du dich in mein Bett kuscheln. Ich lasse das Licht im Flur an und komme später nach. Ich muss noch ein bisschen arbeiten." Seit Christoph ausgezogen ist, schläft meistens eines meiner Kinder auf seiner Bettseite. Heute Kim. Hier braucht sie nur wenige Sekunden, um wieder einzuschlafen.

Ich gehe zurück an meinen Schreibtisch, zerknülle Papier und werfe es in den Papierkorb. Der erste Volltreffer des heutigen Abends.

Bald ist Mitternacht. Ich lösche das Licht und verlege meine Grübelei ins Bett.

Vorsichtig schiebe ich Kim zurück auf Christophs Bettseite und lege mich in mein vorgewärmtes Bett. Ich denke über mein Leben hier auf dem Land nach. Alleinerziehende sind immer noch die Ausnahme. Überall existieren hohe Hecken und Zäune um die Vorgärten und Köpfe. Familien, die ihren Alltag leben und sich in ihrem Mikrokosmos bewegen. Ich war auch nicht anders. Ich hatte meinen Mann, meine Kinder und mein Haus. Hier konnte ich funktionieren und hier war ich sicher. Ich war erfüllt in meiner Seifenblasenwattebäuschchenwelt.

Kim brabbelt irgendetwas im Schlaf. Kurz darauf trifft mich ihre Hand mitten auf die Nase. Ich atme scharf ein. Das tat weh. Ihre ruhigen Atemzüge verraten mir, dass sie schläft. Ich drehe mich um, damit sie das nächste Mal nur meinen Rücken trifft.

Mir wird klar, dass ich mich hier auf dem Land nicht mehr wohl fühle. Ich fasse den Entschluss, umzuziehen. Ich bin ein Kind der Stadt. Ich bin Kölnerin.

Dort bin ich groß geworden, und seit der Trennung sehne ich mich nach der Anonymität und dem Lärm der Stadt, wie lange nicht. Außerdem wird es dort auch leichter sein, einen Job zu finden.

***

Es steht fest. Wir werden umziehen. Seit langem hat mich eine Entscheidung nicht mehr derart beruhigt. Ich habe eine gigantische Angst, es den Kindern zu erzählen. Sonderbarerweise reagieren sie ganz anders, als ich es erwartet hätte. Helen ist begeistert: „Köln ist viel cooler als Bergisch Gladbach, und mit der Bahn kann ich immer schnell meine Freundinnen besuchen."

Kim findet eh alles toll, was Helen toll findet und freut sich. „Ich werde Gabi vermissen", sagt sie und malt prompt ein Tschüssbild für ihre Lieblingserzieherin aus der Kita. „Aber ich liebe es, neue Menschen kennenzulernen."

Ich frage mich, wo sie das nun wieder aufgeschnappt hat. Hoffentlich sind sie nicht nur aus Solidarität zu mir so optimistisch.

Sobald die Mädels heute Morgen in Schule und Kita sind, setze ich mich an den Rechner und scrolle durch meine Top-3 Immobilienseiten. Ich finde zwei Angebote mit Wohnungsbesichtigungen für heute Nachmittag. Ich melde mich an. Was für ein Glückstag.

***

Normalerweise kommt Kim mir entgegengerannt und fliegt in meine Arme. Heute nicht. Sie steht in der Tür ihrer Kindergartengruppe und blickt mir stumm entgegen. Irgendetwas stimmt nicht.

„War es schön heute?", frage ich und küsse sie auf den Kopf, wobei ich ihr goldene Lamettafäden aus den Haaren ziehe. Sie löst sich aus der Umarmung, plumpst auf die Bank an ihrem Haken und verschränkt die Arme vor der Brust. „Geht so", antwortet sie und kickt ihre Hausschuhe unter die Bank.

„Hast du dich wieder mit Celine gestritten?", frage ich.

„Nein. Heute war die Sankt Martins Aufführung im Altenheim. Ich war der Engel und ich hatte keine Flügel. Wir haben sie überall gesucht, aber sie waren nicht da." *Scheiße.* Ich habe die Engelsflügel vergessen. Ich reiche ihr die Jacke und justiere ihren Schal und die Mütze, was sie trotzig abwehrt.

„Es tut mir leid, Kim. Ich habe völlig vergessen, dass heute die Aufführung war."

„Hab ich gemerkt." Kim stapft zur Gruppentür, verabschiedet sich von den Erzieherinnen, schnappt sich ihre Kindergartentasche und trottet vor mir Richtung Ausgang. „Gabi hat mir Lametta in die Haare geflochten, damit man erkennt, dass ich ein Engel bin. Das sah blöd aus."

„Ach Kim. Das glaube ich. Aber weißt du was? Die richtig coolen Engel brauchen doch gar keine Flügel. Die beamen sich nämlich immer zu ihren Einsatzorten. Flügel haben doch nur Elfen und Feen. Oder?"

Kim rollt die Augen. „Und Engel! Aber die sind nicht so dein Ding, oder Mama?"

„Das stimmt nicht. Eigentlich mag ich Engel."

Hin und wieder wünschte ich, mir würde einer erscheinen und einfach nur sagen: *Alles wird gut, Pia. Versprochen.*

„Du hast aber einen geköpft."

„Ich weiß. Das war ein Versehen", sage ich und schiebe sie zur Kindergartentür.

Vielleicht bessert die Ankündigung, dass wir uns heute ein paar Wohnungen angucken, ihre Laune auf. Ich befürchte allerdings, dass ich noch ein Abendessen bei McDonald's draufpacken muss.

Es funktioniert. Als Helen aus der Schule kommt, hüpft Kim aufgeregt im Flur herum. „Wir fahren jetzt nach Köln. Wohnungen angucken und danach zu Mäck Dooonalds!"

„Cool", antwortet Helen, schiebt Kim zur Seite, feuert ihre Schultasche in die Ecke und steuert ohne ein weiteres Wort ihr Zimmer an.

„Hallo Helen! Kannst du bitte deinen Rollladen hochziehen und das Fenster kippen, bevor wir losfahren und dir *bitte* etwas anziehen, was den Temperaturen entspricht?", rufe ich ihr von der Küche aus hinterher.

Mehr als ein gemurmeltes „Chill mal ...", gefolgt von unverständlichem Murmeln, kommt nicht bei mir an. Ich atme tief durch und packe ihre Reaktion in die Kiste für pubertäre Sonderarten. Auch für sie muss der Tag bisher nicht gut gelaufen sein.

Einen Atemzug später erschüttert ein Poltern das Haus, gefolgt von einem „Aua ... Scheiße!" und wenig später einem zerknirschten „Mama ... kannst du mal kommen?".

Ich eile in ihr Zimmer und sehe Helen, die mit ausgestreckten Armen über ihrem Fensterbrett hängt und das zerfetzte Rollladenband umklammert, das sie gerade noch vor dem Verschwinden im Rollladenkasten gerettet hat. *Danke Karma!* Bestrafst mein Kind mit Dunkelheit und mich mit der Reparatur von diesem rätselhaften Ding?

„Ich bin gleich wieder da. Halt das Band fest."

Ich renne in den Keller, hole einen Nagel und einen Hammer und schlage das Rollladenband an die Wand. Es hält.

Wir müssen los. Um die Dunkelheit in Helens Zimmer muss ich mich später kümmern.

***

Nachdem wir zuerst über eine Stunde im Nieselregen und dann in einem elend langen, zugigen Hausflur angestanden haben, dürfen wir endlich eintreten. Gut, dass Helen sich noch umgezogen hat, bevor wir los sind. In Leggins, bauchfreiem Top und Blousonjäckchen hätte sie sich spätestens jetzt die schlimmste Blasenentzündung ihres jungen Lebens geholt.

Die Wohnung ist komplett verwohnt. Der Holzboden zerkratzt, Schimmel in der Küche und die Tapete schält sich von den Wänden. Viel zu klein und sündhaft teuer ist sie außerdem.

„Mama, hier kriegt mich keiner hin", sagt Helen mit Blick auf den abbröckelnden Putz im Flur. Die Mädels machen lange Gesichter.

„Eine haben wir noch. Vielleicht ist die ja besser."

Auf geht's nach Ehrenfeld.

Das Haus macht einen gepflegten Eindruck. Nachdem wir uns die Wohnung angeschaut haben, sagt der Vermieter, mit Blick auf die Kinder: „Die Hausgemeinschaft ist im Durchschnitt um die sechzig. Meine Mieter lieben die herrliche Ruhe hier."

Wir verabschieden uns schnell und fahren zu McDonald's, um unseren Frust in Pommes, Burger und einem kühlen Shake zu ertränken.

Als die Kinder im Bett sind, versuche ich mein Glück in den sozialen Netzwerken und poste eine Suchanfrage.

Danach google ich *Rollladenreparatur.* Zwischen Youtube-Tutorials von Meister Bob und meiner länger werdenden Baumarkteinkaufsliste, leuchtet mein Facebook-Postfach auf.

Eine Bekannte einer Bekannten, deren Ex-Mann einen Job in Japan angenommen hat, schreibt mir eine PN. Er will unkompliziert und schnell aus seiner Wohnung raus und sucht selbst Nachmieter, weil die Hausgemeinschaft so nett ist. Die Wohnung ist in Köln Sülz, groß genug und sei bezahlbar. Ich kann mein Glück kaum fassen. Sie schickt mir seinen Kontakt. Ich rufe ihn an und wir vereinbaren einen Termin zur Besichtigung.

***

Die Straße, in der die Wohnung liegt, ist ruhig und grün. Um die Ecke gibt es einen hübschen Kirchplatz, dahinter einen großen Spielplatz. Kim verliebt sich in das Klettergerüst.

Das Haus gefällt uns auf Anhieb. Ich checke die Wohnungstüren und suche nach Hinweisen auf Kinder. Keine Gummistiefel, Roller oder Kinderwagen im Hausflur, aber die Laufschuhe und die Emoji-Fußmatte vor der einen und die Muschel-Segelboot-Sommerdeko an der anderen Wohnungstür sind mir sympathisch. Oliver, so hat er sich uns vorgestellt, führt uns durch seine Wohnung. Die Zimmeraufteilung ist großartig und sie ist tatsächlich bezahlbar. Ich muss zwar noch streichen und es müssen noch einige Reparaturen durchgeführt werden, aber spätestens in den Weihnachtsferien würden wir umziehen können. Als wir uns verabschieden sagt er, dass er ein gutes Wort für mich bei seiner Vermieterin einlegen wird.

Als wir wieder zu Hause sind, kümmern wir uns endlich um Helens Rollladen. Während sie die Verkleidung gegen die Wand presst und ich die Schrauben mit dem Akkubohrer wieder in Position bringe, klingelt das Telefon.

Kim reicht es mir die Leiter hoch. Es ist die Eigentümerin der Wohnung.

„Wir würden uns wirklich freuen, Sie als Mieterin gewinnen zu können, Frau Lückerath. Unser jetziger Mieter hat derart von Ihnen geschwärmt und mir Ihre Geschichte erzählt. Wissen Sie, ich habe mich damals auch von meinem Mann getrennt, als die Kinder noch klein waren und da ..." Sie redet ohne Unterlass und ich bin sprachlos. Andere suchen Jahre nach der passenden Wohnung. Ich kann nicht fassen, was für ein Glück ich habe. „... also schicke ich Ihnen gleich eine E-Mail mit dem Mietvertrag. Wenn Sie ihn dann bitte einfach unterschrieben zurückmailen?"

Selbst ist die Frau

Das Haus zu verkaufen, gestaltet sich noch einfacher, als eine Wohnung zu finden.

Ich führe Horden von glücklichen Paaren und Familien durch unsere Zimmer, den Keller, die Flure und den Wintergarten. Fremde Kinder toben durch den Garten und die Kinderzimmer. Ein Mann fragt, ob die Möbel auch zu verkaufen seien. Meine Kinder sitzen derweil im Vorgarten auf der Bank und warten. Jetzt, wo es ernst wird, fühlt es sich sonderbar an. Mein Herz tut weh. Wieder kämpfe ich alleine. Christoph arbeitet und tut so, als sei das nicht seine Sache.

Am Ende entscheiden wir uns für ein junges Paar aus Köln. Die Frau ist schwanger und ganz vernarrt in die schöne Lage, den großen Garten und die hellen Kinderzimmer. Wir tauschen einfach die Plätze.

Schließlich sind Bank- und Notartermine absolviert.

Auch mit Christoph habe ich alles geklärt, ausnahmsweise mal problemlos. Er zahlt mir sogar eine kleine Aufwandsentschädigung für meine Mühen. Niedlich, aber damit leiste ich mir ein Umzugsunternehmen, das mir die großen Möbel und die Kartons schleppt.

Jetzt graut es mir vor dem Ausmisten, Ordnen und Aufräumen. In der Wohnung werden wir kaum Stauraum haben. Ich werde Stammkundin auf der Müllkippe werden.

***

Ich habe jetzt noch drei Wochen Zeit, um die neue Wohnung für den Umzug fertig zu bekommen. Dieses Wochenende will ich mit dem Streichen fertig werden, denn die Kinder sind bei Christoph. In der letzten Woche konnte ich mich immer erst abends um die Renovierung kümmern und zu Hause ist einfach viel zu viel zu tun. Wir leben zwischen Umzugskartons und riesigen Haufen von Dingen, die zur Müllkippe müssen oder verkauft werden sollen. Nichts ist mehr an seinem Platz, alles steht im Weg und so langsam verliere ich den Überblick. Und die Nerven.

Auf meinem Weg nach Köln war ich im Baumarkt, um neue Farbe und Malerkrempel zu besorgen und vorher noch auf der Müllkippe, um die letzten Kellerleichen zu entsorgen. Einiges habe ich zu Geld machen können. Damit habe ich die Renovierungskosten für die Wohnung wieder raus. Das alte Plantschbecken, Kims Gitterbettchen und ein paar Kellerregale, die die neuen Hauseigentümer nicht mehr haben wollen, müssen aber noch auf den Sperrmüll. Der Keller ist somit geräumt.

Ich schleppe die Farbeimer in die Wohnung. Der Muskelkater in meinen Schultern schmerzt bestialisch. Wenn ich doch nur genug Geld für einen Maler hätte. Egal. *Selbst ist die Frau.* Ich schließe die Bluetooth Box an und starte meine Lieblingsplaylist. Dann ziehe ich mir meine vor Farbe und Silikon stehende Jeans und das Karohemd über und betrachte mein Streichergebnis von letzter Woche. Es ist fleckig geworden. Sei's drum. Für einen Voranstrich ist es ok.

Jetzt nur noch die Türrahmen abkleben und los geht's.

Ich krame in meiner Tasche nach dem Abklebeband, das ich eben im Baumarkt gekauft habe. Ich drehe die Tasche auf links. Pinsel,

Tapeziermesser, Wasserflasche, Portemonnaie ... aber wo zum Henker ist dieses blöde Abklebeband? Vielleicht ist es im Auto aus der Tasche gerutscht. Ich flitze runter und durchsuche den Fußraum meines Autos. Ich taste unter den Sitzen. Es gibt Leute, die verbieten ihren Kindern das Essen im Auto. Jetzt verstehe ich warum. Ich wische meine krümeligen Finger an meiner Jeans ab.

„So eine Scheiße", fluche ich. „So eine verdammte Scheiße!"

„Geht's noch?" Eine Frau mit Kind an der Hand wirft mir einen strafenden Blick zu.

„Ja, danke", sage ich.

Das Kind streckt mir die Zunge raus, während es an mir vorbeigeschleift wird.

Das Abklebeband bleibt verschollen. Es muss aus dem Einkaufswagen gefallen sein oder ich habe es darin vergessen. Ich könnte kotzen. Zurück bis nach Bensberg in den Baumarkt will ich echt nicht.

Ich meine, ich hätte auf dem Weg hierher ein Hinweisschild gesehen: Baumarkt 300 Meter links. Oder rechts. Ich muss nur das Schild wiederfinden.

Genervt fahre ich durch die Straßen. Überall enge Einbahnstraßen und Radfahrer. Ich habe das Gefühl, im Kreis zu fahren und komme einfach nicht auf die verdammte Hauptstraße. Dieses Viertel macht mich wahnsinnig. Bin ich froh, wenn ich zukünftig auf mein Fahrrad umsteigen kann.

Mit dieser Herumkurverei verschwende ich kostbare Tageslichtzeit, die ich dringend zum Streichen bräuchte. Irgendwann komme ich wieder am anderen Ende meiner Straße an. Ich bin im Kreis gefahren.

Direkt neben mir ist ein Kiosk. Da werde ich nach dem Weg fragen. Aber natürlich gibt es keinen Parkplatz. Egal. Ich quetsche mein Auto zwischen Grüninsel und Fahrradständer und stürme den

Kiosk. „Ich habe mich verfahren, ich weiß, ich bin wieder ganz in der Nähe meiner Wohnung, und jetzt stehe ich mit dem Scheißauto im Scheißparkverbot, und ich brauch doch nur Abklebeband und Bier. Ein Sixpack Kölsch wär gut. Haben Sie das?"

„Äh ... Guten Tag. Wie wäre es erstmal mit einem Kaffee? Sie haben den scheinbar nötig."

„Auto, Parkverbot!", wiederhole ich. Mein Schädel explodiert gleich.

„Hier wird nie kontrolliert. Keine Sorge."

Das waren die erlösenden Worte. Ich komme zur Besinnung.

Ich atme durch und versuche zu lächeln. „Sorry. Ich bin Pia und gerade nicht ich selbst."

Jetzt bemerke ich seine nussbraunen Augen. Wundervolle Augen. Der Mann, zu dem sie gehören, pustet lächelnd in ein Teeglas.

„Kaffee?", wiederholt er. „Geht aufs Haus."

„Mit viel Milch bitte." Während der Kaffee brodelnd in den Becher fließt, schaue ich mich um. Zeitschriften, eine Eistruhe, ein Kühlregal mit Bier, Milch und Butter und allem, was man immer im Supermarkt vergisst. Merke ich mir. Besonders gefallen mir die bunten und gut gefüllten Süßigkeitenboxen für die perfekte *gemischte Tüte* mit viel Lakritz.

„Renovierung?", fragt er und gießt einen kräftigen Schluck Milch in den Becher.

„Ja", antworte ich und kratze Silikonreste von der Jeans. „Und jetzt finde ich dieses blöde Abklebeband nicht und ich musste nochmal los und ..."

Er reicht mir den dampfenden Becher. „Na dann. Herzlich willkommen im Veedel."

Dieses warme *Willkommen* stimmt mich zuversichtlich.

„Machen Sie mir noch eine gemischte Tüte mit viel Lakritz für zwei Euro?“ Ich nehme ein Sixpack Kölsch aus dem Kühlregal und stelle es auf den Tresen. Auf meinem Balkon bleibt das auch ohne Kühlschrank kalt.

Während er meine Nervennahrung in ein Tütchen einsortiert, fragt er: „Und du brauchst Abklebeband? Ich denke, wir sind soweit, dass wir uns duzen können.“

„Ja. Also zu beidem. Es ist verschwunden.“

„Da hast du Glück. Ich hab noch welches. Hab letzte Woche die hintere Wand hier gestrichen.“ Er zieht eine Rolle unter dem Tresen hervor. „Reicht dir das?“

„Perfekt. Was bekommst du dafür?“

„Ein Geschenk, zum Einzug.“ Wieder lächeln seine nussbraunen Augen. Was für ein gutaussehender Typ.

„Das macht dann 6,50 Euro. Ich bin übrigens Murat. Es wird dir in unserem Veedel gefallen.“

Ich proste Murat, der seinen Tee wieder in den Händen hält, mit dem Kaffee zu. „Auf gute Nachbarschaft.“

***

Heute ziehen wir das letzte Mal die Tür unseres Hauses zu. Schlüsselübergabe.

Die Kinder verabschieden sich von den Nachbarskindern. Ich stehe am Auto und warte. Unsere Nachbarin winkt mir aus der Ferne zu und ruft ein „Alles Gute!“ in meine Richtung. Ich will das hier am liebsten kurz und schmerzlos abhandeln und eigentlich nur noch weg. Mein Herz wird schwer. Wir hatten gute Zeiten hier. Aber die sind nun vorbei. Loslassen, weitergehen. Während ich in die Straße zur großen Kreuzung abbiege, rollen mir Tränen über die Wangen.

Ich blicke in den Rückspiegel. Die Mädels starren schweigend aus dem Fenster.

„Was haltet ihr davon, wenn wir uns auf dem Rückweg einen Weihnachtsbaum für die neue Wohnung kaufen?"

Wir ergattern einen besonders windschiefen Baum. Er war ein Sonderangebot und hätte zu Rindenmulch verarbeitet werden sollen. Das tat Kim so leid, dass sie Helen und mich angefleht hat, genau diesen zu nehmen. „Auch er hat eine Chance verdient. Er wird bestimmt ein besonders schöner Weihnachtsbaum", sagt sie, als wir die Tanne Richtung Auto schleppen.

„Aussortiert, abgeschoben und zerstückelt. So wie Papa es mit uns gemacht hat", antwortet Helen und tritt gegen den Autoreifen.

„Hey! Wir sind nicht zerstückelt. Wir sind ganz. Wir drei sind eins. Hörst du? Und wir schaffen das! So wie der hier." Ich gebe dem Baum einen imaginären Schulterklaps und schiebe ihn durch den Kofferraum zwischen die Mädels.

Neues Jahr, neues Glück

„Frohes neues Jahr, Pia", sage ich zu mir selbst, während ich vom Balkon aus das Feuerwerk betrachte.

Der Stadthimmel leuchtet im Feuerwerksregen. Autos hupen, Menschen lachen.

Die Kinder feiern bei Christoph und seiner Freundin Bianca. Es ist das erste Mal, das wir an Silvester nicht zusammen sind.

Ich würde jetzt unglaublich gerne mit ihnen Raketen in den Nachthimmel schießen. Ich vermisse sie so sehr, dass sich mein Herz wie ein verschrumpelter Luftballon zusammenzieht. Genau jetzt liegen sie in Papas Armen und seine Neue drückt sie an ihre Scheiß-Silikontitten.

Ich schiebe den Gedanken beiseite. Ich will nicht wieder heulen.

Ich versuche mich an dem umwerfenden Panorama zu erfreuen. Leider sieht man den Dom nicht mehr, wegen der Rauchschwaden, die über der Stadt hängen. Weiter oben blitzt der Mond durch die Wolken. Den können meine Kinder bestimmt auch sehen. Schön, dass wir zumindest unter demselben Sternenhimmel stehen.

Die erste Flasche Sekt ist leer. Ein wattig weicher Schwindel sagt mir, dass ich jetzt besser ins Bett gehen sollte. Dann kann ich morgen früh das neue Jahr mit einem Spaziergang am Rhein begrüßen.

„Hallöchen Nachbarin! Frohes neues Jahr!" Links von mir beugt sich meine Nachbarin Carmen über die Balkonbrüstung und lächelt mir zu. Da ich in den letzten Wochen die Wohnung und die Leben meiner Kinder neu einrichten musste, sind wir uns bislang nur im Hausflur begegnet.

„Ganz allein, heute Abend?“, fragt sie. „Wo sind denn deine Kiddies?“

„Bei ihrem Vater. Ist mein erstes Silvester ohne sie.“ Mein alkoholisierter Zustand trägt zu meiner melancholisch depressiven Stimmung bei und ich heule los.

„Ach, scheiße. Das tut mir leid.“ Carmen hält eine Pulle Sekt in der Hand und winkt mit ihrem Glas. „Lust auf ein Gläschen?“

„Bist du auch alleine?“

„Nein, meine Freundinnen sind gerade runter. Fürs Feuerwerk.“

„Und du bist nicht mit?“

„Die Knallerei ist nicht so mein Ding, von hier oben ist es eh viel schöner. Was ist jetzt, kommst du rüber?“

„Ich komme, muss nur noch schnell ins Bad.“

Aus dem Spiegel im Bad blicken mir traurige Pandaaugen entgegen. Ich gehe aufs Klo, wische mir die verschmierte Wimperntusche weg und schnappe meine Wohnungsschlüssel.

Carmen öffnet die Tür, bevor ich klingeln kann. „War längst fällig, auf gute Nachbarschaft anzustoßen. Heute Nacht haben wir sogar zwei Gründe. Deinen Einzug und das neue Jahr.“

Ihre Wohnung ist bunt, etwas sehr bunt für meinen Geschmack. Aber meine Laune bessert sich. Grüne Wände im Flur, Mosaikspiegel, eine Garderobe mit bunten Haken, ein Regal mit Teelichtern und kleinen Elefanten in allen Farben und Größen.

„Ganz schön viele Elefanten.“

„Sie symbolisieren Weisheit, Kraft und Klugheit. Kennst du Ganesha?“, fragt Carmen und tätschelt einem ihrer Sammlerstücke den Rücken.

„Ist so eine Elefantengottheit, oder?“

„Na ja, fast. Ganesha ist eine Mischung aus Mensch und Elefant.

Man sagt, er sei der Sohn des Gottes Shiva und der Überwinder aller Hindernisse. Hab ich mir letztes Jahr zwischen die Schulterblätter tätowieren lassen.“ Sie dreht sich um und zieht ihr T-Shirt runter. Mehr als eine goldene Krone, zwei Augen und die Ansätze von Elefantenohren kommen nicht zum Vorschein.

„Ich kann zwar nicht alles sehen, aber das ist wirklich toll gestochen.“

„Ich habe auch lange nach einem Tätowierer gesucht. Den kann ich wirklich empfehlen.“ Sie zupft sich ihr T-Shirt wieder zurecht.

„Ich denke auch schon ne ganze Weile über ein Tattoo nach. Motiv habe ich schon, nur wohin genau, das muss ich noch entscheiden.“

„Sag einfach, wenn du den Kontakt zum Studio haben willst.“

Ich nicke und werfe einen Blick in ihr Wohnzimmer. Es besteht aus einer riesigen Sofalandschaft. Überall stehen Kerzen. Wachsnasen bahnen sich ungehindert ihren Weg auf Beistelltische und Fensterbänke. Es herrscht aufgeräumtes Chaos.

„Küche oder Wohnzimmer?“, fragt Carmen.

„Küche. Ich finde Küchen haben ein besonders gutes Karma.“

Wir setzen uns an einen Klapptisch mit zwei Stühlen. Trotz, oder wegen der Enge, scheint alles seinen Platz zu haben. Unzählige Kräuter und Gewürze stehen auf einem Regal über dem Herd. Darunter baumeln Kochlöffel, kleine Siebe, ein Kaffeefilter und ein Flaschenöffner. Buntes Keramikgeschirr, das so aussieht, als wäre es aus fernen Ländern zusammengesammelt, stapelt sich auf dem Regal daneben. Auf dem Holztisch zeugen unzählige Wachsreste und Kaffee- und Rotweinkränze von langen Nächten und unendlich viel Leben.

An ihrem Kühlschrank hängen Fotos. Auf vielen sind Kinder zu sehen.

Ich fühle mich wohl. Wir haben seit meinem Einzug noch nicht viele Worte gewechselt, aber ich habe ein gutes Gefühl. Carmen könnte meine Großstadtverbündete werden. Ich würde mich auf jeden Fall freuen, wenn es mehr als *gute Nachbarschaft* werden könnte.

„Und? Schon alles eingerichtet?", fragt Carmen, während sie mein Sektglas füllt.

„Fast. Ist nett geworden. Hab ich ehrlich gesagt nicht für möglich gehalten, in der Kürze der Zeit. Hoffe, mein Hämmern und Bohren haben nicht gestört."

„Ach Quatsch. Was mich angeht, musst du dir da keine Sorgen machen, die alte Frau Schmitz von oben hört kaum noch was und Mario von gegenüber feiert Weihnachten und Silvester zu Hause in Italien. Er kommt erst Anfang Januar wieder. Auf gute Nachbarschaft", sagt Carmen und wir stoßen an.

Ich nicke zum Kühlschrank. „Sind das deine Kinder?"

„Nein, nein." Carmen nimmt einen Schluck. „Ich habe zwei Brüder und sechs Nichten und Neffen."

„Anscheinend liegen sie dir am Herzen."

„Ja, total. Sie sind wunderbar. Alle sechs. Aber für mich wäre das nichts. Ich habe nie Kinder gewollt."

„Habt ihr Weihnachten zusammen gefeiert?"

„Ja, klar. Ich habe Säcke voller Geschenke durch halb Deutschland gekarrt. Silvester feiere ich danach am liebsten alleine. Bin also ganz froh, dass meine beiden Freundinnen gerade mal einen Augenblick raus sind. Die zwei sind frisch verheiratet und ihr Rumgeknutsche hat mich langsam doch ein bisschen genervt. Also ..., versteh das nicht falsch. Es ist super, dass du da bist." Sie grinst und kippt sich den Sekt in den Kopf.

„Was machst du denn beruflich?", frage ich und fühle mich wie bei einem ersten Date.

„Ich bin Physiotherapeutin. Hab meine eigene Praxis."

„Etwa die unten im Erdgeschoss?“

„Genau. Vorher war ich jahrelang Teamtherapeutin beim FC. Wir sind viel gereist. Ich freu mich jeden Morgen über den kurzen Arbeitsweg.“

„Wow. Die ganzen knackigen Jungs, fest unter deinen Händen?“

„Ja, das hat schon Spaß gemacht.“ Sie grinst. „Aber Job ist Job. Das muss man professionell betrachten.“

„Bist du eigentlich Single?“ Ich frage mich, ob sie auch lesbisch ist, wie ihre beiden Freundinnen.

„Ja.“

Ok, das bringt mich nicht weiter. Ist aber auch egal.

„Entschuldige, frage ich zu viel? Du bist die erste Erwachsene seit Wochen mit der ich mehr als zwei Sätze spreche.“

Manchmal stelle ich mir vor, wie es sein würde, keine Kinder zu haben. Dann ertappe ich mich dabei, mir ein solches Leben zu wünschen: Selbstbestimmt und frei.

Carmen reißt mich aus den Gedanken.

„Völlig ok. Ich wollte dich auch alles Mögliche fragen. Womit verdienst du deine Brötchen, wo habt ihr vorher gelebt und wie seid ihr hier gelandet?“

„Ich bin Architektin. Ich hatte mein Büro zu Hause, das war mit den Kindern echt praktisch. Ich suche gerade einen neuen Job. In der zweiten Januarwoche habe ich zwei Vorstellungsgespräche. Beides langweilige Büroaushilfsjobs. Das eine ist ein Fischfutterhersteller und das andere bei einem Getränkemarkt. Aber was soll ich machen ... ich brauch das Geld. Ich habe für Kim keinen langen Betreuungsplatz im Kindergarten bekommen. Also muss ich sie schon um zwei abholen. Mehr als Teilzeit geht noch nicht. Vielleicht kann ich nächsten Sommer einen Ganztags-Platz im Kindergarten ergattern. Dann kann ich meine Stunden ausbauen.“

„Gibt es nicht so etwas wie einen Alleinerziehenden-Bonus?"

Ich lache. „Schön wär's. Betreuungsplätze sind Mangelware und werden immer nur einmal im Jahr, im Sommer, neu vergeben. Bis dahin muss ich mich gedulden. Aber dann wird es sicher klappen."

Carmen nippt an ihrem Sekt. „Weißt du was? Mir fällt gerade Herr Meyer ein. Er ist ein Patient von mir. Ich hatte ihn letzte Woche in Behandlung und er war echt verzweifelt, weil seine Büroaushilfe schwanger geworden ist. Sie fällt ab sofort aus."

„Okay ... was macht Herr Meyer denn?"

„Bauingenieur. Ich dachte gerade, dass das passen könnte. Hat wenigsten ein bisschen was mit deinem früheren Job zu tun."

„Stimmt. Mehr als Fischfutter und Getränke auf jeden Fall." Ich schenke uns noch einmal nach.

„Ich glaube, er hat nächste Woche wieder einen Termin. Ich werde ihm von dir berichten – wenn ich darf. Vielleicht geht da was."

Wie angekündigt will Carmen alles wissen. Ich erzähle von der Trennung, meiner Kiesauffahrt-Zerstörung, dem Hausverkauf und der Wohnungssuche. Sie hört zu.

„... und dann stehe ich auf der Leiter und da ruft mich die Vermieterin an. Sie hat mit eurem Ex-Nachbar telefoniert und er war total begeistert von uns. Ich konnte nicht glauben, wie schnell und einfach ich die Wohnung hier gefunden habe. Ich war so glücklich, das kannst du dir gar nicht vorstellen."

„Hat Oliver euch die Wohnung gezeigt?"

„Ja, er musste ziemlich überstürzt nach Japan und ihm war es wichtig, dass die neuen Mieter gut hierhin passen. Er war echt nett."

„Das stimmt. Er hat übrigens ähnliches erlebt. Seine Frau ist mit dem Golflehrer durchgebrannt. Insofern bist du jetzt die zweite Ehegestrandete in meiner Nachbarswohnung."

„Zufälle gibt's ... Dann ist das wohl die Eherehabilitationswohnung", stelle ich fest und hebe feierlich mein Glas. „Auf eine erfolgreiche Reha."

Ich zeige ihr *mein* YouTube-Video. Sie lacht sich kaputt. „Ich kann nicht mehr!", ruft Carmen und wirft sich in die Stuhllehne. „... dein Gesichtsausdruck, als die Flasche den Engel köpft. Zum Schießen. Echt."

„Das war sicher nicht gut für mein Karma. Engel köpft man nicht."

„Da brauchst du dir keine Sorgen machen. Fremdverschulden zählt nicht. Der Auftritt ist wirklich legendär, Pia. Mit dir legt man sich besser nicht an!"

„Legendär? Hm, ich weiß ja nicht. Engel sind mir schon wichtig. Irgendwie glaube ich daran. An diesen ganzen Engelkram."

„Ach, Papperlapapp", sagt sie. „Du solltest dir immer selbst ein Engel sein. Alles andere bringt gar nichts."

Mein eigener Engel. Schönes Bild. Werde ich mir merken.

Nach dem Sekt köpfen wir einen Marillenbrand. Carmens knutschendes Freundinnenpaar ist irgendwann auch wieder dabei. An ihre Namen, Gesichter und überhaupt den Rest des Abends erinnere ich mich nur schemenhaft. Zuletzt war da dieses flauschige Wäscheduftgefühl meines Kopfkissens. Wie ich dorthin kam? Keine Ahnung. Filmriss.

Brummen, hämmernde Kopfschmerzen, Lärm. Dann wieder Stille. Lärm. Dann wieder Stille.

Was zum Teufel! Ich versuche meinen Kopf zu heben, um die Geräusche genauer zu definieren. Alles dreht sich. Der pelzige Geschmack in meinem Mund klebt mir die Zunge an den Gaumen. Mir ist schlecht. Kotzschlecht. Ein erneutes Poltern. Die Kinder? Nee, die sind beim Papa. Jemand klopft an meine Tür. Ich rolle mich vom Bett, schleppe mich zum Bad und kotze mir die Seele aus dem Leib. Dann liege ich zusammengerollt vor meiner Toilette und bedauere mich selbst. In den Spiegel will ich nicht gucken und zur Tür gehen schon gar nicht. Scheiße. Es klopft immer noch. Da hat jemand Ausdauer.

„Komme“, krächze ich. Ich ziehe mich am Waschbecken hoch und wage einen flüchtigen Blick in den Spiegel.

Vierzig, faltig und völlig verkatert. Prost Neujahr.

Carmen glotzt in den Türspion. Sie hält ein Glas mit einer trüben Flüssigkeit hoch. Ich öffne.

„Hier, Aspirin. Trink.“ Sie grinst breit und reicht mir das Glas. „Beschissen siehst du aus.“

„Danke. Genauso fühl ich mich auch. Komm rein.“ Ich stürze das Aspirin runter und schleppe mich in die Küche. Gut, dass die Kinder ihre übersüßten, isotonischen Getränke im Kühlschrank stehengelassen haben. Ich schnappe mir eine Flasche und kippe sie dem Aspirin auf ex hinterher.

„Kaffee?“ Ich mustere Carmen, die als Antwort angewidert das Gesicht verzieht. Sie scheint auch ein wenig zu leiden.

„Tee wäre mir heute lieber“, sagt sie.

Ich zeige auf den Wasserkocher und meine Teebox.

„Bedien dich. Tassen sind oben rechts. Ich muss duschen.“

„Schaffst du es denn gleich zum Rhein?“, ruft mir Carmen hinterher.

Wir haben uns wohl verabredet. Ich kann mich nicht mehr daran erinnern.

„Klar! Gib mir zehn Minuten.“

Am Rhein sind ausschließlich Familien und händchenhaltende Pärchen unterwegs. In der Altstadt begegnen uns verkaterte Nachtschwärmer und zerzauste Frühaufsteher. Mit ihnen fühle ich tiefe Verbundenheit.

Wir schließen unsere Fahrräder ab und schlendern über die Hohenzollernbrücke, vorbei an unzähligen Vorhängeschlössern, die als Liebesbeweis am Geländer befestigt sind. Wie viele Beziehungen, die sich hier verewigt haben, haben wohl gehalten?

„Wann kommen deine Kinder wieder?"

„Morgen. Christoph will noch ein paar Tage Skifahren. Weihnachten waren sie bei mir, Silvester kurz bei ihm und nächstes Wochenende ist wieder normales Papawochenende. Am Freitag holt er sie ab. Letztes Jahr hat er nicht viel Zeit mit ihnen verbracht. Wir versuchen, das in den Ferien fifty-fifty zu regeln. Meistens klappt das aber nicht." Ich kicke einen dicken Stein in den Fluss.

„Vermisst du sie?"

„Wahnsinnig."

Wenn sie wüsste, dass ich manchmal heulend auf den leeren Kinderbetten sitze. Sie würde mich für eine dieser Helikopter-Dinkelkeks-Muttis halten. Aber ehrlich gesagt: Ich vermisse in alle Richtungen. Immerzu. Ich bin hin- und hergerissen zwischen dem Gefühl, meine freie Zeit endlich zu genießen, und dem Gefühl nagender Leere in der Bude und in meinem Herzen.

„Was hältst du davon, wenn wir an den Papawochenenden mal so richtig feiern gehen? Komm einfach mal mit."

Wir setzen uns auf die Stufen am Rheinboulevard und betrachten das Panorama. Tausendmal gesehen und immer noch wunderschön.

„Ich weiß nicht."

„Hey, verkriech' dich nicht!"

„Mach ich doch gar nicht. Na ja, vielleicht ein wenig. Mir wächst einfach alles über den Kopf. Es ist alles kaputt. Übrig ist ein riesiger Schrotthaufen. Wie oft habe ich gehört: *Die armen Kinder leiden bestimmt sehr.*"

Carmen klopft mir auf den Oberschenkel. „So ein Blödsinn. Deine Kinder sind nicht arm. Sie sind super."

Ja, die Kinder sind super. Sie mussten schlagartig selbständig werden und viel ertragen. Beschwert haben sie sich nie. Ich sollte mir ein Beispiel an ihnen nehmen. Stattdessen jammere ich weiter.

„Weißt du, was mich an jedem dieser verdammten Tage seit der Trennung gequält hat? Ich konnte nicht mehr die Mutter sein, die ich gerne sein will. Ich habe sie permanent allein gelassen und musste mich um andere Dinge kümmern. Das war kacke."

„Ich glaube, ich verstehe, was du meinst." Carmen legt sich zurück und genießt die Wintersonne. „Aber wie durch ein Wunder leben sie alle beide noch. Deine *armen Kinder*." Carmen grinst mich von der Seite an.

Ich mag ihr Grinsen. Herrlich unverschämt.

Ich beobachte zwei Kinder, die Steine in den Rhein flitschen. Etwas abseits steht ein Paar Arm in Arm am Ufer. Sie küssen sich. Er lacht und streicht ihr die Haare zurück. Dann schlendern sie händchenhaltend weiter. Ich schaue weg.

„Was ist jetzt mit dem Feiern?", fragt Carmen nach einer Weile.

Ich stöhne und reibe mir meinen immer noch dröhnenden Schädel. „Wenn es nicht jedes Mal so endet wie letzte Nacht?"

„Um Himmels willen. Nur ein bisschen tanzen, flirten oder quatschen. Außerdem kannst du so dein Köln-Netzwerk ausbauen."

Ich lache. Es ist Jahrzehnte her, dass ich feiern gegangen bin. Dabei tanze ich für mein Leben gern. Die letzten Jahre aber nur noch zu Hause, am liebsten, wenn keiner dabei war.

„Okay. Können wir machen. Tanzen klingt gut. Flirten auch. Aber darin musst du mir Nachhilfe geben. War ja bisher nicht nötig, wenn du verstehst. Momentan bin ich eher eine Pflastersteinguckerin."

„Was ist denn das schon wieder? Ich kenn nur eine Kiesauffahrt-Sprengerin."

„Das ist eine Frau, die den Blick nicht hebt und gar nicht wahrnimmt, was um sie herum passiert."

Carmen zwinkert mir zu. „Das bekommen wir schon hin."
Wir stehen auf.
„Was hältst du von Freitagabend? Tina und Melanie hatten da was geplant. Da können wir uns sicher dranhängen. Okay?"
„Tina und Melanie?"
„Meine Freundinnen, von gestern. Du erinnerst dich nicht?"
„Doch, doch. Nur die Namen sind irgendwie im Marillenbrand verpufft, befürchte ich."

Wir fahren zurück Richtung Sülz.
„Ich hab Lust auf Chips. Lass uns noch bei Murat halten", rufe ich Carmen zu.
„Zum Frühstück? Dann bist du aber wirklich schlimm verkatert."
„Nee. Für heute Abend vorm Fernseher. Die Kinder haben meine Vorräte geplündert."
Während unserer Einzugs- und Renovierungsphase ist uns Murat ein wirklich lieber Freund geworden. Wenn man das so sagen kann, über jemanden, dem man hin und wieder für ein paar Minuten begegnet. Auf jeden Fall hat er mich verlässlich gut mit Kaffee und die Mädels mit Naschkram versorgt. Außerdem hat er zu den unmöglichsten Zeiten geöffnet und so leuchtet uns auch heute Vormittag sein grünes Open-Schild entgegen, als wir in unsere Straße abbiegen. Ich kann behaupten, dass Murat einen festen Platz in meinem neuen Leben hat. Ich mag ihn sehr.
„Frohes neues Jahr, Murat", begrüßen wir ihn, als wir den Kiosk betreten.
„Frohes neues Jahr, ihr zwei. Seid ihr gut reingekommen?"
„Feucht fröhlich, könnte man sagen. Und du?"
„Traditionsbewusst in roter Unterwäsche." Murat grinst.
„Roter Unterwäsche?", fragt Carmen.

„Ist so ein Brauch in der Türkei. Das bringt Glück", antwortet er und zieht zum Beweis den roten Gummibund seiner Boxershorts aus der Jeans hervor.

„Aha. Hast du noch Chips?"

„Warte. Ich muss das Regal auffüllen. Chips und Sekt sind gestern gut gelaufen." Murat kramt hinter sich in ein paar Kartons und legt mir eine Tüte auf den Tresen.

„Reicht eine?"

„Müsste. Ansonsten komme ich später noch einmal."

Wieder zu Hause mache ich mir ein fettiges Katerfrühstück. Nürnberger Rostbratwürstchen und ein Spiegelei mit Käse auf Toast. Dazu eine hochdosierte Magnesiumtablette, viel Wasser und ab aufs Sofa mit meiner Kuscheldecke und dem langweiligen Fernsehprogramm. Die Tüte Chips drapiere ich für *später* griffbereit auf dem Couchtisch. Ich warte anständige fünf Minuten, bevor ich sie öffne.

Kinder, Chaos und Kotze

„Habt viel Spaß mit Papa. Bis Sonntagabend.“ Ich schließe die Tür hinter meinen Kindern. Ruhe.

Obwohl ich mich danach sehne, ist es immer wieder ein komisches Gefühl, ohne sie zu sein. Ob es ihnen wohl genauso geht?

So richtig weiß ich gar nichts mit mir anzufangen. Freizeit muss ich dringend üben.

Also putze ich.

Die Wohnung ist perfekt aufgeteilt. Wenn man reinkommt gehen rechts vom Flur die Kinderzimmer ab und das kleine Gästeklo. Noch hängt darin nur eine Baustellenfassung mit Birne, aber zumindest haben wir Licht. So ein kleines Extraklo erleichtert einiges, besonders mit Helen, die morgens ewig mit ihrem Styling beschäftigt ist.

Die Küche bildet das Herzstück. Sie ist so groß, dass unser alter Esstisch reinpasst. Im Anschluss an das Wohnzimmer geht es in mein Schlafzimmer und *mein Bad*. Ein eigenes Bad ohne Mann ist herrlich: Kein Pinkeln im Stehen, keine Bartstoppeln auf frisch geputzter Keramik und alles an seinem Platz. Zumindest, wenn Helen sich nicht mal wieder meine Mascara, die Bodylotion oder mein Puder ausleiht. Ein Büro gibt es nicht. Ist aber nicht so schlimm. Ein kleiner Sekretär im Schlafzimmer reicht für meinen Schreibkram.

Die Wohnung ist wirklich perfekt für uns drei. Und von meinem wundervollen Balkon aus sehe ich sogar die Domspitzen.

Ich schnappe mir meinen Staubsauger und lege los.

Helens Zimmer ist aufgeräumt. Es soll *cool* und erwachsen wirken. Den Kleiderschrank öffne ich jedoch nie, da ich sonst Gefahr laufe, von einer mächtigen Klamottenlawine überrollt zu werden. Dazu sage ich nichts mehr, denn Kritik ist generell mit größter Vorsicht anzubringen. Ansonsten landet man in einer pubertären Hölle aus Geschrei und Tränen.

Meine kleine Kim bastelt, was das Zeug hält. Ihr Zimmer gleicht dem Atelier eines verrückten Künstlers. Sie lagert alles, was sie vielleicht noch brauchen könnte. Stöcke, Kartons, Steine und Kleinkram vom Sperrmüll. Tampons benutzt sie gerne als Stempel. Weil dann immer so ein guter Kreis mit Kreuz vorne drin entsteht, hat sie mir erklärt.

Außerdem sammelt sie verhungerte Spinnen, Fliegen und tote Insekten, die sie in der Wohnung oder draußen findet und baut Friedhöfe für sie. Wo dann auch die gestempelten Tamponkreuze wieder eine Rolle spielen. Denn sie führt genau Buch über jedes verstorbene Viech. Name, Fundort, vermutlicher Todeszeitpunkt, Tamponkreuz. Sie nimmt einen Schuhkartondeckel, füllt ihn mit etwas Erde und baut Kreuze aus Eisstielen und Streichhölzern. Im Winter schmücken Plastikblümchen den Friedhof, im Sommer pflückt sie Gänseblümchen.

Ich drapiere ihre neuesten Basteleien auf dem Schreibtisch. Staubwischen lohnt sich nicht. Um zu verhindern, dass sich innerhalb der nächsten 24 Stunden Kriechtiere ansiedeln, die dann wiederum auf ihrem Friedhof landen, staubsauge ich zumindest.

Trotzdem: Niemand kann sagen, ich sei nicht tolerant.

Eigentlich habe ich mir immer drei Kinder gewünscht, nach Helen hat es leider lange nicht geklappt. Kim kam überraschend, als wir eigentlich schon damit abgeschlossen hatten. Manchmal stelle ich mir vor, wie es wäre, auch einen Sohn zu haben. Ich glaube, ich hätte ihn Felix genannt. Nach meinem Großvater.

Als ich mit meinem Wäschekorb bewaffnet in den Keller gehe, vibriert mein Handy. Eine Nachricht von Carmen: ‚Herr Meyer ist bei mir. Habe von dir erzählt. Komm doch gleich mal runter. Er wartet hier auf dich. Und keine Angst, er zieht sich was an.'

Ich erinnere mich an den Bauingenieur, von dem mir Carmen am Silvesterabend erzählt hat. Ich blicke an mir hinab. Bestandsaufnahme: Jogginghose, uraltes T-Shirt, Haare und Gesicht noch im Morgenkaffee-Modus – und das am Freitagnachmittag. Ich schreibe zurück: ‚Gib mir fünf Minuten!', renne die Treppen zu meiner Wohnung rauf, stelle den Wäschekorb ab und hechte Richtung Schlafzimmer. Gammel-Klamotten aus, BH, Bluse und Jeans an. Dann ab ins Bad, die Haare nochmal nass machen, in Form föhnen und Wachs reinkneten. Augenblicklich wünsche ich mir meine langen Haare zurück. Die hätte ich jetzt einfach durchgebürstet und mir zum Zopf zurückgebunden. Ich pudere mir die Nase, Mascara drauf – fertig. Als ich ins Erdgeschoss komme, steht Carmen an den Briefkästen und sortiert ihre Post. „Immer nur Werbung", sagt sie und rollt mit den Augen.

„Besser als immer nur Rechnungen", antworte ich. „Ist Herr Meyer schon wieder weg?"

„Nee, er liegt gerade unter der Wärmelampe. Dauert noch fünf Minuten."

„Puh ... gut." Ich zupfe mir die Bluse zurecht.

„Du siehst top aus", sagt Carmen und schließt den Briefkasten. „Komm mit in die Praxis. Ich koche uns einen Kaffee. Für heute war er der letzte Patient. Ich muss nur noch ein bisschen aufräumen und desinfizieren."

Ich folge ihr in die kleine Küche der Praxis.

„Was ist eigentlich mit heute Abend, Pia? Soll ich dich gegen sieben Uhr abholen?“

„Wo geht’s denn hin?“, frage ich und denke: Oh Himmel, was ziehe ich an?

„Tina will einen neuen Laden ausprobieren.“

Herrn Meyers Timer ist abgelaufen und unterbricht uns mit einem anhaltenden Piepton. Carmen eilt zu ihm.

„So Herr Meyer, dann wollen wir Sie mal aus der Karibik zurück ins kalte Köln holen ...“, höre ich Carmen in der Kabine scherzen.

„Frau Lückerath ist auch schon da und wartet auf Sie. Wenn Sie möchten, können Sie sich mit ihr ins Wartezimmer setzen. Ich habe Kaffee aufgesetzt.“

Ich höre, wie Herr Meyer irgendetwas sagt. Ich kann ihn nicht verstehen, wahrscheinlich steckt sein Kopf noch im Loch der Massagebank.

„Heute wieder Latschenkiefer oder zum Abschluss lieber Zitronengrasöl?“

Als Carmen aus der Kabine kommt, zwinkert sie mir zu und ruft ein tonloses „Toi, toi, toi“ in meine Richtung. Dabei wedelt sie mit gedrückten Daumen in der Luft herum und verschwindet in der Küchennische.

Durchatmen, lächeln, Gedanken sortieren. *Kriegst du hin, Pia.*

Herrn Meyers Hemd ist schief geknöpft und seine roten Wangen leuchten, als er mir lächelnd die Hand reicht.

„Das ist mal ein ungewöhnliches Bewerbungsgespräch“, sagt er.

„Das stimmt allerdings.“

„Sie sind also Frau Lückerath und auf Jobsuche?“

„Ja, das ist richtig. Ich bin Carmen, also Frau Bremer wirklich dankbar, dass sie das hier arrangiert hat.“

„Dann erzählen Sie doch mal, was Sie bisher gemacht haben.“

„Ich bin Architektin. Studiert habe ich in Köln und danach habe ich einige Jahre bei Wirth & Partner gearbeitet.“ Ich erzähle von meinem Büro zu Hause, meinen Kindern, der Trennung und dass ich plane, im Sommer meine Stunden auszubauen – sollte ich einen Ganztagsplatz für Kim bekommen.

Zwischendurch bringt uns Carmen den Kaffee. „Und Herr Meyer? Habe ich Ihnen zu viel versprochen? Das passt doch ganz hervorragend“, flötet Carmen, während sie Herrn Meyer Milch und Zucker für den Kaffee reicht.

„Das stimmt Frau Bremer. Ihre neue Nachbarin scheint ein wirklicher Glücksgriff zu sein.“

„Das stimmt“, sagt Carmen, zwinkert mir zu und verschwindet wieder mit Desinfektionsmittel und Lappen bewaffnet in eine ihrer Kabinen.

„Ich befürchte aber, dass Sie überqualifiziert sind für den Job. Ich kann Sie selbstverständlich nicht als Architektin, sondern lediglich als Büroaushilfe bezahlen.“

„Aber vielleicht stellen Sie ja fest, dass ich Ihnen als qualifizierte Kraft mehr nutzen kann, als Sie jetzt eventuell vermuten. Ich habe kein Problem damit, Bürotätigkeiten auszuüben.“ Natürlich ist es nicht das, was ich *eigentlich* will, aber mir bleibt einfach nichts anderes übrig. Ich muss einen Job finden.

Zu meiner Erleichterung nickt Herr Meyer und erzählt von seinem Unternehmen: „Die Firma wird jetzt schon in zweiter Generation von meiner Familie geführt. Meine Büroassistentin, die nun schwanger geworden ist, wird wohl nicht mehr wiederkommen. Sie war zwar in Teilzeit tätig, aber ab und zu musste sie am Nachmittag zu Baustellenbegehungen mitkommen. Ginge das bei Ihnen denn auch? Ich meine, wegen Ihrer Kinder.“

„Klar“, sage ich schnell und er nickt wieder.

Wir feilschen eine Weile um Arbeitszeiten und Gehalt. Am Ende passt es.

„Wann könnten Sie denn anfangen, Frau Lückerath?"

„Am Montag, den 9. Januar fangen Kindergarten und Schule wieder an."

„Dann würde ich Ihnen Anfang nächster Woche einen Vertrag zukommen lassen. Schicken Sie ihn unterschrieben zurück und seien Sie dann an dem Montag um acht Uhr bei uns."

Ich bringe Herrn Meyer zur Tür und wir verabschieden uns.

Carmen steht mit ausgebreiteten Armen im Wartezimmer. „Herzlichen Glückwunsch zum neuen Job."

Ich falle ihr in die Arme. „Danke. Du bist die Beste."

***

Ich bin eine Idiotin. Ich habe für heute Abend zugesagt und nun stehe ich vor dem Klamottenportfolio und muss feststellen, dass nicht ein einziges Teil zu mir passt. Ich laufe rum wie eine spießige Landmutti. Schöne Scheiße. Ich muss dringend shoppen.

Für heute entscheide ich mich für ein weißes Langarmshirt, Jeans und Sneakers. Damit kann ich nichts falsch machen. Dann durchsuche ich den Sekretär nach meinen Lieblingsohrringen aus dem Kroatienurlaub. Kleine, goldene Stecker mit schimmerndem Muschelkalk.

Mein Spiegel hängt hinter der Schlafzimmertür. Ich drehe und wende mich und betrachte meine Vorder- und Rückseite.

Haare brünett, Kurzhaarschnitt. Da hat mein Ex geguckt, als ich mir die langen Haare habe abschneiden lassen. Mein Gewicht variiert zwischen plus 15 kg nach den Schwangerschaften und minus 15 kg dazwischen. Mit jedem Kind sind ein paar Kilos hängengeblieben. Wer durchs Stillen abnimmt, hat verdammtes Glück. Bei mir hat das nicht funktioniert. Meine Brüste sind voll und rund. Ich steh auf sie. Mit dem richtigen BH habe ich ein super Dekolleté. Die Taille ist da, wo sie hingehört. Ich habe Kurven. Weibliche Kurven.

Ich kneife in meinen Bauch und lasse ihn schwabbeln. Totes Gewebe, wohin das Auge reicht, geschmückt mit ordentlichen Schwangerschaftsstreifen. *Dafür haben da zwei tolle Kinder zur Untermiete gelebt.*

Ich drehe mich noch einmal vor dem Spiegel hin und her. Die Jeans macht einen knackigen Hintern. Zum Beweis gebe ich ihm einen schallenden Klaps.

Ich lächle mich an. Der nächste Mann bekommt eine wundervolle, echte, intelligente Frau in einer sexy Hülle mit leichten Abnutzungserscheinungen. Topzustand für mein Baujahr.

Und vielleicht, irgendwann, glaube ich mir diese ganze *ich find mich schön Selbstmotivations-Kacke* auch noch.

Das Telefon klingelt. Im Display sehe ich die Nummer meines Ex. Hoffentlich ist nichts mit den Kindern, doch ich kann diese Hoffnung nicht mal in Ruhe zu Ende denken:

„Pia, ich muss die Kinder leider früher zurückbringen. Bianca ist krank geworden. Magen-Darm. Sie möchte die beiden nicht hier haben. Außerdem denkt sie da auch an dich. Wenn die zwei sich anstecken, hast du nächste Woche richtig Spaß."

„Na toll." Ich lasse mich rückwärts auf mein Bett fallen. Soll ich ihm das glauben oder betrügt er mich um meine freie Zeit?

„Ich werde sie morgen Vormittag wieder zurückbringen."

„Ja. Klar." Scheiße. Ich wollte doch shoppen gehen.

„Ich kann sie dafür am nächsten Freitag wieder abholen und dann das Wochenende mit ihnen verbringen."

„Ja, okay. Dann bring sie mir morgen aber bitte früh zurück."

„Passt 11 Uhr?"

„Geht es nicht früher? Ich muss noch in die Stadt und ab 11 wird es immer so voll."

„11 Uhr ist wirklich das Äußerste. Überleg' mal, wann ich dann hier losfahren muss. Da maulen die Damen wieder, wenn ich sie so früh wecke."

„Also Kim ist immer um sieben wach. Aber wenn es nicht möglich ist, muss 11 Uhr natürlich passen."

„Ich danke dir!"

Da ist so eine übertriebene Ehrlichkeit in seinem Tonfall, dass ich sofort weiß, dass er lügt.

„Gut. Dann bis morgen und richte Bianca gute Besserung aus." Ich lege auf.

Gute Besserung? Ach Quatsch, soll sie ruhig kotzen. Geschieht ihr recht. Es gab Zeiten, da hätte ich ihr jede Seuche dieses Planeten an den Hals gewünscht, und auch jetzt tut sie mir nicht wirklich leid. Miststück. Mein Leben ist im Arsch und die schönoperierte Tussi sitzt kotzend in ihrem Wolkenschloss. Mit meinem Mann.

Alles neu

Ich habe noch nie mit einer Lesbe Kölsch getrunken. Bei uns im bergischen Einfamilienhausidyll gab es keine Homosexuellen. Zumindest keine, die sich geoutet hätten.

Ich bin froh, dass das in Köln einfacher ist. Die Anonymität der Stadt und die Vielfalt schützt und befreit.

Tina schleppt uns in eine moderne Kölschkneipe namens Peterchens. Melanie kann heute Abend nicht dabei sein. Sie besucht ihre Eltern in Bad Honnef. Ich will nicht lange bleiben, weil meine Kinder ja schon morgen wiederkommen. Es nervt total, dass ich auf meine kinderfreie Zeit verzichten muss, weil Bianca kotzt.

„Ich kann nie mit nach Bad Honnef." Tina verdreht die Augen. „Ihre Mutter akzeptiert es immer noch nicht, dass *ihre* Meli mit einer Frau verheiratet ist. Es ist zum Kotzen und bricht Melanie echt das Herz. Ihr Vater geht damit viel cooler um."

„Ist sie das einzige Kind?"

„Nein. Sie hat noch zwei Brüder. Mit denen versteht sie sich super. Aber ihre Mutter ist komplett verstockt."

Der Köbes stellt die erste Runde Kölsch ab. Die anderen beiden wollen nur etwas trinken, aber ich habe Hunger und bestelle mir noch ein Mettbrötchen mit Zwiebeln und frischem Pfeffer. Für mich gibt es nichts Köstlicheres.

Tina fragt: „Wie war eure erste Woche im neuen Jahr? Habt ihr euren Silvesterrausch gut auskuriert?"

„Also ich habe am Mittwoch wieder gearbeitet und nebenbei unserer Pia hier zu einem neuen Job verholfen.“

„Wow. Tinte noch feucht oder schon alles in trockenen Tüchern?“

„Fast trocken. Aber anstoßen sollten wir auf jeden Fall darauf“, antworte ich und hebe das Glas. Das erste Kölsch ist rasch geleert. Das Mettbrötchen lässt auf sich warten und ich habe heute noch nicht viel gegessen, also lege ich meinen Deckel aufs Glas. Ich steige um auf Wasser.

„Was hast du denn vor den Kindern gemacht?“

„Ich bin Architektin.“

„Wow. Kennen wir ein Gebäude von dir?“

„Ja, bestimmt. Ich war beim Umbau des Lufthansa Gebäudes hier in Köln dabei. Heute der Lanxess-Tower, direkt an der Deutzer Brücke. Das war mein größtes Projekt.“

„Wahnsinn. Da war ich letztens zu einer Präsentation. Ich kenne es noch von früher. War da mal mit Freundinnen auf einer Karnevalsparty. Ist wirklich toll geworden.“

„War da unten nicht früher auch eine Disco? New York oder Tokio oder wie hieß die noch?“, fragt Carmen.

„New York”, antworten Tina und ich aus einem Mund.

„Ja, stimmt. Das waren noch Zeiten ...“

Mit der nächsten Getränkerunde stellt der Köbes mein Mettbrötchen ab. Wurde auch Zeit. Meine Laune bessert sich ein wenig.

„Geht auf mich.“ Tina schiebt ihm den Bierdeckel entgegen, auf dem der Köbes drei Striche hinterlässt, den Stift wieder hinter sein Ohr schiebt und mit den leeren Gläsern im Kranz abzieht.

„Und was präsentierst du im Lanxess-Tower?“

„Da habe ich nur einen Kollegen vertreten. Ich bin in der Unternehmensberatung, Automobilbranche. Im Herbst bin ich immer in Dubai, im Februar dann in Chicago und im März in Genf. Eine

Autoshow jagt die nächste. Das sind unsere Top-Akquise Zeiten. Wobei mir die Reiserei ziemlich auf den Senkel geht. Melanie ist viel allein."

Carmen zuckt mit den Schultern. „Und wenn ihr die Decke auf den Kopf fällt, kommt sie manchmal rübergeradelt. Außerdem hat sie dann Zeit für ihre Fortbildung zum Yoga-Instructor und für ihre Karma-Karten. Ist doch viel besser, wenn man ab und zu auch nochmal allein ist."

„Karma-Karten?", frage ich.

„Ist so eine neue Geschäftsidee von Melanie. Das sind Karten zum Verschenken mit lustigen Karmasprüchen. Sie designt gerade ihre erste Kollektion", sagt Tina.

Tina wirkt taff, selbstbewusst und unkompliziert. Ich denke über meine Karriere nach. Ich hatte mein eigenes kleines Architekturbüro zu Hause. Damals ging es Christoph und mir sehr gut. Klassische *Dinks* – double income, no kids.

Ich hätte mehr daraus machen können. Habe ich aber nicht. Wir haben uns für Kinder entschieden. Als Helen kam, hatte ich kaum noch Zeit für Akquise. Meine Aufträge gingen zurück. Als Mutter hatte ich es schwer in der Männerwelt meines Jobs. Für Großprojekte oder Auslandseinsätze konnte ich nicht mehr eingeplant werden. Ich habe es geschluckt. Schließlich hatte mein Mann einen Fulltime-Job, die Großeltern wohnten weit weg und Nachmittagsbetreuung für Kleinkinder auf dem Land war nicht vorhanden. Christoph machte Karriere, ich wurde Vollzeit-Mutti.

Heute ärgere ich mich. Über diese Ungerechtigkeit und noch mehr über mich selbst. Ich habe es mit mir machen lassen. Ich war nicht emanzipiert. Aber bin ich es heute? Ich sollte mal darüber nachdenken.

„Hey Träumerin, trinkst du noch ein Kölsch oder bleibst du bei Wasser?" Tina hält mir ihr leeres Kölschglas vor die Nase.

„Nee, danke. Ich mach mich mal langsam auf den Heimweg. Bin echt müde und meine Mädels kommen schon morgen wieder."

„Ist es okay, wenn ich noch ein wenig bleibe?", fragt Carmen.

„Ja klar. Ich find den Weg. Die Mädels und ich gehen morgen Vormittag shoppen. Melde mich danach mal bei dir."

Wir verschieben unsere Partynacht auf nächsten Freitag, an dem eine Funky 90´s Party in Rodenkirchen stattfinden soll. Ich schwinge mich auf mein Fahrrad.

Ich fühle mich beschissen. Warum ist das andauernd so? Fängt ja schon damit an, dass ich nicht die richtigen Klamotten habe. Aber jetzt bin ich einfach unglücklich. Mir wird klar, dass ich immer zurückgesteckt habe, damit Christoph seine Karriere durchziehen kann.

Er hat alles auf meinem Rücken aufgebaut. Vielleicht tat er das unbewusst, aber ich habe mitgespielt. Und jetzt ist er weg und ich? Minijobberin mit abgeschlossenem Architekturstudium. Volltreffer!

Wütend trete ich in die Pedale. Meine Hände prickeln vor Kälte und werden taub. Ich fahre ein Stück freihändig und reibe sie ein paarmal gegeneinander. Es hilft nichts. Sie bleiben eisig.

Ich ertappe mich dabei, neidisch auf Tinas Leben zu sein. Geiler Job, doppeltes Einkommen, glückliche Beziehung. Aber keine Kinder ...

Ich biege in meine Straße ab. Mein Gesicht fühlt sich mindestens so taub an, wie meine Finger. Meine Nase läuft. Gut, dass ich es gleich geschafft habe.

Ich parke mein Fahrrad im Hof. Im Hausflur geht das Licht an, ansonsten ist alles ruhig.

Auf den Stufen zur Hoftür kommt mir die alte Frau Schmitz entgegen. Sie hat zwei Mülltüten in der Hand, die bedrohlich voll sind.

„Lassen Sie mich das machen, bitte“, sage ich und nehme ihr – ohne eine Antwort abzuwarten – die Tüten aus den Händen.

„Ach dat is ävver nett vun Ihnen, Frau ... wie war noch Ihr Name?“

„Lückerath, Pia Lückerath. Aber Sie können gerne Pia sagen“, antworte ich, während ich ihre Tüten in die Mülltonnen werfe.

„Wat sähste?“, schreit sie. „Isch hür doch net mieh so jut.“

„Pia, heiße ich. Sie können mich Pia nennen!“, schreie ich zurück.

Ich folge ihr in den Hausflur.

Frau Schmitz schlufft vor mir die Stufen hinauf. Ihre Füße stecken in klassischen Oma-Hausschuhen und sie hat ihre grauen Haare zu einem festen Dutt mit Haarnetz nach hinten gebunden. Ich betrachte ihren Blümchenkittel. Ich habe lange Zeit niemanden gesehen, der einen Kittel trägt. Meine Oma hatte einen, mit psychedelischen Kreisen in orange und braun, und der Hausmeister an meiner Schule auch – allerdings in grau. Frau Schmitz' Blümchenkittel, mit der bunten Mischung aus Vergiss-mein-nicht, Veilchen und Butterblumen ist fröhlich. Zu genau darf ich aber nicht hingucken, sonst wird mir schwindelig.

„Tschö Pia, un danke dir un wann isch der Musik ens wat laut han, müsst ehr dat sagen. Isch maach doch d'r Millowitsch esu jähn“, sagt Frau Schmitz und nimmt die letzten Stufen zu ihrer Wohnung in Angriff.

„Tschö, Frau Schmitz. Machen Sie sich keine Sorgen. Die Musik stört mich nicht. Bei uns geht es auch nicht immer ruhig zu. Einen schönen Abend noch!“, schreie ich ihr hinterher. Sie antwortet nicht. Keine Ahnung, ob sie mich gehört hat. Hoffentlich hat mein Gebrüll niemanden aufgeweckt.

Ich schließe meine Wohnungstür auf, hänge meine Jacke an die Garderobe, koche mir einen Tee und zappe durch das Fernsehprogramm. Wieder nur Müll.

Zeit meine Wut mit Selbstliebe zu besiegen. Ich gehe unter die Dusche und lasse mir Zeit für ein ausgiebiges Schönheitsprogramm. Haar-, Gesichtsmaske und Ganzkörperpeeling. Danach ausgiebiges Eincremen und wo ich schon mal bei Körperpflege bin, masturbiere ich und bin verdammt nochmal nicht leise dabei.

***

Wir sitzen in der Bahn. Die Mädchen begleiten mich. Ob das gut ist, weiß ich noch nicht.

Kim kuschelt sich an mich. „Mama, weißt du was? Bianca sah ungeschminkt aus wie eine Hexe!"

Ich knuffe Kim in die Seite. „Du kleines, freches Ding. Das sagt man aber nicht. Sie war doch krank. Da sieht man schon mal nicht so toll aus."

Helen sitzt uns gegenüber und beugt sich etwas vor, damit nicht die halbe Bahn unser Gespräch mitbekommt. „Da hat Kim aber recht, Mama. So ohne ihre ganze Schminke ist sie wirklich hässlich."

„Die Arme", sage ich.

„Und sie ist ein richtiges Klappergestell. Total mager. Du bist schön." Helen lächelt. „Ich soll dir auch ausrichten, dass sie den Brunnen reparieren lassen. Papa sagt, die Rechnung lässt er dir über seinen Anwalt zukommen."

Ich zucke mit den Schultern. „Belanglos."

„Was heißt das?", fragt Kim.

„Scheißegal", antwortet Helen.

Während die Bahn gleichgültig rüttelnd an den Geschäftshäusern und dem Verkehrschaos vorüberzieht, überlege ich, wie teuer die Reparatur wohl werden wird und woher zum Teufel ich das Geld dafür nehmen soll.

Nächster Halt Neumarkt. Die Bahn hält und wir steigen aus. Wir peilen eines der großen Kaufhäuser an. Ich habe mir in den Kopf gesetzt, ein schickes Kleid zu finden. Eines mit dem ich ausgehen - und das ich auch mal ins Büro anziehen kann. Aber alles, was Helen mir in die Umkleidekabine reicht, ist zu eng um die Hüfte, sitzt nicht an den Schultern oder ist zu lang. Dazu noch diese blousonartig weiten Oberteile. Die Schnitte in diesem Jahr sind nix für mich. Ich brauche es oben eng und unten weit.

Eine Stunde vergeht und ich habe das gesamte Sortiment durchprobiert. Was für ein Mist! Zu allem Überfluss fängt Kim jetzt an, durch die Kabinen zu toben oder fummelt an dem Kleiderständer vor meiner Kabine rum. Als ich sie bitte, aufzuhören, beginnt das Jammern: „Ich muss Pipi und ich habe Durst."

„Helen, würdest du so lieb sein und die Verkäuferin nach einer Kundentoilette fragen?"

Die beiden verschwinden. Gefrustet pelle ich mich aus dem Fummel, und feuere ihn auf den Hocker in die Ecke, wo sich ein trauriger Haufen abgelehnter Kleider stapelt. Okay. Das ist alles für Magermodels. Wo sind die Sachen für die normalen Frauen? Ich habe die Schnauze voll.

„Kommen Sie zurecht?", höre ich eine Verkäuferin durch den Vorhang fragen.

„Nein", antworte ich.

„Kann ich Ihnen behilflich sein?"

Ich schiebe den Vorhang ein Stück zur Seite. „Das hier passt alles nicht."

Ich reiche ihr das zusammengeknüllte Ergebnis meiner Anprobe durch den Vorhang.

Sie mustert mich von oben nach unten. „Was suchen Sie denn?"

„Ein Kleid. Möglichst schlicht."

„A-Form wäre genau das richtige für Sie. Warten Sie einen Moment. Ich habe hinten auf der Puppe ein schickes in Größe 40, allerdings schon aus der neuen Kollektion, mit kurzem Arm. Das kann ich mir gut an Ihnen vorstellen.“

Ich lasse mich auf den Hocker in meiner Umkleide sinken und blicke auf meine Oberarme. Kurze Ärmel trage ich ungern.

Mein Bindegewebe war noch nie wirklich auf meiner Seite. Seit ich die 30 überschritten habe, arbeitet es regelrecht gegen mich.

„Hier ist es.“ Die Verkäuferin reicht mir ein schlichtes schwarzes Kleid durch den Vorhang. Kurzer Arm, V-Ausschnitt und oben eng, unten ausgestellt. A-Form, wie ich eben gelernt habe.

Ich steige gerade mit einem Bein in das Kleid, als Kim den Vorhang aufreißt. „Hallo Mama, da sind wir wieder!“

Ein schicker Typ, der seiner Frau in der gegenüberliegenden Kabine gerade irgendetwas anreicht, dreht sich zu mir um und lächelt mich an. Sein Blick wandert über meinen BH und weiter abwärts. Ich reiße Kim den Vorhang aus der Hand, ziehe ihn zu und schlüpfe in das Kleid, bevor ich auf der Stelle sterbe. Zu meiner Überraschung sitzt es wie angegossen. Glücklich drehe ich mich vor dem Spiegel. Volltreffer. Dass meine Oberarme mir zuwinken, stört mich gar nicht. Ein toller Schnitt. Ich ziehe es wieder aus, streife mir meine Klamotten über und verlasse die Umkleidezone. Der Mann von der Kabine gegenüber lächelt mich wieder an, ich lächle zurück und gehe mit schwingenden Hüften an ihm vorbei. Dass ich rot glühe ist mir egal, denn ich habe ein Hammerkleid.

Weil die Mädels mich beim Shoppen unterstützt haben, machen wir noch einen Abstecher zum Teenie-Laden. Jede darf sich etwas aussuchen. Kim findet einen Kapuzenpullover mit Tiger, der blutrünstig das Maul aufreißt. Helen sucht sich ein Oversize-Shirt und eine zerfetzte Jeans aus. Ihr Look erinnert mich an die Achtziger.

Pleite, aber glücklich, fahren wir nach Hause.

Ich freue mich auf Freitagnacht. Ich werde das neue Kleid anziehen. Dazu die grüne Lederjacke und die fetten, schwarzen Stiefel. Porno.

Um nicht doch noch böse überrascht zu werden, entschließe ich mich, alles schon mal Probe zu tragen. Ich posiere vor meinem Spiegel am Schlafzimmerschrank. Helen kommt rein.

„Hey, anklopfen bitte!"

„Ja, klar. Wobei hätte ich dich überraschen sollen? Und überhaupt, das halbe Kaufhaus hat dich heute nackt gesehen."

„Wenn ich bei dir anklopfen soll, kannst du auch ruhig bei mir anklopfen. Meinst du nicht?"

Ihr Blick streift über mein Kleid. „Cool. Damit werden sie dir alle nachlaufen." Sie grinst. „Wegen deinem Hintern."

„Es heißt: Wegen *deines* Hinterns." Ich werfe ein Kissen nach ihr, das sie knapp verfehlt und einen Haufen Unterlagen von meinem Schreibtisch fegt.

Sie ignoriert es und sagt: „Warum hast du dich eigentlich noch nie mit irgendwem verabredet? Von mir aus kannst du das ruhig."

„Ach Helen, ich hab einfach keine Zeit für einen Freund."

„Schade." Mit ernstem Gesicht schaut sie mich an.

„Du bist ja süß." Für ihre 14 Jahre macht sie sich echt viele Gedanken, denke ich und drücke sie an mich. Sie riecht gut. Vielleicht etwas zu viel Sprühdeo, aber das Erdbeershampoo duftet fantastisch.

Ich widme mich wieder meinem Spiegelbild und gebe ihm einen Flugkuss. „Hey, du sexy Mama im Spiegel: Willst du jemanden kennenlernen? Einen neuen Mann in dein Leben lassen? Herausfinden, ob jemand lieber Gummibärchen oder Lakritze mag?"

Helen rauscht aus dem Zimmer. „Fuck, bist du peinlich!"

„Ach was, das ist nicht peinlich, das ist total anstrengend", rufe ich ihr hinterher.

Wobei vorhin, dieser Typ von der Umkleidekabine gegenüber ... da war etwas in seinem Blick, das mich angemacht hat. Immerhin war ich fast nackt, hab aber trotzdem zurückgelächelt. Danach mein hüftenschwingender Abgang. Das hat tatsächlich gutgetan, aber eigentlich auch schon gereicht. Was wird sein, wenn es mal ernster werden könnte? Auf der einen Seite tut mir das Flirten vielleicht gut, auf der anderen Seite habe ich Schiss vor mehr. Ich weiß gar nicht mehr, wie das funktioniert. Aber darüber muss ich jetzt nicht nachdenken. Ich presse meine Brüste zu einem umwerfenden Dekolletee zusammen und nehme mir vor, mich nicht mehr zu verstecken. Irgendwann werde ich Sex haben. Zur Not mach ich's mir halt selbst.

Es rumpelt heftig.

Kim brüllt durch die Wohnung: „Mama, was ist das?"

„Keine Ahnung, schau doch nach!"

Ich komme aus dem Schlafzimmer und stelle mich neben Kim in die geöffnete Wohnungstür. Im Hausflur stapeln sich Umzugskartons. Eine Blondine, Mitte zwanzig, kniet vor dem Chaos und sammelt Nagellackfläschchen auf, die aus einem Karton gepurzelt sind.

Ihr Hinterteil zeigt in unsere Richtung. Die Hüfthose gibt den Blick auf ihren Hintern inklusive schwarzem Tanga und Arschgeweih frei.

„Deine Unterhose ist kaputt. Die hängt nur noch an einem Faden." Kim runzelt die Stirn. Tangas kennt sie nicht.

Jenny zieht sich die Hose hoch und lächelt Kim an. „Danke, Kleine." Zu mir sagt sie: „Hi, ich bin Jenny. Marios Freundin. Ich ziehe heute ein."

„Pia." Ich winke ihr zu, denn zwischen uns stehen drei Kartons und zig Fläschchen Nagellack.

„Du hast viel Nagellack." Kim steht vor den bunten, glitzernden Fläschchen.

„Ich hatte mal ein Nagelstudio. Wenn deine Mama es erlaubt, kann ich dir ja mal die Nägel lackieren. Was meinst du?"

Kims Augen strahlen. Sie ist begeistert – so einfach ist das bei Fünfjährigen noch.

„Oh ja, darf ich Mama?"

„Klar."

Sie hilft Jenny beim Einräumen der Fläschchen und kann es kaum erwarten, ihren ersten Termin im benachbarten Nagelstudio wahrzunehmen.

Schwere Schritte auf der Treppe, gefolgt von einem geschnauften „Mama mia, ma quanto pesa", lassen mich aufblicken. Ich kann sein Gesicht nicht erkennen, weil er zwei Umzugskartons auf einmal schleppt. Er balanciert die Kisten durch das Nagellackfläschchenchaos und stellt sie auf der Fußmatte ab.

„Amore mio, was ist denn hier passiert? Ich habe dir doch gesagt, du sollst mit den Kisten warten", sagt er und umarmt Jenny, nicht ohne seine Hand über ihr Arschgeweih streichen zu lassen. Dabei blickt er über ihre Schulter und entdeckt Kim, die auf dem Boden hockt und Fläschchen einsammelt. Schnell zieht er die Hand von Jennys Hintern weg. „Ah ... wir haben fleißige Helfer. Eine kleine bella principessina." Er strahlt Kim an und Kim strahlt zurück.

Das muss Mario sein. Unser Nachbar. Carmen hatte mir von ihm an Silvester erzählt.

Ich schaue genauer hin. Ein wirklich hübscher Kerl. Vielleicht ein bisschen jung, aber die Augen sind der Hammer - Haselnussbraun. Dazu Lachfalten und längeres Haar. Ein italienischer Hingucker. Jenny ist zu beneiden.

Unsere Blicke treffen sich.

„Oh Mann ...", seufze ich etwas lauter als geplant.

„Wie bitte?", fragt Mario.

„Ach, nichts. Ich bin Pia. Freut mich, euch kennenzulernen." Ich grinse und fange an, Nagellackfläschchen vom Boden einzusammeln.

Wir haben gerade die letzten Kartons in Marios Wohnungsflur geschoben und uns verabschiedet, als Carmen die Treppe hochkommt.

Kim lächelt ihr entgegen. „Ich habe einen Tiger-Pulli bekommen. Guck mal!"

Sie reckt Carmen ihre Brust entgegen, damit sie den brüllenden Tiger betrachten kann. Carmens Gesichtsausdruck schwankt zwischen andächtig und bewundernd.

„Aber Mamas Hintern hat in nichts reingepasst."

Carmen zieht die Augenbrauen hoch und schaut mich an. „Du hast anscheinend einen besonders exklusiven Hintern, Süße!"

Ich grinse und schiebe Kim Richtung Wohnzimmer davon. „In ein Kleid hat er dann doch noch gepasst. Wirst du morgen Abend sehen. Lust auf ein Gläschen Wein?"

„Ich komme gleich rüber. Ist Marios Freundin schon eingezogen?"

„Ja, gerade eben. Süßes Pärchen die beiden."

„Bilderbuchpaar", erwidert Carmen.

***

Carmen ist nach dem ersten Glas Wein in Vorlese-Stimmung. Kim nutzt das aus und leiert ihr eine Geschichte nach der anderen aus den Rippen.

Ich erinnere mich nicht daran, wann ich Kim das letzte Mal vorgelesen habe. Schade. Früher habe ich das regelmäßig geschafft.

Es ist Zeit, Helen an den Schulstart am Montag zu erinnern. Wenn ich sage, sie soll es jetzt machen, macht sie es morgen. Perfekt. Sie sitzt im Schneidersitz auf ihrem Bett, hat irgendeine Gesichtsmaske aufgelegt und flechtet ihre langen Haare zu tausend kleinen Zöpfen.

„Sortierst du bitte schon einmal deine Schulsachen? Montag geht's wieder los."

„Ach Mama, chill mal. Ich hab doch noch ewig Zeit."

„Einen Tag. Ewig ist das nicht gerade."

„Das ist mein letzter freier Samstag. Kann ich das nicht morgen machen? Bitte Mama."

„Okay. Was treibst du denn so an deinem letzten freien Samstag für die nächste Ewigkeit?"

„Ich telefoniere mit einem Freund und wir gucken Serien zusammen."

„Dann viel Spaß dabei." Ich schließe ihre Tür und lese die allerletzte Gute-Nacht-Geschichte für Kim im Duett mit Carmen. Sie ist die gute Fee, ich der böse Zwerg. „... und wenn sie nicht gestorben sind, dann leben sie noch heute." Carmen klappt das Buch zu. „Noch eine!", rebelliert Kim. „Nichts da, du Nimmersatt." Ich küsse Kim und alle ihre Kuschelbären und lösche das Licht.

„So, dann zeig mal dein Kleid, oder willst du mich damit morgen überraschen?"

„Liegt in meinem Schlafzimmer. Ich hab jetzt keine Lust mehr, es anzuziehen."

Wir stehen vor meinem Bett, auf dem ich das Kleid drapiert habe. Auf dem Boden davor stehen meine Stiefel, die ich mir letzten Winter gekauft habe.

„Mega schön. Aber ein bisschen kalt ohne Jacke und Strumpfhose. Meinst du nicht?"

„Ich wollte meine grüne Lederjacke drüberziehen. Drinnen wird es doch bestimmt super heiß, wenn wir tanzen. An eine Strumpfhose hab ich gar nicht gedacht. So ein Mist."

„Ich hab einen Vorrat, komm kurz mit rüber und wir suchen dir eine aus."

Nun stehen wir in Carmens Schlafzimmer. Sie wühlt in ihrer Kommode nach einer Strumpfhose, die zu meinem Kleid passt.

„Ah, da bist du ja", ruft Carmen und wirft einen knallpinken Dildo auf ihr Bett. „Du kommst jetzt besser in meinen Nachttisch, dann hab ich dich griffbereit."

Sie kramt weiter nach einer Strumpfhose und drückt mir kurz darauf ein schwarzes Bündel in die Hand.

„Hier. Die habe ich gesucht. Ist so ein Shapewear, Po-Lift Modell. Die rollt sich an der Hüfte auch nicht runter."

„Super." Ich starre im Wechsel auf die Strumpfhose und den Dildo auf dem Bett. Ich bin irgendwie verblüfft über ihre Offenheit und muss wohl genauso gucken.

„Uppsi, too much information?", fragt Carmen und räumt den Dildo in ihren Nachtschrank.

„Ist in Ordnung. Ich liebe deine Offenheit. Ich bin nur etwas ... überrascht. Also ich hab einfach keinen."

„Echt nicht?"

Ich schüttle den Kopf.

„Handarbeit ist doch auf Dauer viel zu anstrengend."

„Na ja ... ich hatte mal einen. Das war schon nicht schlecht."

„Sobald deine Kinder das nächste Mal bei ihrem Vater sind, ziehen wir los und kaufen einen. Hier um die Ecke ist ein riesiger Sexshop."

„Okay, dann nächsten Freitag." Ich setze mich auf Carmens Bett. „So. Das Outfit ist damit komplett. Danke für die Strumpfhose."

„Na klar. Warte kurz, ich muss nur noch schnell aufs Klo, dann können wir rüber gehen. Vielleicht probierst du es doch alles zusammen an?“

Carmen verschwindet im Badezimmer und lässt die Tür einen Spalt offen.

„Hast du eigentlich nach deiner Trennung schon mal jemanden gedatet? Also mit allem Drum und Dran?“

„Nee. Aber Helen meinte heute, ich soll mich mal wieder mit jemandem treffen.“

„Cleveres Kind. Und schwebt dir schon jemand vor?“

„Ich weiß nicht. Ich kann dir gar nicht genau sagen, was ich suche. Es muss einfach *boom* machen. Irgendwie ist es aber auch komisch. Schließlich war ich die letzten Jahrzehnte nur mit einem Mann im Bett. Flirten ist schon gut, aber mehr? Irgendwie anstrengend.“

Carmen kommt vom Klo. „Anstrengend?“

„Na ja, da muss man sich wieder so viele Gedanken ums Aussehen machen. Wie sitzt die Unterwäsche? Hängt mein Bauch, sind meine Brüste straff genug, fällt ihm meine Cellulite auf, mag er mich morgens, wenn ich völlig zerknittert neben ihm aufwache? All das ... viel zu anstrengend.“

Carmen lacht sich kaputt. „Also, bei Mr. Right denkst du nicht mehr nach. Versprochen.“

„Hm ... wenn du meinst.“

„Kanntest du die Tussi eigentlich, mit der er dich betrogen hat?“

„*Kennen* ist zu viel gesagt. Ich habe sie auf der Terrasse im Tennisclub sitzen sehen, als ich Christoph abgeholt habe. Sie saß an seinem Tisch. Sie war laut. Also sie lachte laut, trank Wein und schickte ihren Sohn immer wieder auf den Spielplatz zurück. Sonnenbrille, knallrote Lippen, Sonnenschirmmützchen.“

„Sonnenschirmmützchen?“

„So ein Stirnband mit Markise. Damit die Frisur beim Sport nicht ruiniert wird. Ich fand sie auf Anhieb blöd. Oder besser gesagt, sie war einfach anders als ich. Verstehst du, was ich meine?"

Carmen nickt.

„Na ja, auf jeden Fall wollte sie meinen Mann. Als Frau spürt man das."

„Das stimmt. Wir wissen es schon, bevor es die Kerle überhaupt registrieren."

„Und jetzt lass uns lieber das Thema wechseln. Beim Gedanken an sie bekomme ich nur schlechte Laune."

Montagmorgen-Blues

Mein erster Arbeitstag und der erste Schultag nach den Ferien. Ein Chaosstart. Keiner kommt aus dem Bett, jeder sucht etwas anderes und alle sind viel zu spät dran. Ich schmiere Butterbrote, helfe Helen das Englischbuch zu finden, das sie eigentlich schon gestern hätte finden sollen, und suche die Fahrradpumpe.

„Legst du mir die Pumpe bitte auf den Kindersitz? Meins hat garantiert auch zu wenig Luft“, sage ich, als meine Große endlich und viel zu spät die Wohnung verlässt.

Nieselregen. Wetterfest eingepackt sitzt Kim auf dem Kindersitz hinter mir und spielt mit der Luftpumpe. Das Wetter stört sie kein bisschen. Ich setze sie am Kindergarten ab. Mittlerweile hat sich meine Wimperntusche großflächig unter meinen Augen verteilt.

Den Weg zum Büro bin ich vor ein paar Tagen schon gefahren, damit ich weiß, wie lange ich brauche. So kann ich jetzt kurz mein Hirn abschalten und einfach nur radeln.

Beim Bäcker an der Ecke ist Hochbetrieb. Die Schlange reicht bis auf den Bürgersteig. Ein Mann eilt mit einer Brötchentüte unterm Arm aus dem Geschäft. Die Kapuze seiner Jacke hat er tief ins Gesicht gezogen. Mit der freien Hand fummelt er seinen Autoschlüssel aus der Jackentasche und entriegelt die Türen seines silbergrauen Sportwagens, der in zweiter Reihe neben dem Radweg parkt.

Der sieht mich garantiert nicht, denke ich und habe die Finger schon an der Bremse. *Jetzt guck gefälligst in meine Richtung!* Er tut es natürlich nicht und läuft mir voll vors Rad. Ich ziehe die Bremse und mein Hinterrad schleudert herum. Meine Tasche fällt aus dem Fahrradkorb. Ich kann schnell genug meinen Fuß absetzen, sonst wäre ich gestürzt. Gut, dass Kim nicht mehr hinten sitzt!

„Blöde Kuh, pass doch auf!", schreit er.

„Hinschauen hilft", grummle ich, unterdrücke das Wort „Trottel" und stopfe meine Tasche zurück in den Fahrradkorb. Ich schiebe mein Rad an seiner Karre vorbei und sehe eine blonde, zierliche Frau auf dem Beifahrersitz.

Er schnauzt sie an. „Hättest mich mal vorwarnen können, anstatt hier so blöd in der Gegend rumzuglotzen. Die Schlampe hätte mich fast über den Haufen gefahren."

Mir reicht's. So ein Arschloch. Ich hebe meinen ausgestreckten Mittelfinger zum Gruß, dann radle ich weiter. Am liebsten wäre ich stehen geblieben und hätte seiner Frau mein Beileid für einen solch widerwärtigen Mann ausgedrückt. Dafür habe ich es aber zu eilig.

Mit röhrendem Motor rauscht er an mir vorbei. K-PS-1974. PS oder Porno Star, Piss Sack, Perverse Sau? Was ist nur mit den Männern los?

Es ist Punkt acht Uhr, als ich bei *Meyer GmbH & Co. KG, Bauingenieur* den Klingelknopf drücke.

Die Firma zählt zehn Mitarbeiter. Alle männlich. Dresscode gibt es keinen, Jeans sind okay. Da ich jeden Morgen mit dem Rad komme, finde ich das gut. Heute habe ich vorsichtshalber eine Bluse angezogen. Muss erst mal vorfühlen, wie die hier ticken.

Im Fahrstuhl wage ich einen Blick in den Spiegel. Noch schnell die Wimperntusche von den Wangen wischen, Lippenpflege drauf, fertig.

Ich sehe ein wenig müde aus. Na ja, egal.

„Guten Morgen, Frau Lückerath." Herr Meyer kommt auf mich zu und reicht mir die Hand. „Startbereit?"

Ich begrüße ihn. „Ja, sicher. Ich freue mich, dass ich heute anfangen kann."

„Dann zeige ich Ihnen mal Ihren Arbeitsplatz. Wie Sie ja wissen, sitzen Sie gleich hier vorne am Empfang."

Sein Lächeln wirkt freundlich. Seine prallen roten Wangen glänzen wieder. Ich dachte, das hätte an Carmens Massage gelegen, aber scheinbar tun sie das immer. Ich folge ihm und finde es gut, dass der Chef selbst sich Zeit nimmt und mich herumführt.

Ein Schreibtisch am Fenster im Eingangsbereich. Davor zwei Stühle, die wohl für Kunden, die auf einen Termin warten, gedacht sind. Ich parke meine Tasche unter dem Schreibtisch.

„Um neun haben wir unser Montagsmeeting in meinem Büro. Sie sollten dazu kommen, dann kann ich Sie vorstellen."

„Ja. Vielen Dank."

„Hier ist die Küche. Kaffeekochen gehört auch hin und wieder zu Ihren Aufgaben."

Gegenüber der Küche befindet sich ein fensterloser Raum mit Kopierer und Büromaterial.

„Hier werden Sie sicherlich auch einige Zeit verbringen." Er grinst entschuldigend.

Okay. Kaffee kochen, kopieren und Büromaterial bestellen. Es kommt mir ein bisschen vor wie bei *Ich packe meinen Koffer* und nehme alle ungeliebten Büroaufgaben mit.

Hoffentlich sind die Kollegen nett.

„Das hier ist mein Büro." Er öffnet die Tür und macht eine einladende Handbewegung.

Eine große Glasfront hinter seinem riesigen Schreibtisch gibt den Blick über die Stadt frei. Ein Besprechungstisch, acht weiße

Ledersessel. Schlicht und elegant. Auf einem Sideboard silberne Bilderrahmen mit Familienfotos.

„Sehr schön." Ich lächle ihn an.

„Und bitte immer anklopfen, wenn Sie reinkommen."

„Natürlich. Das ist selbstverständlich."

„Die Kollegen kommen um kurz vor neun. Ich gebe Ihnen jetzt die Passwörter, dann können Sie schon mal den Rechner hochfahren und sich mit Ihrem Arbeitsplatz vertraut machen. Eine Liste mit den Durchwahlen für das Telefon müsste vorne liegen."

Wir gehen zurück zu meinem Schreibtisch. Ich setze mich.

„Können Sie mir noch zeigen, was ich drücken muss, um Telefonate durchzustellen?"

Er kommt hinter meinen Schreibtisch und prüft etwas unbeholfen die Knöpfe auf meinem Telefon. Es dauert eine Weile, bis er erklärt: „Also. Sie müssen die Umleitungstaste drücken, dann wählen Sie die Nummer von der Liste und bei Übergabe drücken Sie die Rautetaste."

„Danke", sage ich und er verschwindet in seinem Büro.

Ich gehe erst mal in die Küche und setze Kaffee auf. Danach schaue ich mir den Kopierraum an. Ich bin jung und brauche das Geld. Oder so ähnlich. Frustrierend.

Nach und nach trudeln die Kollegen ein. Ich kann mir keinen einzigen Namen merken, außer den von Maximilian Meyer Junior. Er hat nicht viel von seinem Vater, außer die wenigen Haare, die ihm in den nächsten Jahren sicherlich auch noch ausgehen werden. Diese kleben mit viel Haargel an seinem schmalen, eierförmigen Kopf. Er stellt sich breitbeinig vor meinen Schreibtisch, reicht mir seine warme, feuchte Hand und sagt: „Ich bin hier der Juniorchef und übernehme den Laden im nächsten Jahr."

Wie er sich so vor mir aufgebaut hat, erinnert er mich irgendwie an die Kakerlake aus *Men in Black*.

Um Punkt neun beginnt das Meeting. Herr Meyer Senior ergreift das Wort: „Meine Herren, das hier“, er zeigt auf mich, „ist Frau Lückerath, die neue weibliche Seele in unserem Büro.“ Alle Blicke ruhen auf mir.

Herr Meyer fährt fort: „Sie übernimmt alle Aufgaben, die bisher Frau Asselborn gemacht hat. Hier und da wird sie mich und meinen Sohn auf die Baustellen begleiten, um Notizen zu machen. Da sie Mutter ist, arbeitet sie nur halbtags.“ Alle nicken.

„Möchten Sie sich vielleicht kurz vorstellen?“

„Mein Name ist Pia Lückerath. Ich wohne noch nicht lange in Köln. Vor den Kindern habe ich für das Architekturbüro Wirth & Partner als Architektin gearbeitet, danach von zu Hause. Nach der Trennung von meinem Mann werde ich wieder ...“ Herr Meyer Junior unterbricht mich. „Ich denke, das reicht fürs Erste. Falls Anrufe sind, notieren Sie bitte Name, Rückrufnummer und den Grund des Anrufs und leiten dies nach dem Meeting an uns weiter. Auf Wiedersehen, Frau Lückerath.“

Ich kann mir ein übertrieben freundliches Lächeln nicht verkneifen.

Ohne mich eines weiteren Blickes zu würdigen, beginnt er, die aktuellen Projekte und Bauvorhaben zu besprechen. Herr Meyer Senior schenkt mir ein entschuldigendes Lächeln. Ich erhebe mich und verlasse den Raum.

Das habe ich mir irgendwie netter vorgestellt, aber ich versuche, positiv zu bleiben. Das wird schon.

Ein geiles Gefühl

Endlich Freitag. Christoph hat die Kinder abgeholt. Bis Sonntag habe ich sturmfreie Bude. Ich werde das Wochenende auskosten, denn die erste Arbeitswoche war anstrengend. Maximilian Meyer, der Juniorchef, nervt. Ständig braucht er was, sucht irgendetwas oder bittet mich, ihm Kaffee zu bringen. Ansonsten ist der Job entspannt. Zu Hause ist es dafür umso hektischer. Auf dem Weg von der Arbeit nach Hause hole ich Kim aus dem Kindergarten ab und dann geht's ans Aufräumen und an all das, was ich sonst über den Tag verteilt habe. Ich muss mich umstellen. Eigentlich bin ich jetzt schon urlaubsreif. Ach egal - jetzt ist erst mal Wochenende.

Bevor wir später zur Party nach Rodenkirchen fahren, wollen wir in den Sexshop. Carmen hat sich den Nachmittag freigeschaufelt. Ich habe noch nie irgendetwas in einem Sexshop gekauft und bin erst einmal in einem gewesen. Das war mit 16 auf Klassenfahrt in Hamburg.

***

Gedämpftes Licht, rechts und links kleine Kabinentüren. An jeder hängt ein Spender Desinfektionsmittel. Eine Kabine steht offen. Ein Sessel, davor ein Bildschirm und blinkende Knöpfe, wie an einem Spielautomaten.

„Warst du schon mal in so einem Ding?"

Carmen lacht. „Bist du irre? Kann ich mir doch zu Hause angucken, ohne mir die Pest zu holen."

Am Ende des Ganges blinkt ein roter Open-Pfeil und zeigt auf eine Treppe, die in den Keller führt. Darunter ein Schild: *Zum Sexshop.*

Im Kellergeschoss angekommen, werden wir von Andrea begrüßt. Sie gibt uns eine Unterweisung.

„Hier vorne findet ihr Gleitgel und Massageöl in allen Geschmacks- und Duftrichtungen. Daneben Kondome mit und ohne Noppen. Die Kondome mit Geschmack liegen links im Regal. Bei Unverträglichkeiten bitte nachfragen. Wir haben auch welche ohne Silikone. Bei den Kerzen kann ich euch die neuen Duftkerzen von *Erotic Sensations* empfehlen. Mit aphrodisierenden, natürlichen Ölen und Duftstoffen. Bei dem Gleitgel ist heute der *Cherry-Smack* im Angebot."

Sie schnappt sich die Tube und quetscht etwas auf ihren Handrücken. „Schmeckt gar nicht künstlich. Mal probieren?" Wir schütteln die Köpfe.

„Bei einem Einkauf ab fünfundsiebzig Euro könnt ihr euch eine Gleitcreme oder Kondome aussuchen." Sie deutet auf die Auslage direkt neben der Kasse.

„Im ersten Gang sind die Pornos. DVDs und Blu-rays. Sortiert von Mainstream über Fetisch bis Hardcore." Ihre ausladenden Gesten, die uns die Richtung weisen sollen, erinnern mich an eine Stewardess, die die Lage der Notausgänge erklärt.

„Der zweite Gang ist für unsere Gay-Kundschaft. Weiter hinten alles für den Gangbang, Orgien, Puppen und Mösen. Sucht ihr was Bestimmtes?"

Ich bin sprachlos.

„Wir suchen Vibratoren", sagt Carmen und grinst in meine Richtung.

Andrea fragt nach. „Worauf stehst du denn so? Nur Massage, doppelte Spitze oder möglichst naturgetreu? Nach Schwangerschaften ist die Klitoris nicht mehr so empfindlich. Also wenn er ordentlich

Dampf haben soll, musst du ein wenig mehr Geld ausgeben."

„Ich denke, möglichst naturgetreu?" Ich frage mehr, als dass ich antworte. Gleichzeitig frage ich mich, ob man mir so sehr ansieht, dass ich Kinder habe.

„Dann schaut mal in Gang drei. Bei Fragen, einfach zum Tresen kommen. Ich packe sie euch gerne aus, dann könnt ihr sehen, wie sie in der Hand liegen." Sie lächelt geschäftstüchtig und verschwindet hinterm Tresen.

Da stehen wir nun in Gang drei vor den Plastikschwänzen. Carmen greift nach einem kleinen Vibrator in petrolgrün.

„Die hier sind super gut. Zwar nicht ganz billig, aber mit vier Stufen und mächtig *Dampf*."

„Vier Stufen?"

„Dauerbrummen, rhythmisches schnelles Vibrieren, langsames Vibrieren und so weiter."

„Okay, verstanden." Mein Blick schweift ziellos durchs Regal. Vielleicht sollte ich mich doch von den naturgetreuen Modellen verabschieden, die sind irgendwie alle hässlich. Die kleinen bunten Geräte scheinen mir zudem praktischer. Im Fall, dass die Kinder das Ding irgendwann in die Finger bekämen, würde ich schwindeln können, es handle sich um einen Lockenstab oder ein Massagegerät. Ich überlege gerade, welche Farbe gut zu meiner Schlafzimmereinrichtung passt, als ein weiterer Kunde den Sexshop betritt. Wir können ihn nicht sehen, aber Andrea begrüßt ihn wie einen Stammkunden. Carmen und ich grinsen und lauschen schamlos.

Der Mann spricht mit gedämpfter Stimme, ist aber deutlich zu verstehen. „Ich war gerade oben in einer der Kabinen und am Ende von Film acht kam ein Werbespot."

Andrea denkt gar nicht daran, ihre Stimme zu senken. „Ach, Sie meinen das Sonderangebot Sexdoll *Wet Wendy*. Drei Öffnungen,

Echthaarperücke und die Neunschwänzige Katze im Paketpreis zu 69 Euro. Es sind nur noch wenige da. Sie liegen am Ende von Gang drei.“

Wissend, dass dieser Kerl gleich hinter uns vorbeischleichen wird, vertiefen wir uns wieder in die bunte Welt der Plastikpenisse.

Als er an uns vorbeigegangen ist, kann ich nicht anders als hinterherzuglotzen. Es interessiert mich brennend, welcher Typ Mann sich eine Plastikpuppe ins Bett legt und sich dazu noch den Hintern versohlt.

Ich erhasche einen Blick auf einen kleinen, drahtigen Kerl. Ich erkenne nichts Auffälliges an ihm. Irgendwie muss ich meine kleinbürgerlichen Klischeeschubladen neu überdenken.

„Ich nehme den lila Dildo“, sage ich und greife beherzt zu.

„Vibrator, Pia. Vibrator. Dildos sind die langweiligen ohne Strom.“

***

Die Tüte mit meinem neuen lila Freund schmeiße ich auf den Küchentisch und koche mir einen Kaffee.

Während die Kaffeemaschine vor sich hin brodelt, krame ich in meiner Krimskrams-Schublade nach den passenden Batterien. Doppel A, sagte Sexshop-Andrea. Die gleichen, wie für meine Fernseher-Fernbedienung, die habe ich immer im Haus.

Ich freu mich auf unser erstes Mal. Vielleicht nehme ich ihn gleich mit unter die Dusche? Aber ich möchte es mir schön machen. Also verstaue ich meinen Vibrator, Schrägstrich Lockenstab, Schrägstrich Massageknüppel, erst einmal in meinem Nachttisch neben dem Bett.

Jetzt muss ich mich fertig machen für weitere Premieren: Den Abend mit den Mädels und mein neues Kleid. Ich freue mich.

Tina und Melanie holen Carmen und mich ab und wir fahren nach Rodenkirchen zur Funky 90s Party. Vor dem alten Fabrikgebäude, in dem sich nun ein Club befindet, bildet sich eine lange Schlange.

Menschen meines Alters. Hipster, Landeier, Möchtegern Fitness- und Beauty-Influencer und kleine Trüppchen guter Freunde. Alle gutgelaunt und in Partystimmung. Die 90er fanden scheinbar alle geil.

Es ist bitterkalt. Die Strumpfhose formt zwar, aber sie wärmt nicht. Es ist Ewigkeiten her, dass ich mir bei fünf Grad Celsius in einem viel zu kurzen Rock den Hintern abgefroren habe. Wir lachen über die Idiotie des Augenblicks und quatschen über alte Zeiten. Als wir nach einer gefühlten, verfrorenen Ewigkeit endlich reinkommen, ist mir eher nach heißem Tee, als nach Cocktails zumute.

Wir suchen uns einen Platz zwischen Bar und Tanzfläche. Melanie holt uns den ersten Caipirinha. Wir trinken viel zu schnell und ehe wir uns versehen, halten wir die nächsten in den Händen.

„Kommt jemand mit tanzen? Meine Füße wollen gar nicht mehr auftauen!“ Ich stelle mein leeres Glas ab und peile die Tanzfläche an.

„Oh ja, ich bin dabei!“ Tina nimmt meine Hand, damit wir uns im Gemenge nicht verlieren. „Die Neunziger waren meine wildeste Zeit“, brüllt sie gegen Montell Jordans *This is how we do it* an.

Soul- und R’n’B-technisch waren die Neunziger sicherlich nicht übel. Ich versuche mich an meine geilste Zeit zu erinnern. Mir fällt keine ein.

Wir mischen uns unter das tanzende Volk und lassen uns vom Rhythmus treiben. Ich schließe die Augen. Vielleicht beginnt meine Zeit genau jetzt.

Die zwei Caipirinhas tun ihr Übriges. Tina kommt zu mir und tanzt mich an. Wir kommen uns näher. Sie fasst mich an. Irgendwie fühlt sich das gar nicht schlecht an. Jetzt wäre ein guter Moment, um an meiner Heterosexualität zu zweifeln. Tue ich aber nicht.

Trotzdem macht es Spaß, ein bisschen mit unserem Sexappeal zu spielen – wobei ich schon ziemlich aus der Übung bin.

„Wir werden angesehen", brüllt mir Tina ins Ohr.

„Stört uns das?", frage ich.

Wir lachen und tanzen. Noch enger, noch heißer. Ich bin verblüfft. So einfach geht das? Tina umfasst meine Hüften, dreht mich herum, legt meinen Arm um ihren Hals. Dirty Dancing! Wieder brüllt sie mir ins Ohr „Schau dich um. Die wollen uns."

Lachend stoße ich sie von mir und wir tanzen zum Rand der Tanzfläche.

Kurze Pause. Wir quetschen uns an den Tresen zu Carmen und Melanie. Melanie knufft mich in die Seite „Hey, das ist *meine* Frau."

„Keine Sorge. 100% hetero!" Wir lachen.

Ich bestelle mir ein Wasser. Alkohol hat Pause.

„Was machen die Füße?", fragt Carmen und wackelt jetzt selbst zur Tanzfläche. Melanie zieht Tina mit sich. „Komm meine Süße. Jetzt bin ich dran."

Carmen winkt mich von der Tanzfläche aus zu sich. Ich mache ein Time-Out Zeichen.

Neben mir baut sich ein riesiger Typ auf. Er legt mir den Arm um die Hüfte, beugt sich zu mir herunter und schreit gegen die Musik: „Ist das deine Freundin?" Er blickt in Carmens Richtung, die im tanzenden Volk verschwindet.

„Pfoten weg!", rufe ich und versuche mich aus seinem Arm zu drehen.

Er beugt sich noch ein wenig näher zu mir herunter und umfasst meine Taille fester. Ich weiche zurück, aber er drückt mich noch näher an sich. Sein Atem stinkt nach Alkohol. Ich versuche, Abstand zwischen ihn und mich zu bringen. Er lässt nicht locker. „Ihr zwei habt echt mega sexy getanzt. Ich habe richtig Lust auf dich.

Fleischeslust, wenn du verstehst?“

Meine innere Stimme mahnt und zetert und hämmert gegen meine Stirn. Was ist das nur für ein Arschloch? Natürlich verstehe ich.

„Ich habe auch so richtig Lust auf Fleisch, du Spacko. Ein Döner wäre jetzt geil. Mit fett Zwiebeln.“

Er schaut mich an. Ein wenig dümmlich und sichtlich abgetörnt. Leider fängt er sich relativ schnell wieder. „Ist okay, wenn du noch nicht soweit bist. Ich bin öfters hier. Kann dir auch was besorgen, damit du mal locker wirst.“ Er tippt sich an die Nase und gibt mir einen Klaps auf den Allerwertesten.

Oha! Das geht zu weit. Meine Entrüstung gibt den Weg für meine Kampfbereitschaft frei. Blitzartig ziehe ich mein Knie in Richtung seiner Eier. Er zuckt zusammen und bemüht sich, Fassung zu wahren. „Behalte deinen Schwanz und deinen Dreck für dich, du Schwein!“ Ich drehe mich um und gehe zurück zu den Mädels, die mittlerweile wieder an unserem alten Platz auf mich warten. Sie haben nichts von der Situation mitbekommen. Ich komme mir vor wie Freiwild. Diese Selbstverständlichkeit, wie *Mann* zugreift, ekelt mich an. Also untervögelt muss ich zwar nicht bleiben, aber im Moment ist es genau das richtige: Abstinenz, wie eine Nonne. Meine innere Stimme lobt mich ob dieser Erkenntnis.

„Mädels, ich habe Lust auf Döner. Wer kommt mit?“

Carmen und Tina sehen mich fragend an.

„Ist was passiert?“

„Nur so ein Ekeltyp. Wollte grabschen, ficken und koksen.“

„Im Ernst?“, fragt Carmen.

„Im Ernst“, antworte ich.

„Arschloch!“, sagt Tina.

Melanie ist sprachlos.

Der Döner schmeckt ganz hervorragend.

Pandabär knutscht Känguru

Im Pandakostüm laufe ich Richtung Murats Kiosk, um mir ein Wegbier zu besorgen.

Ich steige über Konfetti und Luftschlangen. Karnevalsmusik wummert aus jeder Ecke. Bei Murat ist der Teufel los. Haufenweise Teenies sitzen auf den Fahrradständern vorm Kiosk und haben ihre Musik aufgedreht.

„Gutes Geschäft heute, was?!“, sage ich und nehme mir ein Kölsch aus dem Kühlschrank.

Bevor wir weiterreden können, betreten Mini Mouse und Daisy Duck den Kiosk. „Wo lang geht’s denn zur Luxemburger Straße?“, fragt Mini.

„Ist auch mein Weg. Wenn ihr wartet, nehme ich euch mit.“

„Super, wir warten draußen auf dich“, sagt Mini und die beiden gehen wieder vor die Tür.

„Bist du allein unterwegs?“, fragt Murat.

„Kinder beim Vater, Carmen krank, Tina und Melanie ... hassen Karneval.“

„Und du gehst als Panda? Nicht besonders originell, wenn du mich fragst.“

„Selber“, sage ich und grinse. „Wie nennt sich dein Kostüm?“

„Ich geh als Kioskbesitzer.“ Murat präsentiert sich mir von allen Seiten. Er trägt absolut das gleiche, wie sonst auch.

„Nun, ich würde sagen, der Panda gewinnt.“

Ich lege das Geld auf den Tresen, winke und rufe Mini und Daisy.

„Dann kommt mal ihr zwei. Auf geht’s!“

Kurz darauf tanze ich in meinem Plüsch-Pandakostüm in einer völlig überfüllten, wippenden Kneipe mit Minis Bruder, den sie mir unterwegs vorgestellt hat. Minis Bruder ist als Känguru verkleidet. Ich finde das passt ziemlich gut zu Panda. Sein Lächeln ist frech, sein Tanzstil enthemmt. Ich glaube, ich bin bereits betrunken und ich schwitze wie bekloppt.

„Hey Känguru, sollen wir mal an die Luft?“, frage ich.

Er bestätigt mit beiden Daumen rauf, holt uns zwei Kölsch und wippt vor mir raus. Wir kämpfen uns bis zur Rückseite der Kneipe und verschwinden durch einen Hinterausgang in den Hof.

Raucher, knutschende Paare und jetzt zwei völlig überhitzte Plüschkostüm-Träger teilen sich die kleine, von einem Bretterzaun eingefasste Fläche.

„Studierst du auch in Köln?“, fragt er.

Ich lach mich kaputt.

„Nein“, sage ich und versuche cool zu bleiben. „Bin gerade fertig mit dem Studium“, lüge ich. „Du weißt ja wie das ist, erstmal ein bisschen feiern und dann mal sehen. Ein Job halt.“ Ich gefalle mir in der Rolle der Ex-Studentin. „Und du so?“, frage ich.

„Ja, das gleiche“, sagt er und lehnt sich dabei lässig gegen den Bretterzaun.

Ich glaube ihm kein Wort. Ob er auch schon betrunken ist?

„Ich bin übrigens der ...“

Noch bevor er seinen Namen sagen kann, denn den will ich gar nicht wissen, stell ich mich auf die Zehenspitzen und drücke ihm einen Kuss auf die Lippen.

Ha! So geht das an Karneval, Känguru.

„Du bist ein ziemlich süßer Panda.“

„Hör auf zu quatschen“, antworte ich und zieh ihn am braunen Kragenplüsch wieder näher zu mir. Und wir knutschen.

Alaaf.

Rabenmutter

Als ich diesen Freitagmorgen mit meinem Rad vom Hof rolle, scheint mir die Sonne ins Gesicht. Endlich Frühling. Ich liebe das frische Grün und die bunten Farben. Seit Karneval habe ich immer einen Strauß Tulpen auf dem Küchentisch stehen. Rückblickend fand ich mich an Karneval ziemlich mutig. Als das Känguru dann allerdings mehr wollte, habe ich mich, unter dem Vorwand aufs Klo zu müssen, davongeschlichen. Mehr als knutschen wollte ich nicht.

Heute setze ich meinem Mut ein Krönchen auf. Ich bin unterwegs zu Carmens Tätowierer.

Das Motiv steht fest: Drei Raben. Zwei kleinere, ein Großer. Helen, Kim und ich. Dazu kommt der Schriftzug *Rabenmutter* in einer schönen, schnörkeligen Schrift. Es gibt nur eine einzige richtige Stelle auf meinem Körper dafür: Mein linkes Hüftgold.

Warum Rabenmutter?

Weil ich eine bin.

Rabenmütter sind im wahren Leben – und das wird mir jeder Ornithologe bestätigen können – ganz hervorragende Mütter.

Ich werde das Tattoo mit Stolz tragen.

Im Gegensatz dazu ist Christoph ein perfekter Rabenvater im umgangssprachlichen Sinn. Von sechs Papawochenenden hat er drei abgesagt oder einfach vergessen. Die Reaktion der Kinder kenne ich mittlerweile. Kim weint, Helen schmollt. Sie leiden beide.

Ich liege auf der Pritsche und mein Blick wandert über die Bilder an der Wand. Unendlichkeitszeichen, Totenköpfe auf rasierten Hinterköpfen, Oberarme mit Skylines, Adler, Löwen, Bären und Brüste, kugelrund und mit Mandalas verziert, Arschgeweihe, Kreuze auf Zungen und Lippen und ... ist das ein Penis? Eine derart verzierte Eichel habe ich noch nie gesehen, aber momentan sehe ich ohnehin keine Schwänze.

Das gleichmäßige Surren des Tätowiergerätes entspannt mich, obwohl es weh tut. Die ersten zehn Minuten waren auszuhalten, aber jetzt wird es schlimmer.

„An dieser Stelle könnte es unangenehm werden. Sag, wenn wir pausieren sollen." Der Tätowierer beugt sich wieder über meine Hüfte. Er muss einige Stellen mehrfach stechen und hat mich schon vorgewarnt, dass das schmerzhaft ist.

Ich nicke stumm. Augen zu und durch. Mein Lebensmotto seit zwei Jahren. Wenn ich es mir so überlege, wird das Tattoo auch Ausdruck meiner ambivalenten Seelenstruktur. Also des Zustands, mit dem ich mich herumschlage, seit wir uns getrennt haben. Vom schreiend um sich schlagenden Kleinkind zu Muhammed Ali. Ich musste eine gigantische Entwicklung hinlegen.

Das Problem ist nur, dass das unsichere Kleinkind in mir nie wirklich die Schnauze hält und Muhammed Ali einfach viel zu nett ist, ihm mal ordentlich den Hintern zu versohlen. Ich würde sagen, das beschreibt es am besten.

Aber ich weiß, dass ich es schaffe. Ich fange an, mich wieder selbst zu lieben. Mich und unser neues Leben hier in Köln.

Netter Versuch, mich mit solchen Gedanken ablenken zu wollen. Ich weiß zwar nicht genau, wie lange ich hier schon liege, aber jetzt kann ich es nicht mehr unterdrücken.

„Aua! Scheiße tut das weh." Am liebsten hätte ich dieses Dreckstätowiergerät durchs Fenster geschleudert. Obwohl ... ich könnte mir gut vorstellen, wem ich damit mal die Eichel tätowieren würde.

„Okay, kurze Pause. Ist auch nicht mehr viel."

Gut. Ich atme ein, ich atme aus. Alles gut. Ich traue mich gar nicht, hinzugucken. Es sieht garantiert aufgequollen, rot und blutig aus. Das will ich nicht sehen.

„Wir können weitermachen. Ich muss gleich meine Tochter abholen", sage ich.

Er nimmt sein Foltergerät und gibt Gas. Aus dem Augenwinkel sehe ich die Umrisse von schwarzen Flügeln.

Juchhu, denke ich und beiße die Zähne zusammen.

Ich hole Kim aus dem Kindergarten ab und wir radeln am Rheinufer zurück. Die Spitzen des Doms recken sich majestätisch über den Heumarkt. Möwen kreisen über dem Fluss. Wie ich diese Stadt liebe. Immer schon. Köln ist meine Heimat.

„Hier bin ich groß geworden. Wusstest du das?", rufe ich nach hinten zu Kim, die im Kindersitz bedrohlich mit ihren Füßchen wippt.

„Mama, nicht schon wieder."

„Als Kind habe ich mir immer vorgestellt, wie der Dom über die ganze Stadt wacht." Ich grinse. Mein Kind mit *Frühergeschichten* zu nerven, bereitet mir diebisch Freude.

Aber im Ernst, der Dom und ich. Er gab mir immer ein Gefühl von Geborgenheit. Und wenn ich ihn jetzt und schon von Weitem sehe, weiß ich, dass ich zu Hause bin.

Wenn ich mit dem linken Bein in die Pedale trete, drückt die Folie, die der Tätowierer aufgeklebt hat. Gut, dass ich die Jogginghose anhabe. Jeans ginge gar nicht.

„Wann holt Papa uns ab?“, ruft Kim gegen den Fahrtwind.
„Heute Nachmittag.“
„Aber da ist Karate.“
„Dann muss es einmal ausfallen.“
Ich habe sie vor ein paar Wochen bei Murats Bruder Erkan in der Karateschule angemeldet. Sie wollte schon immer kämpfen lernen. Mein Ex wollte lieber, dass sie *Mädchen-Dinge* macht. Kämpfende Frauen passten nicht in sein Weltbild. Als Murat uns von der Schule seines Bruders erzählte, war Kim direkt Feuer und Flamme.
„Und Papa kommt wirklich?“, fragt Kim.
„Ja.“ Zumindest hat er es ihnen hoch und heilig versprochen und ihnen die tollsten Ausflüge vorgeschlagen. Wahrscheinlich nagt das schlechte Gewissen an ihm, weil er sie die letzten Male vergessen hat. *Vergessen. Seine Kinder.*
Am liebsten würde ich seinen neuen Brunnen gleich noch einmal in die Luft sprengen.
Ich hoffe einfach, dass er tatsächlich kommt.

„Ich will auf den Spielplatz. Hüha, Mama, hühahüha.“ Kim gibt mir die Sporen, immer schön knapp am Tattoo vorbei.
„Na gut. Aber nur kurz. Und vorher brauch ich Zucker.“
„Jaaa …“, brüllt Kim und ohne es zu sehen, weiß ich, dass sie ihre Ärmchen in die Luft reißt. Und einmal im Oval grinst.
Eigentlich hasse ich Spielplätze. Das sind Zwergenkriegsschauplätze und Katzenklo in einem. Ich hoffe, Kim hat bald auch die Schnauze voll davon.
Wir machen einen Boxenstopp bei Murats Kiosk und erkunden das Süßigkeitenangebot, als würden wir es nicht längst in- und auswendig kennen.

Murat streckt seinen Kopf über die Theke. „Na Pia, schön dich zu sehen. Und hallo kleine Kämpferin. Wie geht's euch?"

„Zeit für etwas Süßes, Murat", sage ich und deute auf die Boxen mit dem Naschkram. Gummischnuller, Colafläschchen, saure Kracher, Gummibärchen und Lakritzschnecken. Kim und ich lieben Lakritz.

Trotzdem bestellen wir eine gemischte Tüte, aber mit viel Lakritz. Wie an jedem Freitag, an dem die Kinder zu ihrem Papa fahren, nehme ich mir noch ein Sixpack Kölsch mit.

„Papawochenende?", fragt Murat.

„Yep!"

„Ne, ne, ne ... ich verstehe immer noch nicht, wie ein Mann eine Frau wie dich loslassen kann."

„Ach, lass gut sein Murat. Wir beide hätten uns nie kennengelernt, wenn es nicht so gekommen wäre."

„Da hast du natürlich recht. Grüß ihn schön!"

Ich nicke ihm zu. „Mach ich."

Auf dem Weg zum Spielplatz denke ich über Murat nach. Er ist ein schicker Typ. Seine Augen lachen, wenn er spricht. Seine Stimme ist warm und weich. Sie fährt mir direkt in den Beckenboden. Er sollte Synchronsprecher werden. Für Schnulzen oder Pornos.

Seine Frau kann sich glücklich schätzen. Single ist so ein Kerl sicher nicht. Dann schon eher schwul.

Am Spielplatz klemme ich mir meinen Kölschvorrat unter den Arm, damit ihn mir keiner aus dem Fahrradkorb klaut. Ich parke die Flaschen neben mir auf der Bank, lehne meinen Rucksack dagegen und öffne feierlich die Süßigkeitentüte. Kim setzt sich neben mich und nimmt meine Hand. Unter den kritischen Blicken der

Dinkel-Vollkornkeks-Muttis stopft sie sich den Mund voll.

„Freust du dich auf Papi?“, frage ich. „Er möchte tolle Sachen mit euch unternehmen.“

Kim kaut und nickt.

Sie beobachtet den Sohn einer der Dinkel-Vollkornkeks Mütter, der gerade eine windschiefe Sandburg baut. Seine Mutter steht daneben und lobt ihn ausdauernd. Kim schaut mich an und schüttelt den Kopf.

„Mama, das wird nichts.“

Ich kann nicht antworten, nur flüchtig mit den Schultern zucken, denn mein Handy vibriert. Eine neue Nachricht. Carmen fragt, wozu ich dieses Wochenende Lust habe.

Ich schreibe: ‚Habe gerade das Tattoo machen lassen. Hab lästiges Folienpflaster an der Hüfte. Schlabberhose ist angesagt. Wir telefonieren später.‘

Ich füge noch einen Küsschen-Smiley hinzu und sende die Nachricht.

„Könnten Sie bitte auf Ihre Tochter aufpassen?“

Ich blicke von meinem Handy auf. Die Sandburg-Mutter steht, mit in die Hüfte gestemmten Fäusten, und hochrotem Kopf vor mir. Ihr Sohn hockt heulend im Sandkasten.

„Statt die ganze Zeit auf Ihr Handy zu starren, sollten Sie mal lieber auf Ihren kleinen Giftzwerg aufpassen.“ Sie zieht ihren heulenden Sandburgarchitekten zu sich und legt ihm den Arm um die Schultern.

Ich blicke an ihnen vorbei. Kim stampft an der Stelle, wo vorher die Sandburg stand, den Boden glatt.

Ich frage: „Können Sie mir bitte sagen, was denn Schlimmes passiert ist?“

Verächtlich blickt sie von meinem Sixpack zu meiner Jogginghose und dann zu meiner Tochter, die sich zwischenzeitlich wieder über die Süßigkeitentüte hergemacht hat. Zugegebenermaßen könnte mein Anblick zu Vorurteilen verleiten. Ist mir aber egal.

„Ihre Tochter hat die Sandburg meines Sohnes zerstört. Und er hatte sich so viel Mühe gegeben!“ Sie schnaubt.

„Ach, wissen Sie ...“, ich straffe meine Schultern und winke Kim zu mir heran, „... meine Tochter hat einen sehr guten Blick für Statik. Auch Kinder sollten lernen, dass es manchmal Sinn macht, von vorne anzufangen.“

An den Jungen gewandt sage ich: „Schau mal, was Kim für ein tolles Fundament vorbereitet hat. Jetzt kannst du eine noch schönere und stabilere Burg bauen.“

Ich schnappe mir mein Sixpack und nehme Kim an die Hand. Wir gehen zurück zu den Fahrrädern.

„Weißt du, Kim, das war nicht besonders nett von dir.“

Sie stopft sich noch ein paar Süßigkeiten in den Mund und wir fahren nach Hause.

Fesselspielchen

„Wie ist das Tattoo geworden?“ Helen steht im Flur und wartet darauf, dass ich die Hosen runterlasse.

„Ich denke, schön. Man kann es noch nicht so richtig sehen. Es ist aufgequollen, blutig und abgeklebt.“

Sie macht Würgegeräusche und verdreht die Augen. Ich wechsle das Thema. „Wie war die Schule?“

„Ich habe Mathe zurück. Eine Vier.“ Helen zuckt die Schultern.

Ich wuschle ihr durch die Haare. „Super!“

Sie zieht ihren Kopf weg. „Kannst du das sein lassen? Ich wuschle dir doch auch nicht ständig durch die Frisur.“

Ich betrachte meine Große von der Seite. Irgendwie sieht sie gar nicht glücklich aus.

„Ist sonst alles in Ordnung?“

„Geht so. Ist nicht so wichtig.“

Das heißt, es ist etwas ganz und gar nicht in Ordnung. Entweder wieder Zickenkrieg mit ihren Freundinnen oder es ist wegen diesem Timo. Timo und sie treffen sich seit ein paar Wochen. Er ist mir nicht besonders sympathisch. Er sagt weder *Hallo* noch *Tschüss*, wenn er sie abholt. Aber Helen ist das erste Mal verliebt. Was soll ich da sagen ...

„Müssen wir dieses Wochenende zu Papa? Ich wollte mit den Mädels zu Charlotte. Wir wollten uns Smoothies mixen.“ Helens Blick ist flehend.

„Frag Papa. Dann muss er dich halt hin- und zurückfahren. Papawochenende heißt Papawochenende. Mit allem, was dazu gehört. Ich habe frei!“

Maulig zieht sie sich zurück. Wahrscheinlich, weil sie schon ahnt, wie Papa reagiert.

Kim zieht ihre Schuhe aus und kippt mir dabei einen Sandhaufen in den Flur, der schöner aussieht als die Sandburg des Dinkel-Vollkornkeks-Sohnes.

Trotzdem sage ich: „Kim ... Handfeger, Kehrschaufel. Zack, zack."

Ich stelle das Bier in den Kühlschrank und gehe ins Badezimmer, um die Folie von meinem Tattoo zu entfernen. Der Tätowierer sagte, ich solle sie abnehmen, sobald ich zu Hause bin und die Gewebsflüssigkeit mit einem Handtuch und etwas Wasser abtupfen. Ich creme es mit der Salbe ein, die er mir gegeben hat, und ziehe meine Unterhose aus, weil der Gummizug drückt. Wenn die Kinder weg sind, werde ich nackt rumlaufen. Solange geht meine Jogginghose auch ohne Slip.

Ich klopfe an Helens Tür. „Darf ich reinkommen?" Ich schiebe meinen Kopf durch den Türspalt.

Helen liegt auf ihrem Bett.

Ich lege mich zu ihr und nehme sie in den Arm.

„Timo?", frage ich. Der Name reicht und Helen heult los. Sie presst ihr Gesicht ins Kissen und schlägt mit den Fäusten wie wild auf der Matratze herum. Ich liege neben ihr und mein Kopf hüpft auf und ab, während Helen ihre Matratze verprügelt.

Irgendwann hebt sie den Kopf, schaut mich an und sagt: „Er steht auf BDSM." Danach verschwindet ihr Kopf wieder im Kissen. Trotz der wackelnden Matratze versuche ich mich zu konzentrieren. *BDSM?* Keine Ahnung. Vielleicht ein YouTube-Kanal, irgendeine Partydroge oder eine Band?

Ihr Kopf hebt sich wieder. Ich blicke sie an. „Und was ist das?"

„Boah, Mama! B ... D ... S ... M – Bondage und Sado Maso."

„Bitte was?", frage ich konzentriert.

Nicht, dass ich noch nicht davon gehört habe, aber aus dem Mund meiner Tochter, in ihrem *Kinderzimmer*, macht es mich fassungslos.

Gedanken und Bilder schwirren durch meinen Kopf. Hat er das mir ihr ausprobiert? Mir wird schlecht.

„Wieso redet ihr über Sexthemen?"

„Wir haben uns vorgestellt, wie das erste Mal sein könnte. Wir reden doch über alles. Und dann hat er mir davon erzählt. Er würde mich gerne fesseln und ..." Sie bricht ab und vergräbt ihr Gesicht wieder im Kissen.

Wie peinlich muss es für sie sein, mit mir darüber zu sprechen. Ich finde sie mutig. Ich streiche ihr über den Rücken und spüre, wie ihr Herz klopft.

„Und ihr habt nur darüber geredet?"

„Oh Mann, Mama! Ich will doch jetzt noch gar nicht und schon gar nicht so!" Sie sieht mir in die Augen.

„Das kann ich verstehen. Auf was du irgendwann mal stehst, findest du früh genug raus. Lass dir Zeit und diesen Timo servierst du besser direkt ab."

„Hab eben Schluss gemacht."

Erleichtert atme ich aus. „Tut mir leid, meine Süße." Ich nehme sie in den Arm und sie weint noch ein wenig. Meine arme Große.

Ich habe Timos Eltern auf dem letzten Elternabend kennengelernt. Ein ziemlich spießiges Gespann. Wie die wohl reagieren würden, wenn ich sie darauf ansprechen würde?

„Soll ich mit Papa drüber sprechen? Dann weiß er Bescheid, weshalb du nicht so gut drauf bist."

Helen nickt.

Es klingelt. Da ist er.

Kim fliegt ihm in die Arme. „Weißt du was Papa? Mama hat jetzt ein Tattoo. Ist aber noch ganz blutig und abgeklebt, deshalb kann sie es dir nicht zeigen."

Er schaut mich an „Tatsächlich? Ist ja interessant." Sein herablassender Tonfall verrät mir, was er davon hält.

Ohne darauf einzugehen, frage ich ihn: „Kann ich dich kurz unter vier Augen sprechen?"

Ich schiebe ihn vor mir her in Richtung Küche.

Dann berichte ich von Helen und Timo. Er ist entsetzt.

„Ich habe immer gesagt, dass die Stadt nichts für Kinder ist. Sieh dir doch an, womit sie hier konfrontiert werden. Ihr wärt mal besser auf dem Land geblieben. Da wächst man behüteter auf."

Ja, und ich wäre unglücklich und einsam geworden.

Er fährt fort mit seiner Litanei: „Gut, dass sie sich jetzt bei mir erholen kann. Biancas Sohn ist dieses Wochenende ebenfalls da, die werden sicherlich Spaß haben zusammen."

„Oh ja. Sicherlich." Ich balle meine Faust in der Hosentasche und lächle. „Schön. Dann hoffen wir mal, dass sie ganz entspannt zurückkommt. Ist auch wirklich immer wie Urlaub für die Kinder bei euch."

Ich stelle meinen Kaffeebecher auf die Spüle und atme tief durch, wobei mir auch noch ihre Vier in Mathe einfällt.

„Ach, und sie hat eine Vier in Mathe geschafft."

Er zieht die Augenbrauen hoch. „Ihre Leistungen lassen zu wünschen übrig. Ich erwarte, dass du dich ein bisschen mehr hinter die Schule klemmst, Pia."

Er lehnt sich auf dem Küchenstuhl zurück und verschränkt die Arme vor der Brust.

„Ansonsten würde ich mir das mit deinem Job mal überlegen. Ich zahle doch wirklich gut. Vielleicht wird es dann für eine Wohnung in der Stadt nicht mehr reichen, aber die Zukunft unserer Kinder sollte dir das schon wert sein. Du denkst neuerdings so egoistisch, Pia."

Ich platze vor Wut. „Jetzt komm mir nicht mit *egoistisch*. Der einzige, der sich hier egoistisch verhält, bist du! Du vergisst sogar deine Kinder. Das sollte mir mal einfallen! Tagein, tagaus reiße ich mir hier den Arsch auf und du erlaubst dir, mir zu sagen, wie es zu laufen hat? Du bist ein erbärmliches Arschloch. Egozentrisch und narzisstisch. Wage es nie wieder, mir Vorwürfe zu machen."

„Pia, bitte beruhige dich. Die Kinder sollten dein Gebrüll besser nicht hören."

Ich schreie noch lauter. „Es ist mir scheißegal, wer mich hört. Die Kinder sollen das ruhig mitbekommen."

Ich stehe auf und gehe in den Flur, wo meine Mädchen mit ihren Taschen warten. Ich drehe mich zu Christoph um: „Im Übrigen bleibt alles, wie es ist. Und da du ja so ein Mathegenie bist, können Helen und du direkt ein paar Termine zum Üben vereinbaren. Wenn du dich nicht einbringst, brauchst du dich nicht zu beschweren."

Helen und Kim stehen stumm neben ihren Taschen.

Christoph breitet die Arme aus. „Es tut mir leid, dass eure Mutter derart eskaliert. Dafür gibt es keinen erklärbaren Grund."

Ich könnte ihm in seine überhebliche Grinsefresse schlagen. „*Erklärbar* sind die Gründe nicht. Aber *erlebbar* du Superdaddy. Sie hier ...", ich zeige auf Kim, „... saß zwei Stunden am Küchenfenster und hat auf dich gewartet. Helen hat den Rest des Tages traurig in ihrem Zimmer gehockt und sich Sorgen um dich gemacht. Du zerstörst Kinderseelen, weil du deine Kinder vergisst und ich bin damit beschäftigt, sie zu reparieren."

Ich lasse ihn stehen, drehe mich zu meinen beiden um und drücke und küsse sie zum Abschied. Sie gucken mich mit großen Augen an, sagen kein Wort und gehen mit ihrem Vater.

„Ich liebe euch!", rufe ich ihnen in den Hausflur hinterher.

Ich schließe die Tür erst, als ich sie nicht mehr sehe und heule Wuttränen.

Der Rest des Papawochenendes verläuft überraschend beschaulich. Ich pflege und creme mein Tattoo, laufe ohne Hose durch die Bude und lege die Füße hoch.

Am Samstagabend mache ich es mir mit Ofenkäse und Gemüsesticks auf meinem Sofa gemütlich. Es ist warm genug, um die Balkontür offen zu lassen. So sitze ich da und zappe von Kochshows zum Supertalent bis ich bei *The Bodyguard* hängenbleibe. Im Gegensatz zu Kevin Costner ist Whitney inzwischen tot, denke ich. Scheiß Drogen. Kevin Costner hat eine Country-Band gegründet, drei Kinder und eine Frau. Er lebt und folgt seinen Träumen. Alles richtig gemacht. Ich schlurfe in die Küche, hole mir ein Kölsch aus dem Kühlschrank und creme mein Tattoo ein.

Irgendwann muss ich eingeschlafen sein, denn ich schrecke hoch, als mein Handy klingelt. Es vibriert unter meiner linken Schulter. Ich taste in Richtung der Vibration und zerre das Telefon aus der Sofaritze.

Mein Herz klopft. Anrufe um diese Uhrzeit können nichts Gutes bedeuten. Ich kenne die Nummer nicht. Die Uhr auf meinem Receiver zeigt 2:35 Uhr. Im Fernseher läuft die Wiederholung von *The Bodyguard.*

„Hallo?"

„Hallo, Frau Lückerath. Hier ist Leonie. Leonie Weddig. Ich war bei Helen in der Schule."

Ich erinnere mich wage an Leonie. Zahnspangen-Lächeln, geflochtene Zöpfe, zwei große Brüder. Vater immer im Garten, Mutter Managerin bei Bayer.

„Leonie? Es ist halb drei. Was ist los?“

„Es geht um Helen. Ich mach mir Sorgen. Sie hat gekotzt, dann ist sie eingeschlafen und dann hat sie nur noch geheult. Sie wollte pinkeln gehen und ist nicht wiedergekommen.“

„Helen ist dieses Wochenende bei ihrem Vater. Wieso ist sie bei dir?“

„Sie ist nicht bei mir. Wir feiern meinen Geburtstag hier am Grillplatz. Ich glaube ihr Vater weiß nicht, dass sie hier ist und ...“

Ich falle ihr ins Wort. „Leonie. Wo zum Teufel ist Helen? Kann ich sie bitte sprechen?“

„Das geht nicht. Sie ist doch verschwunden und ich suche sie gerade im Wald. Auf ihrem Handy geht nur die Mailbox an. Ich glaube es ist leer.“ Ich höre ein Knistern, gefolgt von einem lauten Knacken, dann ein gemurmeltes „Scheiße“.

Ich brülle in den Hörer. „Leonie. Hör mir zu. Ich komme zu euch. Wo seid ihr?“

„In Bärbroich am Grillplatz beim Schützenheim, hinten am Wald.“

„Okay, ich komme. Ich brauche eine halbe Stunde. Ruf die Polizei und einen Rettungswagen.“

„Oh, bitte nicht. Wir haben getrunken und gekifft. Sie kommt bestimmt gleich wieder. Bitte nicht die Polizei. Kommen Sie einfach. Bitte.“

Während des Telefonats eile ich in den Flur, ziehe mir meine Jogginghose und Turnschuhe an und schultere meine Handtasche. Ich muss noch den Autoschlüssel aus dem Sekretär im Schlafzimmer holen. Hoffentlich springt die Scheißkarre an. Schließlich steht er schon eine Weile.

„Hallo? Sind Sie noch dran, Frau Lückerath?“

„Leonie, geh bitte wieder zu den anderen. Vielleicht ist Helen ja wiedergekommen.“

„Okay, danke."

„Bis gleich."

Ich lege auf und stecke das Handy in meine Handtasche.

Ich renne zu meinem Parkplatz und springe in den Volvo, wobei das Tattoo schmerzt. Die alte Möhre springt gurgelnd an. *Oh Danke, lieber Gott.* Jetzt muss ich Christoph anrufen. Er wird schneller dort sein als ich. Scheißegal, was er sagt.

Im Ausparken rufe ich seine Nummer auf. Es klingelt. Er geht nicht dran. Scheiße, scheiße, scheiße! Was soll ich bloß tun? Die Polizei rufen? Die Feuerwehr? Was kann nur passiert sein? Ach was ... ich rufe jetzt einfach die Polizei. Während ich versuche, 110 zu tippen, macht mein Wagen einen Schlenker Richtung Bordsteinkante. Mist, ich kann jetzt nicht auf dem Handy rumtippen, ich muss mich aufs Fahren konzentrieren. Ich will aber auch nicht anhalten. Viel zu schnell brettere ich durch die gähnend leeren Straßen und über die A4 in Richtung meiner alten Heimat. Meine Gedanken rasen. Die Polizei werde ich informieren, wenn ich da bin. Christoph auch. Wenn er gestern Abend getrunken hat, weckt ihn mein Anruf ohnehin nicht.

Leonie sagt, sie hätten getrunken und gekifft. Oh Gott, Helen. Hoffentlich bist du zurückgekommen. Wenn etwas passiert ist und ich nicht sofort die Polizei gerufen habe, werde ich mir ewig Vorwürfe machen.

Ich fahre schneller. Am Ortseingang Bärbroich werde ich geblitzt. Das waren mindestens 20 km/h drüber. Scheißegal, in der Stadt brauche ich keinen Führerschein.

Im Dorf werde ich langsamer. Irgendwo an der Hauptstraße war früher ein Schild, auf dem *Schützenheim* stand. Unter einer Straßenlaterne sehe ich die Umrisse von zwei Personen. Ich mache das Fernlicht an. Ein Junge hält die Haare eines Mädchens, das in die

Büsche kotzt. Sie sind ungefähr in Helens Alter. Ich halte und kurble das Fenster runter: „Wo ist die Party von Leonie?“, rufe ich.

Der Junge dreht sich zu mir um und mustert mich.

Ich schreie: „Raus damit! Wo ist die Party?“

„Hier gleich rechts. Hinterm Schützenheim Richtung Wald. Da ist ein Feuer ...“

Den Rest höre ich nicht mehr. Ich gebe Gas, biege rechts ab, fahre ums Schützenheim herum auf die Wiese und steige aus.

Von weitem höre ich das Wummern von Musik und Gelächter. Wieder wähle ich Christophs Nummer. Er geht nicht dran. Danach versuche ich es auf Helens Handy. Mailbox.

Es riecht nach Wiesen, Wald und Feuer. Ich renne über die Wiese. Es ist dunkel. Ein paar torkelnde Jugendliche kommen mir entgegen.

Helen ist nicht dabei. Ich frage sie, ob sie sie gesehen haben. Mehrere schütteln den Kopf, ein Junge zeigt Richtung Lagerfeuer.

„Da hinten. Ist aber schon ne Weile her.“

„Wo genau hast du sie gesehen?“ Ich stelle mich ihm in den Weg. Glasige, rot geränderte Augen glotzen mich an.

„Die lag kotzend in der Ecke und hat geheult, wenn Sie’s genau wissen wollen. Keine Ahnung, wo die jetzt ist.“

Ich laufe weiter.

Wieder wähle ich Christophs Nummer. Keine Antwort.

Auf den letzten Metern Richtung Feuer kommt mir Leonie entgegen. Ihr offenes Haar weht im Wind, von der Zahnspange ist nichts mehr zu sehen.

„Gut, dass Sie da sind. Sie ist immer noch weg.“

„In welche Richtung ist Helen verschwunden?“

„Da lang.“ Sie zeigt Richtung Waldrand, der uns drohend schwarz gegenüberliegt. „Meine Handylampe ist kaputt. Ich bin andauernd über die scheiß Brombeerbüsche gestolpert.“

„Du bleibst hier", sage ich im Weitergehen. Ich knipse meine Handylampe an und renne in Richtung des Waldes.

„Helen!", rufe ich. Hinter mir höre ich Partygelächter und wummernde Bässe. Vor mir Stille. „Helen!"

Ich suche das Gestrüpp nach Spuren von Helen ab. „Helen!" Immer wieder stolpere ich über Maulwurfshügel. Meine Socken sind jetzt schon klitschnass vom feuchten Gras.

Unter einem Hochsitz führt ein schmaler Weg tiefer in den Wald. Ich folge ihm und rufe erneut ihren Namen.

Äste knacken und überall um mich herum raschelt das Unterholz.

Der Kegel meiner Taschenlampe trifft auf etwas, das in einigen Metern Entfernung aus dem Gebüsch ragt.

Ich höre ein Schluchzen. Kurz darauf ein heiseres: „Mama?"

Helen.

Sie liegt im Unterholz, ihre Hose ist bis zu den Knöcheln heruntergezogen. Mir wird heiß und kalt.

„Helen! Was ist passiert?" Ich biege Äste zur Seite und beuge mich zu ihr herunter.

„Ich musste mal und dann ist mir schwindelig geworden." Sie schluchzt. „Und dann habe ich die Hose nicht aus den Brombeeren rausbekommen. Ich glaube, ich habe mich angepinkelt." Sie vergräbt ihr Gesicht in den Händen. Ich zerre ihre Hose aus den Dornen, während sie unbeholfen aus den Büschen kriecht. Dann helfe ich ihr sich anzuziehen, hocke mich neben sie und nehme sie in den Arm.

Sie schluchzt und heult. „Es tut mir so leid."

„Darüber sprechen wir später. Versuch mal, aufzustehen." Im Aufstehen muss sie würgen und übergibt sich. Ich reiche ihr ein Taschentuch aus meiner Jackentasche. Nachdem sie sich Mund und Kinn abgewischt hat, hakt sie sich bei mir unter. Ich lege ihr meine Jacke um die Schultern. Mein kleines Mädchen stinkt nach

Pisse, Kotze, Alkohol und Lagerfeuer. So stolpern wir zurück auf die Wiese.

Leonie ist nirgends zu sehen. Auf dem Weg zum Auto kommt uns ein anderes Mädchen entgegen. „Sag Leonie bitte, dass ich Helen gefunden habe und sie jetzt nach Hause bringe."

„Ja, mach ich", sagt sie und huscht Richtung Party davon.

Im Auto, noch bevor ich losfahre, wähle ich wieder Christophs Nummer. Er hebt nicht ab. Helen sitzt mit geschlossenen Augen auf dem Beifahrersitz. Ich lasse das Fenster runter, damit sie frische Luft bekommt und ich ihren Gestank nicht ertragen muss.

„Warum bist du eigentlich hier?", fragt sie.

„Weil ich immer da bin, wenn ihr mich braucht."

Sie schweigt und starrt aus dem Fenster.

Nach einer Weile unterbreche ich die Stille. „So, Madam. Jetzt fahre ich dich wieder zu deinem Vater."

„Oh Mama, nein! Der weiß gar nicht, dass ich weg war. Der vermisst mich gar nicht. Ich will mit nach Hause kommen!"

„Das kommt nicht in Frage. In zehn Minuten wird er wissen, was passiert ist und glaube mir: Es wird ihn interessieren. Es ist Papawochenende und er hat verdammt noch mal die scheiß Verantwortung!" Ich lasse den Wagen an, biege auf die Hauptstraße ab und atme langsam ein und aus, um mich zu beruhigen.

„Der kümmert sich nie um mich. Zum Babysitten bin ich gut genug, aber weggehen darf ich nicht. Seine blöde Neue säuft genauso viel wie er und danach vögeln die die ganze Zeit. Ich hab sie gehört."

„Es tut nichts zur Sache, dass sie gevögelt haben. Fakt ist, dass du einfach abgehauen bist. Außerdem bist du besoffen, bekifft und du stinkst. Hast du ihn denn überhaupt gefragt, ob du hingehen darfst?"

„Klar hab ich das. Er sagt, ich sei noch zu jung. Ich wollte doch einfach nur meine alten Freunde wieder treffen."

„Verstehe", sage ich und biege auf die Kiesauffahrt zu Biancas Haus. Es liegt im Dunkeln. Scheinbar hat noch niemand Helens Fehlen bemerkt. Nur der Brunnen ist beleuchtet. Wie ich sehe, hat der Engel seinen Kopf zurück. Für die 1275 Euro, die mich der Spaß gekostet hat, hätten sie ihm wenigstens noch ein Lächeln in die Visage meißeln können. Das gleichmäßige Plätschern macht mir bewusst, dass ich Pinkeln muss, als ich die Stufen zu ihrer Haustür hinaufgehe. Helen bleibt drei Stufen unter mir stehen. Obwohl sie echt Mist gebaut hat, mache ich mich bereit, sie zu beschützen. Er hat seine Aufsichtspflicht grob vernachlässigt.

Ich straffe meine Schultern und klingle. Der Gong übertönt das Plätschern des Brunnens. Alles bleibt dunkel. Ich klingle erneut. In einem der Dachfenster geht das Licht an. Ich höre, wie das Fenster geöffnet wird. „Hallo?", ruft eine weibliche Stimme.

„Ich bin's, Pia ...", rufe ich nach oben und steige ein paar Stufen rückwärts die Treppe hinunter „... und Helen", füge ich sicherheitshalber hinzu.

Wenige Atemzüge später wird das Haus schlagartig hell. Ich höre, wie jemand schnellen Schrittes eine Treppe hinuntereilt. Dann schwingt die Tür auf. Christoph steht mir in seinem karierten Lieblingspyjama gegenüber. Ein vertrautes Bild. Bianca steht einige Schritte hinter ihm. Er reibt sich die Augen, als er Helen hinter mir entdeckt. Mein Mädchen steigt die Stufen zu mir hoch und nimmt meine Hand.

„Was machst du denn da?", fragt er dämlich glotzend.

„Was *sie* da macht? Sie ist abgehauen und auf Leonies Party abgestürzt. Sie hat getrunken und gekifft. Ich habe sie aus einem Brombeerbusch gezogen, sie hat sich bekotzt und angepisst. Ich habe tausendmal versucht, dich zu erreichen. Aber scheinbar warst du zu beschäftigt, um zu merken, dass hier irgendetwas nicht stimmt."

„Pia ..., ich ...", stammelt er.

„Sie muss duschen, die Schrammen an den Beinen müssen versorgt werden und sie braucht deine ganze Aufmerksamkeit, inklusive einer Magnesiumtablette und Ibuprofen. Kümmere dich verdammt nochmal um deine Tochter!" Mein Puls hämmert in meinem Kopf. „Im Übrigen denkt sie, sie wäre dir egal und wollte am liebsten mit mir nach Hause."

Helen drückt meine Hand fester. Ich lege meinen Arm um ihre Schultern und schiebe sie in Richtung Hauseingang. Sie hält meine Hand für einen Moment länger fest, als es nötig wäre, bevor sie loslässt und einen Schritt auf ihren Vater zu macht.

„Und erzähle mir nie wieder vom harmlosen Landleben, und dass die Kinder hier wohl behüteter aufwachsen. Ihr könnt mich alle mal mit eurer heilen Welt und Spießigkeit."

Und an Helen gewandt sage ich: „Ich liebe dich mein Schatz. Wir sehen uns morgen Abend."

Dann drehe ich mich um und gehe. Mein Rabenmuttertattoo brennt und pocht. Ich muss es unbedingt eincremen.

***

Am Montagmorgen hat Helen Bauchschmerzen und will nicht in die Schule. Da die Gründe dafür auf der Hand liegen, schicke ich sie trotzdem. Mittags erzählt sie mir, dass Timo sie bei den Jungs als prüdes Mauerblümchen darstellt. So ein kleines Arschloch.

Leck mich am Arsch

„Mama, darf ich mir mit Helen bei Murat ein Eis holen, bevor wir zum Karate fahren?“ Kim steht mit süßem Dackelblick in der Küchentür.

„Nehmt ihr mich mit? Ich hätte auch Lust auf ein Eis.“

Kim und Helen schnappen sich ihre Roller und düsen los. Ich jogge das Stück, um mich etwas zu bewegen. Auf der Hälfte der Strecke bleibe ich stehen, um kurz durchzuschnaufen. Ich bin echt nicht in Form momentan.

„Mama, kommst du?“, rufen Helen und Kim.

„Na wartet! Ich krieg euch!“ Ich renne weiter.

Kim und Helen geben Gas. Keuchend erreiche ich Murats Kiosk.

Murat sortiert gerade Köln-Postkarten in einen Ständer vor seinem Kiosk. „Hey Murat, dürfen wir mal an deine Eistruhe?“

„Klar, bedient euch.“

Die Mädels stürmen den Kiosk und stecken ihre Köpfe in die Eistruhe. „Bringt ihr mir einen Flutschfinger mit?“, rufe ich und geselle mich zu Murat.

„Alles gut bei dir?“, fragt er während er geschäftig weiter sortiert.

„Frag nicht. Ex-Männer sind manchmal schlimmer als Noch-Männer.“

„Hast du denn gar keinen Bald-Mann?“

„Um Himmelswillen, Murat. Heiraten werde ich nicht noch mal.“

Die Mädels zeigen Murat ihre Eisausbeute. Wir gehen an die Kasse. Während ich ihm einen Fünfer auf den Tresen lege, frage ich, was ich immer schon wissen wollte: „Bist du eigentlich verheiratet?“

„Noch nicht. Aber ...“ Weiter kommt er nicht. Timos Mutter, Frau Bode, betritt den Kiosk, greift sich ein Reisemagazin und legt es vor Murat ab. Blühende Lavendelfelder und die Überschrift *Vive la france* zieren die Titelseite.

Kim reicht mir meinen Flutschfinger. „Dürfen wir noch ein bisschen Zeitschriften gucken?“ Kim liebt es, die Kindermagazine nach den tollsten Plastikspielzeug-Zugaben aus China zu durchstöbern und Helen blättert durch die Bravo und andere Teenie-Magazine. Ich packe meinen Flutschfinger aus, stecke das Wechselgeld ein und verlasse zeitgleich mit Frau Bode Murats Kiosk. Das ist meine Chance, sie unter vier Augen zu sprechen.

„Geht es nach Frankreich in den Sommerferien?“, frage ich, um mit ihr ins Gespräch zu kommen.

Frau Bode klemmt sich ihre Zeitschrift unter den Arm und ich lutsche an meinem Flutschfinger. Sie im Kostümchen, ich in Jogginghose.

„Ja. Ich habe gerade unsere Ferien gebucht. Wir fahren nach Cannes dieses Jahr. Timo hat eine Woche Französisch-Crashkurs und danach machen wir zwei Wochen Strandurlaub. Und Sie? Wo geht’s bei Ihnen hin?“ Bevor ich antworten kann kommt, was kommen musste: „Ach, Sie sind ja alleinerziehend. Da kann man sicherlich keine großen Sprünge machen.“ Ihr gepresstes Lachen gibt ein gelblich verfärbtes Pferdegebiss frei.

Wenn *die* wüsste, wie urlaubsreif ich bin. „Ich wüsste nicht, was daran lustig sein soll. Im Übrigen war Helen letzte Woche ziemlich aufgelöst und verwirrt.“

„Ach, Frau Lückerath. Die Kinder in dem Alter. Da hat doch nichts Bestand. Mein Timo kommt jeden Monat mit einem neuen Mädchen nach Hause.“ Versonnen lächelt sie ihr Pferdegebisslächeln.

Ich kann nicht anders, als die *neuen Mädchen* augenblicklich zu bedauern.

„Ihre Tochter hat nicht zu Timo gepasst. Sie wirkt noch ein wenig kindisch. Unser Sohn soll sich ausprobieren. Ich denke, das ist bei Jungs sinnvoll."

Was ist hier *sinnvoll?* Meine Tochter, ein *sinnvoller* Strich auf Timos Freundinnen-Strichliste? Leck mich am Arsch, ist die Frau scheiße.

„Ja, herzlichen Glückwunsch zu Ihrem kleinen Weiberhelden." Energisch beiße ich meinem Flutschfinger den Finger ab. „Ich bin froh, dass Helen mit ihm Schluss gemacht hat, denn seine sexuellen Fantasien passen mit denen meiner Tochter nicht zusammen."

Frau Bode zupft an ihrer Zeitung und drückt ihre Brille mit dem Zeigefinger hoch.

„Wovon sprechen Sie? Timo ist sechszehn. Er würde natürlich niemals eine Vierzehnjährige verführen." Sie presst die Worte durch ihren verkniffenen Mund. Das Pferdegebiss hat Pause.

„Von *verführen* ist auch gar nicht die Rede, Frau Bode. Eher von fesseln und auspeitschen!" Ich könnte ihr hier und jetzt eine donnern, dieser hohlen Schachtel. „Meine Tochter war verliebt in Ihren Sohn. Bis er ihr eröffnet hat, was er alles mit ihr ausprobieren würde. Stichwort: BDSM!"

Frau Bode errötet. Das Pferdegebiss schnaubt.

„Das ist eine unverschämte Unterstellung. Ich weise das absolut von uns. Solche Dinge sind bei uns zu Hause kein Thema."

„Tja, Frau Bode. Vielleicht gerade deshalb. Versuchen Sie doch mal, das Gespräch mit Ihrem Sohn zu suchen. Möglicherweise hauen die Mädels ja genau aus diesem Grund nach spätestens einem Monat wieder ab."

Kim und Helen kommen aus Murats Kiosk.

Kim hat einen glitzernden Flummi geschenkt bekommen, den sie vor sich auftitschen lässt. Ich ahne schon, was passieren wird.

Er hüpft über den Bürgersteig zu uns herüber und donnert Frau Bode gegen die Brille.

Sie schreit auf und rückt ihre Brille zurecht, klemmt sich die Zeitung unter den anderen Arm und zupft mit der freien Hand an ihrem Rock.

Ich sage: „Oh, entschuldigen Sie bitte", und werfe Kim einen mahnenden Blick zu.

Sie mustert meine Kinder mit beinahe angeekeltem Blick. „Hab ja schon immer gewusst, dass Kinder von Alleinerziehenden nur Probleme mit sich bringen."

„Kümmern Sie sich um Ihren eigenen Kram", sage ich und lasse sie stehen.

„Wie hat die das denn gemeint?", fragt Helen.

„Lass gut sein. Frau Bode ist eine recht dumme Person, befürchte ich."

„Die Arme", sagt Kim und hält ihren Flummi ins Sonnenlicht, um zu sehen, wie schön er glitzert.

„Sprengen wir ihr die Einfahrt", sagt Helen und grinst.

***

Heute Abend muss ich mit meinem Chef und seinem Sohn zur Besichtigung einer alten Lagerhalle in Klettenberg. Sie wird kernsaniert. Es stehen nur noch die Außenwände. Die Halle soll zu Wohnraum umgewandelt werden. Wegen des Denkmalschutzes müssen jedoch alle möglichen Auflagen beachtet werden. Deshalb treffen sich heute Abend Vertreter der Stadt, Architekten und Bauingenieure auf der Baustelle. Ich soll das Protokoll schreiben.

Bevor ich losfahre, drehe ich meine Lieblingshandtasche über der Spüle auf links. Nicht, dass ein alter Keks, Lolli oder irgendein dreckiges Taschentuch herausfällt, wenn ich meinen Notizblock zücke. Aber außer Lippenstift, Taschentüchern und Tampons kommt nichts zu Tage.

Ich fahre mit der Bahn zum Büro, denn Herr Meyer hat mir angeboten, mich nach dem Termin zurück nach Hause zu fahren. Da ich also nicht mit dem Fahrrad unterwegs sein werde, entscheide ich mich für ein luftiges Sommerkleid. Ich komme ohnehin viel zu selten dazu, ein Kleid zu tragen.

In Maximilians Auto fahren wir zum Termin.

„Und? Wie fühlen Sie sich bei uns, Frau Lückerath?"

„Danke, gut. Ich denke, ich habe das Sekretariat mittlerweile im Griff", antworte ich und starre aus dem Fenster auf vorbeiziehende Häuserfronten. Wenn ich ehrlich bin, frustriert mich der Job total. Er ist und bleibt reine Geldquelle. Der Juniorchef ist ein Vollidiot. Permanent nutzt er meine Expertise, um selbst zu glänzen. Vor den Kunden muss ich die Klappe halten. Sie könnten ja denken, dass ich mehr Ahnung von dem Gewerbe habe als der Chef. Ich muss mir dringend eine neue Aufgabe suchen. Irgendwie spüre ich, dass mich Architektur gar nicht mehr so reizt. Ich brauche etwas, das mich erfüllt. Etwas, das mich glücklich macht. Bis ich weiß, was das ist, entschädigt mich das kleine Plus auf meinem Konto am Ende des Monats.

Maximilian reißt mich aus meinen Gedanken: „Wir sind wirklich zufrieden mit dir." Er blickt in den Rückspiegel und grinst breit. Unter den jüngeren Mitarbeitern wird sich geduzt.

„Das freut mich."

Den Rest der Fahrt schweigen wir. Maximilian mustert mich auffallend oft im Rückspiegel. Ich gucke weiter aus dem Fenster, damit sich unsere Blicke nicht treffen. Ich mag ihn nicht. Er ist ein Kleingeist, der Glück hat, dass sein Vater der Chef ist.

Nach 15 Minuten sind wir an der Lagerhalle. Ich schreibe seitenweise Notizen und halte brav die Klappe. Eine Stunde später verabschieden sich die verschiedenen Fachleute, bis nur noch wir auf der Baustelle sind. Herr Meyer Senior geht zum Auto.

„Pia, kommst du bitte mit aufs Gerüst? Ich möchte dich um deine Meinung zu den Fenstern im oberen Stockwerk bitten. Wir müssen mit der Fußbodenheizung und den bodentiefen Fenstern einiges beachten. Du bist doch Architektin, oder?"

Natürlich hat er mit dieser Frage gewartet, bis alle anderen weg sind.

Eigentlich mag ich diese Baugerüste nicht. Zu hoch und zu wackelig. Ich klettere vor ihm die Leiter hinauf, wobei mir einfällt, dass er jetzt eine Top-Aussicht auf meine Beine und meinen Allerwertesten hat. Hoffentlich weht kein ungünstiger Wind. Ich notiere mir, dass die Arbeitskleidung für Baustellenbesichtigungen ab jetzt Jeans sein werden.

Oben angekommen ist keine Rede mehr von irgendwelchen bautechnischen Problemen. Maximilians Blicke huschen immer wieder über mein Kleid, mein Dekolletee und zu meinen Beinen.

„Worum geht es wirklich?", frage ich.

Maximilian tritt von einem Bein auf das andere. Er erinnert mich plötzlich an meinen alten Grundschulkollegen Axel, der mich fragen wollte, ob ich mit ihm ins Kino gehe.

„Ich wollte dich unter vier Augen sprechen."

„Was gibt es denn?"

„Wenn mein Vater die Firma an mich übergibt, möchte ich, dass du meine persönliche Assistentin wirst."

Maximilian ist ein frauenloses Muttersöhnchen. Unselbständig, faul und verwöhnt. Das stand bereits nach wenigen Tagen in der Firma fest, so offensichtlich ist es. Und noch offensichtlicher ist, dass ich mir nicht vorstellen kann, für ihn zu arbeiten. Ich würde schuften und er sich mit meinen Lorbeeren schmücken. Pustekuchen!

„Wann kommt denn deine kleine Tochter in die Schule? Dann können wir deine Stunden ausbauen."

„Das entscheide ich, wenn es soweit ist." Ich mag die ungesicherte Höhe auf den Gerüsten nicht. Ich habe ein unwohles Gefühl. Ich muss mich konzentrieren, ruhig zu atmen. Meine Hände tasten hinter mir nach der Wand. Ich hätte jetzt gerne etwas mehr Halt.

„Können wir jetzt wieder runtersteigen, falls hier oben nichts fachliches zu besprechen ist?"

„Nichts fachliches, aber da wäre noch etwas."

Ich lehne mich mit dem Rücken gegen die alte Fassade, um möglichst weit vom Abgrund entfernt zu sein.

„Was denn?"

„Können wir mal zusammen essen gehen?"

Oh, oh, jetzt wird es unangenehm. „Maximilian, ganz ehrlich? Das halte ich für keine gute Idee. Können wir jetzt wieder runter?"

„Überleg' es dir nochmal."

„Maximilian, nein. Wir arbeiten zusammen. Das ist nicht gut."

Er fährt sich durch die Haare. Seine Haut hat hektische Flecken. „Du bist wirklich hübsch und sexy. Wir könnten dann auch über dein Gehalt reden."

Ich kann nicht fassen, was er da gerade gesagt hat. „Ich bin nicht käuflich! Ich möchte jetzt sofort von diesem Gerüst runter!" Ich werde laut.

„Schade. Aber du kannst es dir überlegen. Du weißt, dass ich abends oft lange im Büro bin. Wie gesagt, ich zahle auch gut dafür. Ist ja sicher nicht ganz leicht, so allein mit zwei Kindern. Finanziell, meine ich."

Schwankend weiche ich seiner Hand aus, die nach meiner Schulter greift. Fass mich nicht an, schreit es in mir. Mein Herz pocht. Da ist mir der Abgrund lieber als dieser schmierige Nichtsnutz. Ich quetsche mich an ihm vorbei und steige die Leiter herunter.

Gott sei Dank sitzt Meyer Senior wieder mit im Wagen. Schweigend fahren sie mich nach Hause. Ich bedanke mich und sehe zu, dass ich in meine Wohnung komme.

***

Die Nacht ist heiß. Nachdem ich dreimal aufgestanden bin, um zur Toilette zu gehen, alle Fenster aufzureißen und etwas zu trinken, falle ich in einen unruhigen Schlaf, aus dem ich immer wieder hochschrecke. Ich ärgere mich wahnsinnig über mich und meine zurückhaltende Reaktion auf dem Gerüst. Ich muss verdammt nochmal mehr für mich einstehen. Ich sollte mich über ihn beschweren. Dann endlich schlafe ich ein.

Ehrenkodex

Endlich Wochenende. Den Rest der Woche habe ich vermieden, Maximilian allein zu begegnen. Meine Tage bei der Meyer GmbH & Co. KG sind definitiv gezählt. Und wenn so etwas wie auf dem Baugerüst nochmal vorkommt, werde ich mich lauter wehren. Ich muss mir dringend etwas Neues suchen. Und wenn ich im Supermarkt Regale einräume.

Die Kinder werden gleich abgeholt. Es herrscht das übliche Chaos.

„Helen! Hör mir zu, sonst schalte ich das WLAN aus."

Wie ich es hasse, wenn sie provokativ taubstumm auf das Handy starrt, während ich versuche, die letzten wichtigen Infos in sie hineinzubefördern. Sie liegt bäuchlings auf ihrem Bett, dreht sich ihre Haare durch die Finger und kaut Kaugummi.

„Mama, stress nicht so. Ich bin gleich fertig." Ihr Gesichtsausdruck ist so gequält, als würde ich ihr das erste Tattoo verpassen.

„Pass mal auf, Fräulein! Leg das scheiß Ding jetzt zur Seite, oder ..."

„Ja, ich weiß, oder das WLAN ist aus. Ist egal, bei Papa ist es wieder an."

Mir reicht's. Ab, Richtung Flur und Stecker ziehen. Es dauert ... 3, ... 2, ... 1, dann höre ich: „Was soll der Scheiß?!"

Zufrieden betrete ich erneut ihr Zimmer.

„Und? Können wir jetzt reden?" Ohne eine Antwort abzuwarten, fahre ich fort: „Nimm deine Englischsachen mit. Du schreibst Montag eine Klausur. Er soll dich abfragen. Und pass auch ein bisschen auf Kim auf."

Helen stöhnt: „Schon klar! Kein chillen. Nur lernen und babysitten. Du bist genauso anstrengend wie Papa. Das wird ja ein super Wochenende!" Sie verdreht die Augen.

Ich setze mich zu ihr auf die Bettkante. „Bitte, Süße! Ich mache mir einfach Sorgen. Bis ich mich dran gewöhnt habe, hilf mir ein bisschen."

Sie lächelt mich an.

„Und bitte keine Notrufe um halb drei."

„Geht klar, Mama." Wir müssen beide grinsen.

Weiter geht's zu Kim. Beim Abbiegen in ihr Zimmer mache ich einen Ausfallschritt über die Spielzeug-Pferdeherde, die gerade hinter der Tür weidet. Mit dem nächsten Schritt zerstöre ich sämtliche dazugehörigen Stallungen. Die Bauklötze fliegen durchs Kinderzimmer.

Kim schreit: „Mann! Immer machst du mir alles kaputt!"

„Ich weiß." Ich reibe mir über die schmerzende Fußsohle, denn die ist mitten auf einem Plastikpferdekopf gelandet.

„Denk an die Wechselklamotten. Pullover, Hose, Unterwäsche. Okay?"

Sie nickt, streichelt dem Pferd, das meine Fußsohle durchbohrt hat, über den Kopf und stellt es wieder zu den anderen auf die Weide. Natürlich werde ich ihren Rucksack nochmal überprüfen.

Helen, durch den Krach alarmiert, taucht im Türrahmen auf. Sie blickt auf meinen schmerzenden Fuß, den ich mir immer noch reibe. „Alles okay?"

„Pferdekopf."

„Verstehe."

„Denkst du an die Zahnspange?"

Ich humple Richtung Küche und rufe über die Schulter: „Um viertel vor vier kommt Papa. Bis dahin mach ich Kaffeepause."

Ich habe mich gerade gesetzt, als ein langanhaltendes Klingeln mich an meinem ersten Schluck Kaffee hindert. Zur Abwechslung ist er viel zu früh, denke ich und schaue durch den Spion. Mein Blick fällt auf meinen halbnackten Lieblingsnachbarn von gegenüber.

Ich öffne, und Supermario rettet sich schnell und wendig in meinen Flur.

„Alles in Ordnung?", frage ich.

Er steht da in Boxershorts, mit hochrotem Kopf – ob aus Scham oder vor hohem Blutdruck – ich weiß es nicht. Egal. So oben ohne sieht er noch besser aus.

Er holt Luft und windet sich. Es ist ihm sichtlich unangenehm. „Jenny und ich haben uns getrennt. Eigentlich wollte sie heute Abend ihre Klamotten holen. Aber jetzt ist sie schon da, mitsamt ihrem neuen Macker. Hab die beiden und den Umzugswagen vom Fenster aus gesehen und bin gleich abgehauen. Merda. Wenn ich dem Typen in unserer Wohnung begegne, raste ich aus und ich weiß nicht, was dann passiert." Seine Stimme überschlägt sich, als wäre er wieder im Stimmbruch. „Kann ich mich hier solange verstecken, bis sie wieder weg sind? Jenny hat noch einen Schlüssel. Die brauchen mich nicht." Er geht zur Wohnungstür und starrt durch den Spion in den Flur. Netter Hintern.

Ich resümiere: Mein süßer Lieblingsnachbar steht in Boxershorts in meinem Flur und mein Ex holt in einer halben Stunde die Kinder ab. Ach, wie herrlich! Hoffentlich ist er pünktlich und Jenny langsam.

Ich lehne mich in den Küchentürrahmen und lüge. „Also, mein Ex holt gleich die Kinder zum Papawochenende ab. Ich fände es nicht so toll, wenn er dich hier so sieht." Er soll ja nicht wissen, dass ich seine äußeren Werte schamlos ausnutze. Mein Blick wandert zu seinen Boxershorts.

„Verstehe. Ich würde dann einfach im Wohnzimmer verschwinden, wenn er klingelt. Geht das? Oh bitte. Ich wäre dir wirklich so dankbar, Pia."

„Bei mir hast du unbegrenzt Asyl. Keine Sorge."

„Ich danke dir!" Er scheint ehrlich erleichtert.

Ich lasse ihn stehen und widme meine Aufmerksamkeit wieder dem Kaffee und Kims Rucksack, der gepackt vor ihrem Zimmer steht. Die Pferdeherde ist komplett eingepackt, dafür keine Wechselklamotten. Ich seufze.

Mario steht unverändert am Spion.

Ich höre, wie Helen ihn begrüßt. Mehr Beachtung bekommt er nicht. Kim hüpft im Pferdchen-Galopp an Mario vorbei. In der Küche fragt sie: „Mama, warum steht Mario am Spion?"

Ich schließe die Küchentür hinter den Kindern.

Ich erkläre den Sachverhalt und betone, dass man sich in solchen Notlagen helfen müsse.

Kim schaut traurig und seufzt. „Schade. Jenny hat mir immer so toll die Fingernägel lackiert."

Es klingelt.

„Das ist Papa!"

Die Kinder springen auf, laufen in ihre Zimmer und holen die Taschen. Mario huscht wie besprochen ins Wohnzimmer, aber ich lasse die Tür offenstehen, damit Christoph eine Chance hat, sich alt und hässlich zu fühlen.

Ein kurzer Blick in den Spiegel. Mit einem Lächeln öffne ich die Wohnungstür.

„Komm rein, du wirst schon erwartet."

Er begrüßt mich mit einem knappen Kopfnicken. Er mustert mich. Ich weiß, dass er mich immer noch attraktiv findet, doch sein Macho-Gehabe gebietet ihm, nur noch auf Streichholz-Blondinchen zu stehen.

Kim springt ihrem Papa in die Arme, Helen umarmt ihn. Sie schnappen sich ihre Sachen und trotten hinter ihm her in den Hausflur.

„Halt, wartet!“, rufe ich. Sie haben vergessen, sich zu verabschieden. Das lasse ich ihnen nicht durchgehen. Außerdem hat Christoph Mario noch nicht bemerkt. Aber mein Plan geht nicht auf. Christoph checkt mal wieder gar nichts.

Als sie losziehen, rettet mich Kim: „Weißt du was, Papa? In unserem Wohnzimmer ist Mario. Der hat nur Boxershorts an und der hat Beulen am Bauch wie Supermann.“

„Das nennt man Sixpack“, antwortet Helen.

Der Rest ihres Gespräches verhallt im Treppenhaus.

Ich grinse. Einen Moment später kommt Jenny mit einem Umzugskarton aus Marios Wohnung. Ich lächle ihr zu, sie lächelt zurück.

„Du ziehst aus?“ Ich tue überrascht.

„Ja. Ich habe da jemanden kennengelernt ...“ Verlegen fummelt sie an ihren Armbändern herum.

„Schon gut. Du brauchst mir nichts zu erklären.“

„Bestell den Kindern bitte ganz liebe Grüße von mir.“

„Richte ich aus. Mach’s gut, Jenny.“

„Du auch, Pia.“

Ich ziehe meine Wohnungstür zu. Aus dem Küchenfenster schaue ich auf die Straße. Meine Kinder steigen in Christophs Wagen. Jenny kommt aus der Tür, schaut kurz nach oben, winkt mir zu, steigt in den Umzugswagen und fährt ebenfalls davon.

„Die Luft ist rein!“, rufe ich.

Mario kommt aus dem Wohnzimmer. Er hat sich in meine Wolldecke gewickelt.

„Möchtest du Kaffee?“, frage ich.

„Gerne, und vielen Dank, dass ich mich hier verstecken durfte. Ich ziehe mir nur schnell etwas an."

„Ach, Quatsch, bleib so."

„Na gut."

Mario ist traurig. Er sitzt am Küchentisch, schlürft seinen Kaffee und kämpft mit den Tränen. In die Decke gehüllt sieht er aus, wie ein Katastrophenopfer.

„Weißt du, ich dachte Jenny sei endlich die Richtige."

„Ich habe sie auch gemocht." Ich hole ein paar Kekse aus dem Küchenschrank und stelle sie vor Mario auf den Tisch.

„Woran hat es denn gelegen?"

„Sie hat diesen Dennis kennengelernt. Er ist Friseur. In Ehrenfeld. Der Typ hat ihr eine Kette mit Unendlichkeitszeichen geschenkt. Mit ihren Initialen in den Schlaufen. J und D. Da waren wir noch zusammen. Ich bin total ausgerastet."

„Im Ernst? So einen Assi-Propeller? Das ist ja grauenhaft. Tut mir leid."

„Es läuft wohl ganz gut in seinem Laden und er richtet ihr jetzt eine Ecke für ihr eigenes, kleines Nagelstudio ein."

Wir seufzen und essen die Kekse.

„Heute Abend musst du dich irgendwie ablenken. Willst du nicht mit uns feiern kommen? Carmen und ich wollen heute Nacht tanzen bis der Arzt kommt."

„Lieb gemeint, aber ich bin echt nicht in Feierstimmung."

„Verstehe ich. Bist du denn wenigstens mit Schokolade, Taschentüchern und Bier versorgt?"

„Schokolade brauche ich nicht, Taschentücher hab ich, Alkohol hab ich nicht. Jenny wollte immer Prosecco. Heute ist mir nach Bier."

„Dann zieh dich an und wir gehen bei Murat noch deine Notfallverpflegung besorgen. Ich werde dich beraten."

***

„Mario ist aber doch nicht dein neuer Bald-Mann?", fragt Murat und kratzt sich durch seinen Drei-Tage-Bart, wie er das immer macht, wenn er nachdenkt.

„Ach Murat. Mario ist mein Lieblingsnachbar und ein Freund."

„Ist auch viel zu jung für dich."

„Ey, geht's noch?", antworte ich und hake Mario unter.

„Pia, das passt nicht. Er kauft immer Prosecco bei mir. Du bist kein Prosecco-Mädchen."

„Nee, das stimmt. Das war Jenny und Jenny ist jetzt weg und deshalb brauchen wir heute Abend ein extra kaltes Sixpack Kölsch für unseren Mario."

„Das ist kein Problem." Murat greift nach hinten in sein Kühlregal und reicht Mario das Sixpack. „Das geht vorbei, Mann." Er klopft ihm aufmunternd auf die Schulter. Das bringt Leben in das Häufchen Elend. Von einer auf die andere Sekunde bricht es aus Mario heraus. Er leidet italienisch. Theatralisch und laut. Ich stehe daneben und höre zu, wie der Italiener dem Türken sein Herz ausschüttet. Murat mit Pfefferminztee, Mario mit dem ersten Kölsch. Gestandene schöne Männer im Leid vereint. Ich lächle und nicke und bedauere und muntere auf. Am Ende haben wir Mario wieder in seine italienischen Machohosen gesteckt. Er ist überzeugt, das Leben ohne Jenny zu meistern. Wissend, dass es ihm gut geht, kann ich heute Abend beruhigt feiern gehen.

Ich bedanke mich bei Murat und bringe Mario nach Hause.

Zwei Stunden später steht Carmen partyfertig vor meiner Tür. Heute wollen wir beide einen neuen Club in Ehrenfeld ausprobieren.

Melanie und Tina können nicht dabei sein. Sie treffen sich mit Melanies Brüdern.

„Geh schon mal in die Küche und nimm dir was zu trinken. Ich bin gleich fertig. Mario war hier ... erzähl ich dir später."

Carmen sieht gut aus, wie sie vor mir den Flur entlang schreitet. Ihre blonden Locken fallen ihr über die Schultern. Sie trägt ein schulterfreies, grünes Kleid, das ihre Figur betont. Ihr Hintern wogt unter dem dünnen Stoff.

„Soll ich uns den Prosecco aufmachen?", ruft Carmen aus der Küche.

„Klar, mach auf. Hab ich extra für dich besorgt. Aber für mich bitte ein Kölsch!" Ich muss grinsen und an Murats *Du bist kein Prosecco-Mädchen* denken.

Ich stehe vor meinem Kleiderschrank. Wie immer bin ich ratlos, was ich anziehen soll. Ich entscheide mich für meine weiße Tunika, Jeans und die neuen Plateauschuhe.

Das Plop-Geräusch verrät mir, dass der Prosecco geöffnet ist. Ich gehe in die Küche.

„Wow, du siehst toll aus", sagt Carmen und reicht mir mein Bier. Ich setzte mich zu ihr an den Küchentisch.

„Wie geht es Mario?", fragt sie.

„Beschissen. Jenny ist ausgezogen."

„Ach, der Arme. Aber das war abzusehen."

„Wieso?"

„Die letzten Abende ging es da ganz schön zur Sache."

„Hab ich gar nicht mitbekommen. Er hat den Nachmittag in Boxershorts durch meinen Türspion beobachtet, wie Jenny auszieht. Gleichzeitig hat mein Ex die Mädels abgeholt."

„Ernsthaft?" Carmen lacht. „Uijuijui ... Mario in Boxershorts. Bestimmt niedlich. Und wie hat dein Ex geguckt?"

„Mario hat sich ins Wohnzimmer verkrochen. War ich schuld. Wollte ihn nicht so offensichtlich in die Falle tappen lassen."

„Schade." Carmen schenkt sich noch einen Prosecco ein.

„Wir waren kurz bei Murat. Carepaket packen. Er hat ihn aufgemuntert."

„Ja, Murat ist der perfekte Mann. Schön, sensibel und immer da, wenn man ihn braucht", schwärmt Carmen.

„Neulich habe ich ihn gefragt, ob er verheiratet ist. Er sagte, *noch* nicht. Aber dann kam Kundschaft und er konnte nicht weiterreden. Ich habe vergessen, nochmal danach zu fragen."

„Egal. Auf Murat, Mario und die Liebe." Carmen hebt ihr Sektglas und wir stoßen an.

***

2:30 Uhr, IceClub, Ehrenfeldgürtel

Seine Hände, seine Unterarme, die Augen. Ich stehe wirklich auf Unterarme, und er riecht so gut. Als er fragt, ob ich Lust hätte, noch auf einen Drink mit zu ihm zu kommen, meine Lippen sein Ohrläppchen streifen und ich dabei mit meinem most sexy Ausatmehauchton *Jaaaaa* flüstere, wandert seine Hand kurz in Richtung meines Hinterns, und das fühlt sich gut an.

Ich entwinde mich seinen Armen. Ich brauche Carmen und eine Pause. Ich pflücke sie von der Tanzfläche und zerre sie zur Toilette.

„Kann ich jetzt auch mal in den Spiegel gucken? Schieb dein Hinterteil ein kleines Stück zur Seite."

Ich drücke meine Hüfte gegen Carmens Hintern und blicke mir in die Augen. Alles okay. Die Nase glänzt, Schweißflecken unterm Arm – scheißegal. Ich bin aufgeregt.

„Was sagt dein Handy-Akku?", fragt Carmen.

Ich blicke auf das Display. „75%. Das reicht. Will ja auch nicht surfen, sondern ... du weißt schon." Ich kann nicht glauben, dass ich das sage.

„Hast du gefragt, ob er verheiratet ist?"

„Er trägt keinen Ring. Außerdem wäre das so ziemlich die blödeste Frage, die ich in unserem Gespräch, oder besser Gefummel, hätte stellen können." Ich drücke sie an mich. „Aber ich habe seine Handynummer. Hier, schau." Ich halte ihr mein Handy unter die Nase. „Er heißt Patrick."

„Hat er auch deine?"

„Ja, klar. Er hat angeklingelt, damit ich seine Nummer habe."

„Okay. Das war ein Fehler."

„Wieso das denn?"

„Na ja, falls es doch nichts wird ... ach egal. Wird bestimmt super."

„Hoffentlich." Ich habe Schiss und gleichzeitig ist es aufregend. „Am liebsten hätte ich dich an meiner Seite."

Carmen lacht. „Wie jetzt? Ich soll dabei sein?"

„Nein. Vielleicht. Ich meine, du musst mein Backup sein."

„Klar. Bin da. Du meldest dich, wenn was ist. Und tue nichts, was gegen dein Bauchgefühl spricht."

„Yes Ma'am. Selbstverständlich" Ich salutiere mit ernstem Gesicht. „Selbstkontrolle ist doch eine meine besonderen Stärken."

„Ich sag nur *Kiesauffahrt.*" Carmen grinst.

„Das hatte nichts mit *Selbstkontrolle* zu tun. Sowas nennt sich *Kontrollverlust.*" Ich grinse zurück.

Die Luft ist schlecht, die Musik wummert. Keine Ahnung, was gerade läuft. Carmen ist zur Garderobe gewackelt und fährt jetzt nach Hause. Ich habe definitiv ein Bier zu viel getrunken. Meine innere

Stimme hat keine Chance gegen den wummernden Bass. Außerdem lallt sie mehr, als dass ich sie wirklich klar verstehen könnte. Ich bin allein hier mit ihm. Seine Kollegen sind auch schon weg. Ich reiße mich zusammen und schwinge die Hüften Richtung Bar.

Er zieht mich an sich und flüstert mir ins Ohr: „Taxi ist in fünf Minuten da."

3:00 Uhr, Taxi

„Berrenrather Straße 254, bitte." Er legt den Arm um mich und zieht mich zu sich herüber.

„Warte. Ich muss noch schnell meinem Babysitter Bescheid geben, dass es später wird."

Ich krame in meiner viel zu großen Tasche. Aha, da leuchtet es mir entgegen. Fünf neue Nachrichten. Carmen fragt erst in Klein- und dann in Großbuchstaben, ob alles in Ordnung ist. Ich soll ihr unbedingt die Adresse schicken. Das mache ich als allererstes. Danach schreibe ich: ‚Oh mein Gott. Ich bin so aufgeregt'

Sie schreibt: ‚Ich bin bei dir ;-)'

„So, fertig!" Ich lasse das Handy in die Tasche gleiten, und meine Hand verschwindet um seine Hüfte.

3:20 Uhr, Berrenrather Straße 254

Auf dem Klingelschild steht Scheidbach. Aha, ich gehe mit Patrick Scheidbach nach Hause. Die Tür schwingt auf. Langer Flur, viele Türen. Schick, echt schick. Holzboden, hohe, stuckverzierte Decken. Es riecht gut. Aber nicht nach ihm. Es riecht zu gut für eine Männerwohnung.

„Wohnst du allein hier?", frage ich.

„Nein. Bin verheiratet."
„Das hast du gar nicht erwähnt."
„Mit ihr läuft nichts mehr und sie ist über das Wochenende nicht da."
Ich betrachte seine Unterarme. Die sind wirklich sexy. Muskulös und genau richtig. Na super. Da ist es endlich mal soweit und dann das! Mein verdammter Ehrenkodex: Kein verheirateter Mann. Das muss ich ihm wohl jetzt erklären und dann den Rückwärtsgang einlegen.
„Komm Baby, wir können tun und lassen, was wir wollen."

Er wirft die Wohnungsschlüssel auf das Sideboard und peilt die Küche an.
„Lieber Rot- oder Weißwein?"
„Äh, weder noch, danke."
Er hält an und dreht sich zu mir um. „Was anderes? Gin Tonic, Wodka Lemon oder Campari?"
„Nein danke, gar nichts."
Er zieht die Augenbrauen hoch und breitet seine Arme aus, als könne jeden Moment der perfekte Cocktail für mich vom Himmel fallen.
Sein Blick haftet an mir. Meine innere Stimme ist plötzlich wieder völlig klar: *Pia, verschwinde jetzt von hier. Er ist verheiratet und ein Arschloch. Hast mir ja leider nicht zugehört. Du kannst nichts erzwingen.*
Sie hat recht. Ich muss jetzt abhauen.
Ich sage: „Ich habe einen Ehrenkodex: Kein verheirateter Mann."
Immer noch starrt er mich an.
„Eben noch die süße Sexbombe und jetzt der Moral-Apostel? Jetzt komm schon, Kleine." Er legt mir die Hände auf die Schultern. Ein

wenig zu fest für meinen Geschmack. Ich fege seine Hände von meinen Schultern, schnappe meine Jacke und ziehe die Wohnungstür hinter mir zu. Hinter mir poltert und scheppert es, als hätte jemand einen Schlüssel gegen die Tür geschmissen.

3:35 Uhr, Taxistand, Berrenrather Straße

Das Büdchen an der Ecke hat geöffnet. Ich wünschte, ich wäre an Murats Kiosk. Ich hole mir ein Kölsch. Die Luft ist warm, die Sterne tanzen im Großstadtsmog. Ich setze mich auf die Holzbank am Taxistand und betrachte die Fassaden der Häuser. Hier und da brennt Licht. Der erste Schluck Kölsch fließt bittersüß durch meine trockene Kehle. Ich krame mein Handy aus der Tasche und schreibe an Carmen:

‚Verheiratet!!! Komme jetzt nach Hause :('

Ein Taxi hält. Der Fahrer steigt aus und macht sich eine Zigarette an. Er zieht genüsslich daran, als er sich neben mich setzt.

„Warten Sie auf ein Taxi oder sitzen Sie nur hier?"

„Eigentlich warte ich auf ein Taxi. Aber rauchen Sie erst zu Ende."

„Auch eine?" Er hält mir die Packung Zigaretten hin. Das ist jetzt genau das Richtige. Ich nehme eine, er gibt mir Feuer und ich lasse die Glut aufglimmen.

Während ich die Fassaden betrachte, frage ich mich, wo verdammt der Ort sein soll, an dem das Glück zu Hause ist.

Willkommen im Mittelalter

Ich sitze auf meinem Balkon und sehe der Sonne zu, wie sie ihr blutrotes, erstes Licht am Horizont ausbreitet. Halb fünf. Noch siegt das Vogelgezwitscher gegen den Stadtlärm.

Ich erinnere mich an die Nacht, als mein Ex mir sagte, dass er sich in Bianca verliebt hat. Das ist morgen genau zwei Jahre her. Das wäre mein 17. Hochzeitstag geworden.

In was für einer Scheinwelt ich gelebt habe, ist mir erst aufgefallen, als er weg war. Ich habe Kinder bekommen, sie versorgt und mich um den Haushalt gekümmert. Ich habe gefallen wollen. Sogar beim Sex. Ich habe im wahrsten Sinne des Wortes *unten gelegen*. Vielleicht hat ihn das in die Arme einer anderen getrieben?

Mein Handy vibriert. Ich schaue auf das Display. Eine Nachricht von Patrick:

‚Wir werden uns wiedersehen. Und dann bekomme ich dich.😈'

So ein selbstverliebter Trottel. Ich antworte nicht.

Ich gehe ins Bett.

***

Es ist Samstagnachmittag, ich habe bis zum frühen Nachmittag geschlafen und es herrscht fantastisches Wetter für Anfang Juni. Carmen holt mich ab und wir fahren mit der Bahn zum Fühlinger See. Das jährliche Mittelaltergelage steht auf dem Programm. Ich war noch nie auf so einer Veranstaltung.

Abgesehen davon, dass ich schon mehrere Mittelalterromane gelesen habe, halte ich die Mittelaltercommunity für alternativ angehauchte Spinner, die sich gerne verkleiden. Carmen aber ist begeistert.

Sie war letztes Jahr dort und hat mit einer Gruppe Gaukler und Schausteller am Lagerfeuer gesessen. Sie sagt, das fühlt sich an wie ein Urlaubstag in einer Märchenwelt. Dieses Argument hat mich überzeugt. Schließlich bin ich mehr als urlaubsreif.

Während unsere Bahn durch den Grüngürtel der Stadt rattert, haben wir noch eine Weile, um die letzte Nacht Revue passieren zu lassen.

„Und dann sitze ich heute früh auf meinem Balkon und der Trottel schreibt mir doch tatsächlich das hier." Ich halte Carmen mein Handy unter die Nase. Sie schüttelt den Kopf. „Siehste. So ein Mist. Na ja, wenn es bei einer Nachricht bleibt, ist es ja egal."

„Weißt du eigentlich, dass heute mein Hochzeitstag ist?"

„Krass. Und wie fühlt es sich an?"

„Eigentlich ganz normal."

Die Bahn hält und wir müssen aussteigen. Um uns herum wimmelt es bereits von verkleideten Mittelalterfreaks.

„Carmen, ich weiß nicht. Wir sind ja gar nicht verkleidet."

„Muss man auch nicht. Jetzt komm schon. Du wirst sehen, das wird großartig."

Das komplette Gelände um den See ist in eine Mittelalterwelt verwandelt. Met- und Kirschbier-Zelte, Marktstände und Schaustellerbühnen reihen sich am Seeufer entlang.

Gaukler mischen sich unter das Volk. Es gibt Schwein am Spieß und Falafel im Krautblatt mit Minzsoße. Überall riecht es hervorragend. Wir flanieren an Tonwaren, Schafsfellen und Holzgeschirr vorbei.

Die Schmuckstände mit den Runenketten finde ich besonders interessant. Keltische Symbole und Thorshammer in allen Variationen. Irgendwie mystisch.

Ich stehe vor den Amuletten. Eines, das wie ein spiralförmig gedrehter Mercedesstern aussieht, gefällt mir sehr. Ich drehe es hin und her. Die drei Spiralen erinnern mich an meine Kinder und mich. Ja, das passt zu mir.

„Seid gegrüßt, holde Maid“, spricht mich der vollbärtige Verkäufer von der Seite an. „Für nur 5 Taler gehört dieses Amulett dir.“

Ich frage mich, was dieser Typ im normalen Leben wohl so treibt.

„Soll ich dir etwas über die Bedeutung erzählen?“ Er verbeugt sich und legt los. „Dieses Amulett ist ein Zeichen der weiblichen Macht. Man nennt es *Triskele*. Die drei Achsen stehen für die Macht der Jungfrau, der Mutter Erde und des Kosmos. Es ist eines der geheimnisvollsten Symbole der Kelten. Bisher geht man davon aus, dass die Spirale die Reise vom inneren Ich zur äußeren Seele symbolisiert. Es wurde als Schutzamulett gegen negative Kräfte getragen.“

Das hört sich gut an. „Nehme ich.“ Ich drücke ihm die fünf Euro in die Hand.

Bevor er mir seinen mittelalterlichen Dank aussprechen kann, kommt Carmen angerannt und zieht mich von den Ständen zu einer Lagergruppe, die um eine Feuerstelle herum ihre Zelte aufgebaut hat.

„Ich habe sie gefunden. Weißt du, die, mit denen ich letztes Jahr gefeiert habe. Ich muss sie dir unbedingt alle vorstellen. Komm mit.“

Carmen textet mich zu: „Elvira ist Geschichtenerzählerin. Im wahren Leben ist sie Grundschullehrerin aus Hameln. Ihre Töchter Michelle, Mara und Margo haben sich auf eine Art orientalischen Tanz spezialisiert. Schau mal. Ihre Kleider sehen aus, wie irgendetwas zwischen einem indischen Sari und einem hawaiianischen Hula-Kostüm. Großartig, oder?“

Ich nicke und Carmen fährt ohne Luft zu holen fort: „Margo ist Imkerin. Ihr Mann hat einen Met und Honigstand auf dem Markt. Irgendwo da hinten." Während sie erzählt, fuchtelt sie mit den Armen hin und her und deutet in alle möglichen Richtungen.

Wir begrüßen uns. Die Frauen nehmen mich nacheinander in den Arm. Sie riechen nach Gewürzen und Patchouli. Ich komme mir spießig vor in meiner Neuzeit Blümchen-Tunika. Carmen schleift mich weiter zur Schmiede. Ein Mann meines Alters schwingt den Hammer, den er immer wieder auf glühendes Metall krachen lässt. Er ist so vertieft in seine Arbeit, dass er gar nicht bemerkt, dass wir da sind. Das gibt mir Zeit, ihn in Ruhe zu mustern. Schweißperlen rinnen seinen freien, muskulösen Oberkörper herunter.

„Hey, Pia. Was glotzt du denn so?" Carmen zwinkert mir zu.

Ich grinse breit.

„Das ist Torsten, hier nennen ihn alle Thorstein. Das ist sein Mittelaltername."

Torsten, oder Thorstein, wie auch immer, sieht sexy aus mit dem Lederschurz, dem Hammer und dem heißen Eisen. Ich weiß nicht, was heißer ist: Das Schmelzfeuer oder Thorstein.

„Gleich ist Geschichtenzeit", sagt Carmen. „Da hört er auf zu hämmern. Dann stelle ich ihn dir vor." Wir holen uns zwei riesige Tonhumpen Met und setzen uns vor das Zelt der Geschichtenerzählerin. Ich zeige Carmen mein Amulett.

„Sehr hübsch." Sie hilft mir, die Lederbänder in meinem Nacken zu verknoten.

„Thorstein arbeitet mit traumatisierten Kindern. Das macht ihn noch attraktiver, oder?"

Ihr Blick schweift über den Lagerplatz der Gruppe. „Ah, da kommt er ja."

Carmen stellt mich vor. Er lächelt und reicht mir die Hand. Seine Hände fühlen sich schwielig an. Kein Wunder bei dem Hammer.

„Bleibt ihr bis heute Abend?", fragt er.

Carmen nickt. „Ja, klar."

Ich kann nur lächeln und nicken, während ich auf Thorsteins Bizeps starre. *Verbrenn dich nicht*, rät mir meine innere Stimme.

Als es dunkel wird, zünden die Marktleute Fackeln an und schmücken die Zelte mit Laternen und Lampions. Es wird getanzt, musiziert und über offenem Feuer gegrillt. Sommerduft liegt in der Luft. Es hat wirklich etwas von Urlaub im Märchenland.

Thorstein hat es sich neben mir am Feuer gemütlich gemacht und reicht mir seinen Tonkrug. „Möchtest du? Ist erfrischend." Dankend nehme ich an und trinke. Das muss Kirschbier sein. Er betrachtet mich und sagt: „Du hast unglaublich grüne Augen. Weißt du, dass Frauen mit grünen Augen im Mittelalter oft als Hexen verfolgt wurden?"

„Das wusste ich nicht." Meine Wangen glühen.

„Ja, dabei galt grün im frühen Mittelalter noch als Farbe der Liebe. Dann kam das Christentum und hat die Farbe in Verbindung mit Schlangen und Drachen zu einem Symbol des Bösen gemacht. Und? Bist du eine Hexe?"

Wir lachen. „Na ja, hin und wieder köpfe ich Engel. Ansonsten habe ich noch nie irgendetwas hexenmäßiges verbrochen."

Er fragt nicht nach, was das mit dem Engel auf sich hat. Das gefällt mir. Er scheint sich nicht zu wundern.

„Bist du eigentlich in einer Beziehung?", fragt er und beobachtet mich von der Seite.

„Nee."

Er sieht unverschämt gut aus im Licht des Lagerfeuers. „Ich auch nicht. Hast du nicht auch manchmal Lust? Einfach nur so?" Er lächelt.

„Lust? Du meinst auf Sex?“

„Ja“, antwortet er.

Oh mein Gott. Cool bleiben, Pia.

„Ja, schon. Mir begegnen aber immer nur Idioten.“ Ich verdrehe die Augen und starre ins Feuer.

Er flüstert mir ins Ohr: „Und was hältst du von mir?“

„Du bist heiß.“ Bevor mich meine offene Antwort in Angst und Schrecken versetzten kann, steht er auf, nimmt meine Hand und zieht mich mit sich.

„Lass uns schwimmen gehen.“

Klar, was sonst. Ich dreh durch.

Wir huschen durch dichtes Gestrüpp und Gräser und stehen am Ufer des Sees. Am gegenübergelegenen Ufer wirft das Licht der Lagerfeuer tanzende Lichter auf das Wasser. Es ist wunderschön.

Plötzlich bekomme ich Zweifel. Vielleicht war meine Antwort nur gespielt, weil ich diese dämliche innere Stimme unterdrücken wollte? Gespielt, wie das alles hier. Mittelalter, Gaukler, der *Schmied* und ich? Ich habe mich auf eine Zeitreise begeben. Bin weit weg von der Normalität. Soll ich mich auf dieses Spiel einlassen? Will ich das wirklich? Ich habe Carmen gar nicht Bescheid gegeben. Sollte ich ihr noch schreiben? Ehe ich weiter darüber nachdenken kann, zieht sich Thorstein aus und verschwindet im Wasser. Also von hinten sah das schon mal vielversprechend aus. Gut gebaut und muskulös. Ich verlasse mich auf mein Bauchgefühl und kicke die Flip-Flops von den Füßen. Es ist soweit. Ich spiele mit.

„Komm! Es ist gar nicht so kalt“, ruft er mir zu und spritzt Wasser in meine Richtung.

Ich streife die Tunika über die Schultern, pfeffere meine Unterwäsche dazu und steige ins Wasser. Als wäre es das normalste der Welt. Das Wasser ist arschkalt. Klar. Es ist Anfang Juni.

Ich schwimme einige Züge in seine Nähe. Er zieht mich zu sich heran, küsst mich und umfasst meinen Hintern. Unwillkürlich sauge ich die klare Sommerluft ein. Ein wohliges Kribbeln durchfährt mich. Ich habe Lust. Ich schlinge meine Beine um ihn und erkunde mit meinen Händen seinen Körper. Es fühlt sich ausnahmslos gut an. Plötzlich streift etwas meinen Fuß. Ich zucke zur Seite. „Da war was an meinem Fuß!"

Er lacht. „Ein Fisch? Komm, wir gehen lieber raus." Hand in Hand waten wir ans Ufer.

Thorstein breitet sein Hemd aus. Ich lege mich darauf in den Sand. Gräser kitzeln meine Haut. Zu meinen Füßen schwappt das Wasser in kleinen Wellen an den Strand. Ich will jetzt und hier mit ihm schlafen. Hoffentlich hat er Kondome dabei.

Aus der Ferne hört man den rhythmischen Klang der Mittelaltermusik und Gelächter vom gegenüberliegenden Ufer. Er legt sich zu mir. Mit einem Grashalm streicht er von meinem Hals abwärts und fährt die Linien meines Rabenmuttertattoos nach. Seine Lippen folgen dem Grashalm. Gänsehautschauer bringen mich um den Verstand.

Seine Lippen wandern weiter und küssen meinen Bauch. Ich weiß, was jetzt passiert. Das kann ich kaum aushalten. Ich will ihn spüren, jetzt. Scheiß aufs Vorspiel. Es ist alles egal. Ich ziehe ihn zu mir, küsse ihn fordernd und schiebe mich ihm entgegen.

„Warte!" Er kramt in seinem Lederbeutel und zieht ein Kondom heraus. Gott sei Dank!

Ich drücke ihn in den Sand und setzte mich auf ihn.

Wir lassen uns treiben. Der Rhythmus der Trommeln vom anderen Seeufer wird zu unserem. Ich will nach unten und er übernimmt. Sein Atem wird schwerer. Ich schlinge meine Beine um ihn. Nicht denken, nur fühlen. All das hier ist die längst fällige

Entfesselung meines gehemmten Daseins. Als er kommt, ist es ein Triumph über meine Ängste und Zweifel. Dann bin ich völlig frei und komme auch.

Mit weichen Knien liege ich im warmen Sand. Thorstein liegt neben mir und kramt wieder in seinem Lederbeutel. Ich denke: Oh Gott, noch mal? Aber anstatt eines weiteren Kondoms kommen Tabak und Blättchen zum Vorschein. Er dreht uns zwei Zigaretten, zündet eine an und reicht sie mir. Ich hauche Rauchwölkchen in den Nachthimmel. Mir wird ein wenig schwindelig. Ich bin frei. Das habe ich gebraucht. Endlich wieder Sex. Das Gefühl, gewollt zu sein. Ich habe nicht nachgedacht. Alles war egal. Der Fluch *plötzlich wieder Single* ist gebrochen. Und das ausgerechnet an meinem Hochzeitstag. Was das für mich bedeutet, ahnt Thorstein nicht. Ich will den Moment genießen, lehne mich zurück, ziehe ihn zu mir und lege mich in seinen Arm. Thorstein und Pia existieren nur heute und hier. Im Mittelalter. Torsten will ich gar nicht kennenlernen. Das weiß Thorstein aber auch.

Reißen und Kleben

„Industrielle Revolution?"

„Industrial revolution."

„Fabrik?"

„Fabric."

„Dampfmaschine?"

„Boah, Mama. Keine Ahnung. Das will einfach nicht in meinen Kopf."

„Okay. Steam engine. Merken. Kommt gleich nochmal."

„Is klar."

„Schmied?"

„Smithblack?"

„Nein. Blacksmith."

Ich muss an Thorstein denken. Zwei Wochen ist mein Abenteuer jetzt her. Carmen meint, seitdem strahle ich von innen heraus. Ich weiß nicht so recht. Entspannter bin ich auf jeden Fall. Aber strahlend?

Mein Telefon klingelt, reißt mich aus meinen Gedanken und befreit Helen von der Vokabelqual.

Es ist Christoph. „Ich rufe an wegen diesem Wochenende."

Ich lege Helens Vokabelheft zur Seite und setze mich aufs Sofa, um in Ruhe telefonieren zu können. Helen freut sich über die Lernpause und schwirrt ab.

„Ich bin gerade erst von der Messe in Hamburg zurück und bin fix und fertig. Um ehrlich zu sein, würde ich mich lieber etwas ausruhen."

„Ausruhen? Du vergisst, dass die Papawochenenden für mich die einzige Zeit sind, in der ich mich mal ausruhen kann." Ich fasse es nicht. Er sagt schon wieder ab. Das kann er den Kindern selbst sagen.

„Wovon musst du dich denn ausruhen? Dein Teilzeitjob kann ja nicht so anstrengend sein."

Ich werde laut. „Teilzeitjob? Das ist jawohl ein Witz. Ich bin 24/7 im Dienst. Ich bin Mutter und für alle und jeden jederzeit ansprechbar!"

Helen kommt zurück ins Wohnzimmer und setzt sich neben mich. Sie hat mich anscheinend gehört.

„Hier kommt Helen gerade. Vielleicht sagst du es den Kindern selbst, dass du dich ausruhen musst." Ich reiche den Hörer weiter.

Helen hört eine Weile zu, bekommt einen roten Kopf und dann platzt es aus ihr heraus: „Ihr bekommt es einfach nicht hin. Ständig schreit ihr euch an. Ich hasse euch. Ihr seid so scheiße! Du kümmerst dich nur noch um deine blöde Bianca." Sie wirft den Hörer in meine Richtung, springt auf und verlässt heulend das Wohnzimmer.

„Super, Christoph. Dankeschön!"

„Was soll ich denn machen? Ich arbeite halt viel. Es passt mir einfach gerade nicht."

„Vielleicht passt es dir dann, dass ich dir jetzt am Telefon ein kurzes Schulupdate gebe. Ich habe gerade mit Helen Vokabeln gelernt. Dabei fiel ihr ein, dass es einen Lehrerwechsel geben wird. Ich fasse dir den Brief der Schule kurz zusammen: *Sehr geehrte Eltern ... blablabla ... Frau Mursbach wird unsere Schule verlassen ... Die Klasse bekommt einen neuen Englischlehrer. Damit ein beiderseitiges Kennenlernen möglich ist ... blablabla ... möchte ich Sie bitten, am 23.06. um 19:00 Uhr in Raum 323 anwesend zu sein.*"

Ich frage, obwohl ich die Antwort sowieso schon weiß: „Und? hast du am Mittwochabend Zeit?"

„Nein. Da bin ich in Frankfurt."

„Gut, dann werde *ich* dorthin gehen. Wie immer."

„Reagiere doch bitte nicht so patzig, Pia. Wie läuft es denn in Englisch bei Helen?"

„Gut", lüge ich. Sie mag Frau Mursbach, also strengt sie sich an. Trotzdem reicht es meistens nur für eine Vier. Seit der Trennung ist sie in allen Fächern um mindestens eine Note abgerutscht. Mir wäre es egal, wenn sie sitzenbleibt. Christoph würde das aber nicht so locker sehen. Erfolg ist für ihn eine Frage von Disziplin und Willen. Ich habe jetzt aber wirklich keine Lust, mich weiter mit ihm zu streiten.

„Dann hole ich sie nächsten Freitag nach der Arbeit ab?"

„Wenn du meinst." Ich lege auf.

Kim ist traurig, Helen wütend. Aber sie ist sowieso lieber mit ihren Freundinnen unterwegs. Zumindest sagt sie das.

Ich vertröste die Kinder damit, dass bald Sommerferien sind und sie dann ein paar Wochen am Stück mit ihrem Vater verbringen werden.

Ich gehe rüber zu Carmen, um ihr mal wieder fürs Wochenende abzusagen und sie zu fragen, ob sie am Mittwochabend auf die Kinder aufpassen kann.

Carmen steigt in meine Wut über meinen Ex mit ein. „Ich fasse es nicht. Sich ausruhen? Muss das nicht jeder am Wochenende? Gibt es da keine Gesetzte, die so etwas regeln?", fragt sie.

„Gesetze nicht. Nur Empfehlungen. Insofern ist er nicht verpflichtet. Ist auch scheißegal. Ich bin nur noch sauer. Er weiß gar nicht, was er den Kindern damit antut."

„Und dir!" Sie umarmt mich. Das tut gut.

„Ich bin echt urlaubsreif", sage ich.

„Hast du schon eine Idee, was ihr in den Sommerferien macht?"

„Überhaupt nicht. Ist eh immer alles super teuer in den Ferien. Aber ich würde so gern weg."

„Wenn du Glück hast, macht er Urlaub mit den Mädels und du hast mal Zeit dich *auszuruhen*. Dieser Idiot. Der wird schon noch merken, was er anrichtet. Karma schlägt zurück. Keine Sorge."

„Und am Mittwoch kann er natürlich auch nicht. Wie immer. Er war noch nie auf irgendeiner Schulveranstaltung."

„Mach dir keine Sorgen. Ich bin Mittwoch hier und komme kurz rüber, damit Kim pünktlich ins Bett geht."

Was würde ich nur ohne sie machen?

***

Über Köln tobt ein Sommergewitter. Ich bin pitschnass. Punkt sieben Uhr parke ich mein Fahrrad unter dem Schulvordach. Jetzt nur noch Raum 323 finden.

Ich hetze durch die Gänge. Die Schulflure sind gähnend leer. Neonröhren surren ihr Lied, es riecht nach Schule. Meine nassen Turnschuhe quietschen auf dem Kunststoffboden. Die Klassenraumtür steht offen.

Ich bin später dran, als ich gedacht habe. Der Klassenraum ist bereits voller Eltern. Mit Blick auf das Lehrerpult trete ich ein.

Das kann nicht sein, denke ich und wage einen zweiten, gründlicheren Blick. Patrick Scheidbach, der verheiratete Arsch aus dem IceClub, sitzt neben Frau Mursbach am Lehrerpult. Ich bin im falschen Film.

Mit einem flüchtigen Lächeln und Nicken husche ich am Pult vorbei und suche mir einen freien Platz im hinteren Bereich des Klassenraums. Ich habe Glück, er hebt noch nicht mal den Kopf.

Meine Jeans klebt an meinen Beinen. Alles tropft. Unter meinem Stuhl sammelt sich eine kleine Pfütze. Mir ist kalt. Frau Merten, die Konrektorin, begrüßt die Eltern.

Patrick Scheidbach kann mich hier hinten nicht sehen, denn ein Vater, der im Sitzen mindestens so groß wie breit ist, versperrt die Sicht. Ich recke den Hals, um einen Blick zu erhaschen.

Er sitzt da mit lässig übereinandergeschlagenen Beinen in Jeans und Turnschuhen. Das weiße Hemd sitzt eng am Körper. Sein Blick haftet an Frau Merten, die gerade das Prozedere erklärt. Frau Mursbach, Helens bisherige Englischlehrerin, lächelt ununterbrochen. Die Konrektorin bittet Patrick, sich den Eltern vorzustellen.

Er steht auf. Sein Blick wandert durch die Elternschaft und bleibt – wo auch sonst – an mir haften. *Scheiße. Guck weg, du Arsch.* Ich wende den Blick ab und wühle in meinem Rucksack, damit er endlich woanders hinguckt.

„Ja, liebe Eltern. Ich freue mich sehr darauf, ihre Kinder demnächst zu unterrichten. Wie Frau Merten ja bereits erwähnt hat, ...“

Blablabla. Vielleicht sollte er auch erwähnen, dass er gerne fremdvögelt und unverschämte Nachrichten versendet. Hier gibt es bestimmt ein paar Muttis ohne Moral. Er redet und redet und redet. Ich höre nicht zu und tropfe weiter vor mich hin. Mein Kopf ist völlig leer. Tja, man begegnet sich immer zwei Mal im Leben.

Nach einer Stunde ebbt die Informationsflut ab und die Eltern können Fragen stellen. Einige besonders eifrige Eltern wollen wissen, wie sie ihr Kind am besten emotional vorbereiten können. Der Vater vor mir fragt, welche Lehrerin die Klasse nun auf Klassenfahrt im nächsten Jahr begleiten wird. Irgendwann hat keiner mehr Fragen und wir dürfen gehen.

Ich nehme meinen Rucksack und schiebe den Stuhl zurück. In der Pfütze rutscht er viel zu schnell nach hinten. Ich versuche, mich am Tisch festzuhalten, aber meine Turnschuhe finden keinen Halt auf dem glitschigen Linoleumboden. Der Stuhl kippt um und ich lande mit lautem Getöse auf meinem Hinterteil.

Verdammt.

Patrick springt heran und hilft mir hoch.

„Danke, geht schon." Ich erhebe mich so würdevoll, wie möglich.

„Siehst du. Wir haben uns wiedergefunden", flüstert er und hält meinen Arm einen Moment länger fest, als es mir lieb gewesen wäre.

„Ja, es gibt echt dumme Zufälle", zische ich. Dann setze ich mein schönstes Lächeln auf und flöte: „Vielen Dank, Herr Scheidbach."

Ich winde mich aus seinem Griff und eile hinaus zu meinem Fahrrad.

Ich fummle mein Fahrradschloss durch die Speichen. Die nasse Hose klebt mir an den Beinen, was mich daran hindert, mein Bein über den Sattel zu bekommen. Ich steige vorne rum auf und düse los. Aus dem Augenwinkel sehe ich Patrick, der am erleuchteten Fenster der Schule steht und mir nachschaut. Ich spüre seine Blicke im Nacken. Gänsehautschauer jagen über meinen Körper. Ich hoffe, dass er schlau genug ist, mich in Ruhe zu lassen.

Als ich in meine Straße abbiege, brennt in Murats Kiosk noch Licht. Ich fahre langsamer. Durch die Scheibe sehe ich einen Mann am Tresen stehen. Ich habe ihn noch nie bei Murat gesehen. Seine Körpersprache lässt nichts Gutes erahnen. Ich halte im Schatten eines Hauseinganges und beobachte die Szene. Eine türkische Schimpfarie prasselt auf Murat herein. Ich kann kein Wort verstehen. Der Fremde beendet sie auf Deutsch: „Eine Schande bist du für die Familie. Eine Schande!" Daraufhin verlässt der Mann den Kiosk und rauscht mit quietschenden Reifen in einem 3er BMW davon. Murat stützt sich auf seinen Tresen und vergräbt sein Gesicht in den Händen.

Ich betrete seinen Kiosk. „Wir haben geschlossen." Murat blickt nicht auf.

„Hey Murat“, sage ich in die Stille. „Alles okay?“

Er hebt seinen Blick und schweigt. Seine Augen sind leer. Kein Lachen, kein Leuchten. Nur Murat. Einsam und verlassen.

„Wer war das?“

„Mein Vater. Ich habe keine Familie mehr.“

„Was ist passiert?“

„Ich heirate meinen Freund. Im Oktober.“

Es ist unfassbar.

Als ich nach Hause komme, ist Helen noch wach. Sie steht in meiner Schlafzimmertür, während ich mich aus meiner nassen Jeans pelle.

„Carmen ist eben gegangen. Sie hat gesagt, ich soll klingeln, wenn was mit Kim ist.“

„Ja, stimmt. Ich hab ihr gesagt, sie soll bis halb zehn da bleiben. Ich habe mich etwas verspätet. War noch bei Murat.“

„Ach, und Papa hat angerufen.“

„Was wollte er?“

„Er hat sich bei mir entschuldigt, wegen dem Wochenende.“

„Wegen des Wochenendes, Helen.“ Ich pfeffere die Jeans Richtung Badezimmer. „Habt ihr alles klären können?“

„Ja schon. Er hat gesagt, du sollst ihn mal anrufen wegen der Sommerferien.“

„Zuhause? Ich dachte, er ist heute in Frankfurt.“

„Ist wohl abgesagt worden.“

„Ich rufe ihn gleich an, Süße. Ich muss mir nur kurz die Haare trocken rubbeln. Geh jetzt bitte auch schlafen.“

Als Helen ins Bett gegangen ist, wähle ich Christophs’ Nummer.

Bianca nimmt ab.

„Ich möchte bitte Christoph sprechen“, sage ich.

„Einen Moment bitte.“

Ich höre, wie sie durch die Eingangshalle stöckelt. Eine Hand wird auf die Muschel gelegt. Ich höre Rascheln und Nuscheln.

Sie sagt: „Ich kann ihn gar nicht finden. Kann er vielleicht zurückrufen?“

Sie verleugnet ihn.

„Pass mal auf, Bianca. Ich bin total kaputt und gerade pitschnass von einer Schulveranstaltung gekommen. Wenn er jetzt nicht mit mir reden will, braucht er die Woche gar nicht mehr anzurufen. Ich sehe ihn am Freitag, wenn er die Kinder abholt.“

Ich will gerade auflegen, da interveniert Bianca.

„Ach, da kommt er. Warte ich gebe mal schnell ab.“

Ich höre, wie sie den Hörer weiterreicht: „Sie besteht darauf.“

Ihr theatralisches Augenrollen kann ich durchs Telefon sehen. Auf dumpfes Rascheln folgt ein überaus freundliches: „Hallo Pia.“

Ich sage: „Du wolltest mich sprechen. Wegen der Sommerferien?“

„Ja. Es ist nett, dass du dich noch so spät meldest.“

Ich weiß, dass er genervt ist, weil ich seine abendliche Entspannung störe. Mit einem Rückruf nach halb zehn hat er nicht gerechnet. Gleichzeitig erkenne ich an seinem schleimgetränkten Tonfall, dass er Großes vorhat.

Ich höre, wie er sich ein Glas Wein einschenkt. Ich stelle mir vor, wie er in der Bibliothek am Schreibtisch sitzt, während sie in der Küche kleine Snacks vorbereitet.

„Biancas Vater wird achtzig dieses Jahr. Ihre Eltern wohnen ja in Florida. Du weißt schon. In einem Strandhaus direkt am Atlantik. Er hat uns eingeladen. Also Bianca, ihren Sohn und mich mit meinen Kindern.“

„Unseren Kindern“, verbessere ich ihn.

„Äh, ja. Ich möchte die Kinder drei Wochen, anstatt zwei haben, um mit ihnen rüber zu fliegen.“

Ich antworte nicht.

Er fährt fort: „Die Zeit braucht man auch, wegen des Jetlags. Sonst lohnt es sich nicht."

Ah, der Fachmann spricht. Na ja, viel gereist ist er ja die letzten Jahre.

„Ich werde darüber nachdenken, Christoph. Das kommt jetzt etwas plötzlich."

„Du hast doch ohnehin kein Geld, um mit den Kindern zu verreisen, oder?"

„Ja, stimmt. Weil du fremdgevögelt hast."

Schweigen.

Aber er hat recht. Nun ja, im Grunde freue ich mich für die Kinder.

„Die Großen wünschen sich schon lange, einmal in die USA zu reisen."

„Okay."

„Also, sagst du ja?"

„Ach, von mir aus."

„Fantastisch. Und mach dir keine Sorgen, Bianca kümmert sich rührend um die Kinder."

„Mir wäre es lieber, wenn du dich als Vater kümmern würdest."

„Pia, du weißt doch, bei mir wird es den Kindern an nichts fehlen."

Bis auf mütterliche Zuwendung und Liebe.

„Das wird großartig! Wenn ich die Kinder Freitag hole, werde ich sie damit überraschen. Wir machen Disney World, Sea World und das ganze Fun-Park Programm. Sie werden gar keine Zeit haben, dich zu vermissen."

„Ja, sicher." Ich schlucke und lege auf.

22:00 Uhr. Ich schreibe Carmen eine Nachricht: ‚Ich weiß, es ist spät, aber darf ich noch rüberkommen?'

Prompt schreibt sie zurück: ‚Setze gerade Teewasser auf. Lavendel mit Ingwer. Sehr beruhigend ;)'

Das kann ich gebrauchen. Ich bin völlig durch den Wind. Erst Patrick Scheidbach als Helens neuer Englischlehrer, dann Murats Geschichte und zu guter Letzt noch der Sommerurlaub meiner Mädels in die USA. Ich brauche Tee und Kekse und begebe mich für ein seelenreinigendes Gespräch in die Küche meiner Nachbarin.

Als ich um null Uhr endlich in meinem Bett liege, vibriert mein Handy: ‚Freue mich, dich in Zukunft öfter zu sehen. Hast ganz schön heiß ausgesehen in deinen nassen Klamotten.' So ein Idiot. Ich lösche die Nachricht und das Licht und falle in einen tiefen, traumlosen Schlaf.

***

Freitagabend. Nachdem nun feststeht, dass meine Kinder diese Sommerferien in die USA reisen, mache ich mir ernsthaft Gedanken um mein Freizeitprogramm. Carmen meint, ich müsse unbedingt mal abschalten.

Ich würde gerne in die Berge. Ich liebe die Berge. Früher waren meine Eltern oft mit mir dort. Im Winter zum Skifahren und im Sommer zum Wandern. Irgendwann wollte ich dann lieber mit meinen Freundinnen ans Meer. Aber eine vergleichbare Ruhe und Ausgeglichenheit, wie ich sie in den Bergen gespürt habe, habe ich nirgends sonst erlebt. Weite Blicke, die Luft schmeckt nach Bergkräutern, klare Gebirgsbäche und unberührte Natur.

Ich erinnere mich an eine Reportage über Bergbauernhilfe, die ich kürzlich gesehen habe. Das hat mich total fasziniert. Ich google mit meinem Handy nach Angeboten.

Die Bilder sind wild romantisch. Almhütten, Ställe, kleine Zimmer mit gemütlichen Betten. Kost und Logis als Lohn für die Arbeit am Hof. Käserei, Viehbetriebe, Heuernte, alles dabei.

Ich fordere Informationsmaterial an und bekomme es prompt per Mail zugesandt. Am nächsten Tag steht es fest. Ich werde zwei Wochen auf einem kleinen Bergbauernhof in der Steiermark bei Schladming arbeiten. Jetzt muss ich am Montag unbedingt direkt mit Meyer Senior reden und meinen Urlaub klarmachen. Ich hatte schon vor ein paar Wochen angekündigt, dass ich in den Schulferien zwei Wochen frei haben müsste. Er sagte damals, es sei kein Problem. Jetzt würde ich aber gerne drei Wochen frei haben. Dann kann ich zu Hause noch eine Woche Urlaub dranhängen. Ich hoffe, dass das klappt.

Gedanklich gehe ich meine Outdoor-Klamotten durch, die ich für meinen Bergurlaub benötige. Abgesehen von meinen ollen Wanderschuhen bin ich eigentlich gut ausgestattet. Vielleicht fahre ich später zum Trekkinggeschäft am Neumarkt, um mich inspirieren zu lassen. Vorher will ich aber noch eine Runde an den Rhein, vorbeifahrenden Schiffen zugucken und die Seele baumeln lassen. Schließlich habe ich kinderfrei.

Als ich mit meinem Rad Richtung Dom fahre, beginnt es zu nieseln. Am Dom schüttet es bereits wie aus Kübeln und ein bedrohliches Grollen verrät mir, dass es jeden Moment losgewittert. Na wunderbar. In letzter Zeit habe ich einfach kein Glück mit dem Wetter beim Fahrradfahren.

Bis zum Rhein komme ich jetzt nicht mehr. Ich stelle mich unter dem Vordach des Museum Ludwigs unter.

Hier stehe ich wenigstens trocken. Mittlerweile kleben meine Haare am Kopf und meine Jeans an den Beinen.

Vielleicht kann ich mich im Foyer des Museums ein wenig trocknen. Ich drehe mich um und blicke in die Eingangshalle. Mein Blick streift das aktuelle Ausstellungsplakat: *Eintauchen ins Bild. James Rosenquist.*

Eintauchen? Ja. Das könnte ich mittlerweile auch. Allerdings in den Pfützen auf dem Vorplatz.

Ein ohrenbetäubender Donner, gefolgt von Sturmböen, die den Regen unter das Vordach treiben, machen mir die Entscheidung leicht. Ich schließe mein Fahrrad ab und betrete das Museum. Eine Museumsangestellte drückt mir einen Flyer der Ausstellung in die Hand.

Im Museum war ich ewig nicht. Im Foyer studiere ich den Flyer. Bunte Popart. Keine schwere Kost. Zudem reizt mich die Ankündigung *Eintauchen ins Bild.* Eintauchen, Abtauchen, Untertauchen. Alles gut momentan. So pitschnass wie ich hier auftauche, sehe ich eh aus, als wäre ich gerade irgendwo eingetaucht.

Ich kaufe mir eine Karte. Eine Mitarbeiterin begrüßt mich lächelnd: „Herzlich Willkommen. Zur Rosenquist Ausstellung bitte links entlang." Ich nicke ihr zu und folge ihrem ausgestreckten Arm. Prompt stehe ich vor einem mindestens zehn Meter langen und fünf Meter hohen Kunstwerk. In dessen Zentrum: Schicke blaue Glitzerpumps auf einer steinernen Säule. Da hat Herr Rosenquist wohl jemandem ein Denkmal gesetzt. Ich setze mich auf einen Lederhocker, um alles in Ruhe auf mich wirken zu lassen. Ich bin keine Kunstexpertin, aber das Spiel mit Formen, Farben und Perspektiven hält mich gefangen. Tatsächlich tauche ich ab. Und das ist nur der Anfang. Zwanzig große Schritte schreite ich dauerglotzend an einem einzigen Bild vorbei. Ich muss immer wieder stehenbleiben, Abstand nehmen und mich setzen, um zu verstehen, wohin der Künstler mich gerade führt. Und dann werde ich süchtig. Ich will alles in mich aufsaugen. Ich verliebe mich in Rosenquist.

Das ist tausendmal besser, als Schiffen auf dem Rhein zuzugucken. Danke, Wettergott.

In einem Seitenarm gibt es Fotografien von ihm, wie er malt und arbeitet. Ich sehe auf Anhieb, wie sehr er für seine Kunst brannte. *Ob er ein glücklicher Mensch war?* Ich frage mich, ob ich irgendeine Tätigkeit besonders liebe oder gut kann. Ich weiß es nicht. Oder ich habe es vergessen. Ich sollte mich damit beschäftigen.

Während ich weiter gehe und meinen Gedanken nachhänge, stehe ich plötzlich in einem Raum, der einer Bastelecke eines Kindergartens ähnelt. Ich bleibe stehen und sehe mich um. Eine Museumsmitarbeiterin kommt auf mich zu. Auch sie lächelt. „Hier können Sie in Rosenquists Fußstapfen treten und selbst Collagen oder Décollagen anfertigen.“ Sie zeigt auf die Bastelutensilien auf einem Sideboard.

„Dort finden Sie Magazine und Ausdrucke. Kleber, Scheren und Buntstifte finden Sie auf den Tischen.“

Bastelangebote für Erwachsene. Das finde ich lustig. Also nicke ich ihr zu, suche mir bunte Magazine zusammen und setze mich. Reißen und Kleben. Das kann ich. Schließlich bin ich selbst gerissen und geklebt.

Ich schlage eins der Magazine auf und nehme das erste Bild ins Visier. Eine Frau, die ihr Spiegelbild anlächelt. Sie ist barbusig und legt den Arm auf den oberen Spiegelrand. So, als wolle sie sich selbst umarmen. Ich reiße das Bild heraus, blättere und suche und reiße immer weiter Bilder, Sprüche und Wörter aus den Magazinen. Mit der Zeit tauche ich immer tiefer in mein kreatives Schaffen.

Reißen und Kleben. Die Einzelteile fügen sich zu einem Großen und Ganzen. Ich starre auf mein Kunstwerk. Eine geheime, unterdrückte Sehnsucht starrt zurück.

In jedem gerissenen und geklebten Schnipsel, in jedem Winkel dieser sonderbaren Collage steht es in großen Lettern: Liebe dich verdammt nochmal selbst!

Mein Unterbewusstsein hat ganze Arbeit geleistet.

***

„Also drei Wochen am Stück werden schwierig, Frau Lückerath. Ich fahre mit meiner Frau in der dritten Woche nach Sylt und da ist mein Sohn hier alleine mit der Geschäftsführung betreut. Ich muss ihn erst fragen, ob er auf Sie verzichten kann."

Mir wird heiß und kalt. Wenn es von Maximilian abhängt, wird es schwierig. Er wird sich die Finger danach lecken, mit mir im Büro allein zu sein.

„Ja sicher, das verstehe ich", antworte ich und widme mich wieder meinen Aufgaben.

Kurze Zeit später stehe ich im Kopierraum und bekomme ein Flurgespräch zwischen den Meyers mit.

„... ich denke aber, eine Woche wirst du wohl ohne Assistentin zurechtkommen, mein Sohn."

„Ich werde mit ihr sprechen. Vielleicht kann sie die eine Woche auch in den Herbstferien nehmen."

„Mach das."

Nach einer Weile betritt Maximilian den Kopierraum.

„Hier bist du. Ich habe dich überall gesucht."

„Brauchst du mich?", frage ich und pule Heftklammern aus den Bauplänen, die ich kopieren soll.

„Es geht um deinen Urlaub. Mein Vater ist leider in der letzten Woche auch nicht hier und ich hätte dich lieber an meiner Seite, damit wir das Klettenberg-Projekt zusammen abschließen können."

Ich erkläre ihm meine Urlaubspläne und dass die Kinder für drei Wochen in die USA fliegen. Meine Situation scheint ausweglos.

„Dann überleg dir, ob du nicht vielleicht doch mit mir essen gehen möchtest. Danach könnten wir noch zu mir fahren und in Ruhe bei einem Gläschen Champagner über deine drei Wochen Urlaub reden. Wenn du nett zu mir bist."

„Ist das dein Ernst?" Es kotzt mich an, dass er meint, derart über mich verfügen zu können. Ich fühle mich wehrlos.

„Keine Leistung im Leben ohne Gegenleistung, Pia", antwortet er und grinst anzüglich.

Das reicht. Ich werde laut. „Was glaubst du eigentlich, wer du bist du ...?" Ich schlucke das verwöhnte Muttersöhnchen runter und fahre fort: „Ich zeig dich an, wegen sexueller Belästigung am Arbeitsplatz. Ich möchte jetzt augenblicklich ein Personalgespräch mit dir und deinem Vater."

Maximilian schließt die Tür des Kopierraums. „Nicht so laut, Pia. Das hast du jetzt völlig in den falschen Hals bekommen", stottert er.

„Ganz sicher nicht. Du hast mir gerade eben drei Wochen Urlaub gegen ein Essen, ein Glas Champagner und danach ne Runde vögeln angeboten. Ich werde mit deinem Vater sprechen."

Maximilians Hautfarbe wechselt zwischen rot und weiß, während meine Worte wie Peitschenhiebe auf ihn niederprasseln. Er verschränkt seine Arme vor der Brust. „Okay, drei Wochen sind genehmigt", sagt er.

„Ich hätte das gern schriftlich und setze bitte deinen Vater in Kopie", antworte ich, lege ihm den Stapel Baupläne in die Hände und sage: „Das Ganze in zehnfacher Ausfertigung, bitte." Danach rausche ich aus dem Kopierraum, schnappe mir meine Tasche und knalle die Bürotür von außen zu.

***

Jetzt sitze ich heulend in Carmens Küche.

„Das hast du richtig gemacht. Unfassbar. Was für ein Arschloch."

„Und was, wenn sie mir jetzt kündigen?"

„Sollen sie doch. Dann kannst du direkt Arbeitslosengeld beantragen."

„Na toll. Ich brauch den Job, Carmen."

„Aber nicht *jeden* Job um *jeden* Preis. Du findest schon was Neues. Schließlich bist du top ausgebildet. Ich halte meine Augen und Ohren offen. Bis dahin versuche einfach, nicht mehr allein mit ihm zu sein."

„Na ja, bis zu meinem Urlaub ist ja nicht mehr ewig."

„Und danach hast du einen neuen Job oder zumindest eine Idee, was du machen willst."

„Hoffentlich."

Endlich Sommerferien

„Packt dicke Socken ein und vergesst die Zahnbürsten nicht."

Helen flitzt geschäftig zwischen Zimmer, Bad und Küche hin und her. Kim sitzt zwischen ihren Spielzeugpferden und lässt sich von alledem nicht stören. „Hast du deinen Teddy ins Handgepäck gesteckt?", frage ich sie.

Kim nickt. „Kann ich auch ein paar Pferde mitnehmen?"

„Klar. Aber nicht wieder die ganze Herde. Denk dran, dass du deinen Rucksack selbst schleppen musst."

„Aber drei müssen es sein. Vater, Mutter und das Fohlen."

Ich nehme ihr die Pferde aus der Hand und stecke sie in den Rucksack. Ihre Zahnbürste und ein paar dicke Socken packe ich in die Außentaschen.

„Können wir noch bei Murat vorbei und ihm *Tschüss* sagen?", fragt Kim.

„Du willst doch nur noch Proviant für den Flug abstauben, oder?" Ich knuffe sie in die Seite.

„Nee. Wirklich nicht. Nur *Tschüss* sagen."

„Ich werde ihm ganz liebe Grüße von euch ausrichten. Wir müssen jetzt los. Auf geht's nach Amerika." Ich versuche so entspannt wie möglich zu klingen. In Wahrheit bin ich nervös. Der Flug, die Entfernung und drei Wochen am Stück. Ich nehme mir vor, nicht zu heulen.

Ich mustere meine beiden, die reisefertig im Flur stehen. Ich liebe sie so sehr.

„Hast du unsere Pässe, Mama?", fragt Helen.

„Die hat Papa schon. Wegen der Einreiseanmeldung für die USA."

Ich schnappe mir meinen Schlüssel und schließe die Wohnungstür hinter uns ab.

Weil der Volvo so lange gestanden hat, sind die Scheiben von Pollen und Taubenkacke total verklebt. Ich kann kaum was erkennen durch die Windschutzscheibe. Gut, dass wir so früh los sind, so traue ich mich mit höchstens achtzig auf die Autobahn.

Rotierende Anzeigetafeln, Schildermeer, Durchsagenlärm und hektische Menschen überall. Wir hetzen den Gang hinunter Richtung Terminal A. Als wir uns dem Check-In-Schalter nähern, sehe ich Christoph und Bianca schon von weitem. Sie stehen vor einem überfüllten Gepäckwagen und sortieren Pässe und Bordkarten. Biancas Sohn Moritz hockt auf einem Koffer davor.

Christoph entdeckt uns und kommt uns entgegen. „Gut, dass ihr da seid. Wir müssen jetzt einchecken und dann schnell durch die Sicherheitskontrollen."

„Du hast neun Uhr gesagt. Es ist fünf vor neun. Verabschieden dürfen wir uns noch, oder?" Meine Antwort klingt giftiger, als es vor den Kindern hätte sein müssen. Ich blicke über seine Schulter. Bianca steht zwei Schritte hinter Christoph und sieht aus wie die aufgedunsene Reinkarnation von Barbie. Ihr neon-pinker Lippenstift lässt ihre gebleachten Zähne leuchten, als sie mich anlächelt. Ich könnte sie immer noch ungespitzt in den Boden rammen, diese blasierte Kuh. Ich nicke ihr zu. Dann nehme ich mir Zeit und drücke und küsse meine Kinder.

„Pia, jetzt müssen wir aber wirklich los", drängelt Christoph.

„Passt auf euch auf. Ich liebe euch und habt eine super tolle Zeit." Ich fühle mich gähnend leer, als Christoph seine Arme um sie legt und sie zum Gate schiebt. Kim blickt sich noch einmal um. Ich werfe ihr eine Kusshand zu und drehe mich um. Hoffentlich geht alles gut.

***

„Natürlich geht alles gut.“ Carmen reicht mir ein Kölsch und wir stoßen an. „Auf deinen Urlaub. Morgen sitzt du im Auto Richtung Berge und schaltest endlich deinen Kopf ab. Keine Meyers, kein Packstress, keine Kinder und kein Ex. Und wenn du zurückkommst, machen wir es uns noch eine Woche in Köln schön.“

„Darauf freu ich mich auch. Drei ganze Wochen Urlaub.“

„Ich hätte zu gern Maximilians Gesicht gesehen, als du ihm die Baupläne in die Hand gedrückt hast.“

„Ja. Die Kopien hat er auch brav erledigt, aber den größten Schiss hatte er vor seinem Vater. Das ist das Lächerlichste an der Geschichte.“

„Was ein Vollpfosten.“

„Allerdings.“

Am Abend kann ich trotz ausreichenden Bierkonsums nicht einschlafen. Ich muss mir ständig vorstellen, dass sie mit dem Flugzeug abstürzen. Zu allem Überfluss schlägt um zwei mein Handy an. Im Dunkeln taste ich panisch auf meinem Nachttisch herum. Mein Herz schlägt mir bis zum Hals. Aber es ist nur eine Nachricht von Patrick – dem Blödmann: ‚Hab schöne Ferien. Wenn du Lust hast, melde dich.‘

Ich lösche sie wieder. Zum Antworten bin ich jetzt zu müde. Darum muss ich mich nach den Ferien kümmern. Der spinnt ja. Um halb vier vibriert mein Handy erneut. Eine Nachricht von Helen. Sie sind gelandet. Sie schickt mir tausend Küsschen-Emojis. Ich schicke ein Stoßgebet zum Himmel, tausend Küsschen-Emojis zurück und drehe mich wieder um. Ich sollte noch ein paar Stunden Schlaf tanken, bevor ich losfahre.

Nach dem Frühstück radle ich noch einmal Richtung Dom. Vor der langen Autofahrt wird mir die Bewegung guttun. Ich bin zwar nicht besonders gläubig, aber irgendwie hat der Dom eine beruhigende Wirkung auf mich. Außerdem will ich eine Kerze anzünden, um unsere Schutzengel milde zu stimmen. Als Protestantin, die im Rheinland aufgewachsen ist, wurde ich sowieso zu einem ökumenisch liberal denkenden Menschen erzogen. Manche katholischen Rituale gefallen mir einfach gut. Inklusive des Engelkrams. Ich bin mir sicher, dass ich sie besser auf meiner Seite habe.

***

Mein Koffer liegt auf meinem Bett. Der Wanderrucksack oben drauf. Dieser Koffer ist mindestens zwanzig Jahre alt. Dementsprechend springt der Reißverschluss überall auf. Sicherheitshalber habe ich ein Springseil von Kim drumgebunden. Sämtliche funktionstüchtigen Koffer sind mit den Kindern in die USA geflogen.

Ich bin für jedes Wetter vorbereitet. Da der Hof ziemlich hoch liegt und dieses Jahr die Sommerferien spät sind, könnte Schnee fallen. Septemberschnee. Darauf freue ich mich wie verrückt. Also Skiunterwäsche, Trekkinghose, Jeans, ein paar T-Shirts, Sneakers, meine neue Regenjacke, eine dünne Daunenjacke und die alten Wanderschuhe. Neue waren mir zu teuer, also habe ich beschlossen, dass sie noch einen Urlaub durchhalten müssen. Kein Bikini, kein Sommerkleid ... irgendwie komisch. Ich lege die Kette vom Mittelalterfestival um. Das Symbol für die Reise von der inneren zur äußeren Seele, oder so ähnlich. Das passt zu meiner Reise.

Den Volvo musste ich gestern auf den letzten Drücker durch die Waschstraße fahren. Dann habe ich ein Pulle Öl nachgekippt, den Reifendruck überprüft und vollgetankt.

Bevor ich losfahre, rufe ich Peter vom Bergbauernhof an, damit er mir den Weg erklärt. Ich habe mir die Strecke zwar im Internet angeschaut, allerdings ist das Ziel lediglich ein Punkt auf einer grünen Wiese zwischen grauen Bergflächen. Auf den letzten acht Kilometern wurden keine Straßen angezeigt.

„Guten Morgen, hier ist Pia."

„Griaß di, Pia. Du kimst heid am Obnd, richtig?" [1]

„Ja. Ich wollte jetzt gleich aufbrechen. Können Sie mir noch kurz erklären, wie ich den Hof finde?"

„Oiso vo da Bundesstroß biagst kuatz hinta Mandling Richtung Reiteroim o. Du foigst imma in Hinweisschuidln Reiteroim und noch circa via Kilometa geht's don hinta an Heistodl rechts üba an Viechgatta weita. Do gibt's don koane Schuidln mea. Du foigst da Schottastroß'n oamoe uman Berg und biagst don hintan Boch, der die Stroß kreizt, rechts o. Do is don a Lichtung mit Schwoazbeerbuschn und Latschenkiefan, do biagst oafoch no amoe links o. Do steht don unsa Hof am Wiesnrond. Owa ruaf mi kurz o, wennst die Bundesstroß verlosst. I bin heid Obnd e auf da untan Wiesn, die Gatta richten. Do ko i da don entgegen kemma. Host wos zum Schreim ba da Hond?" [2]

„Äh ja, sicher." Ich notiere mir Peters Nummer. Auch zur Sicherheit, denn ich habe nicht alles verstanden. Schwoazbeeren sind bestimmt Blaubeeren und mit Heistodl meint er wohl einen Heuschober. Mal sehen. Ich wiederhole die Telefonnummer lieber noch einmal.

Ich hoffe, ich habe Handyempfang da oben.

Ich hieve meinen Koffer in den Kofferraum, stelle einen Kaffeebecher in den Cupholder und spaziere noch einmal zu Murat, um mich mit Naschkram für die Fahrt einzudecken.

---

1 Übersetzungen aus dem Steirischen ab Seite 236

Er packt mir eine große gemischte Tüte für zwei Euro mit viel Lakritz.

„Schöne Grüße von meinen Mädels soll ich dir noch ausrichten. Sie wollten sich unbedingt noch verabschieden, aber wir hatten zu wenig Zeit am Abreisemorgen."

„Oh vielen Dank. Grüße zurück, wenn du sie das nächste Mal sprichst. Wie viele Wochen sind sie eigentlich weg?"

„Drei."

„Und du?"

„Zwei. Ich freu mich so sehr auf meinen Urlaub."

„Das glaube ich dir. Hat das noch geklappt mit den drei Wochen? Dein Junior-Chef hat sich doch so angestellt."

„Nicht nur das. Er wollte, dass ich mit ihm ins Bett hüpfe für eine Woche mehr Urlaub."

„So ein Schwein. Du musst da weg, Pia. Das darfst du dir nicht gefallen lassen."

„Ich weiß. Aber einen neuen Job muss man erstmal finden." Ich nehme ihm die Tüte ab und lege zwei Euro auf den Tresen. Er schiebt sie zurück. „Geht aufs Haus."

„Danke, Murat." Ich verstaue die Tüte in meiner Tasche. „Wie laufen eigentlich eure Hochzeitsvorbereitungen?"

„Wunderbar. Es wird ein rauschendes Fest. Apropos, gut, dass du mich daran erinnerst." Er zieht aus einem Stapel goldener Briefumschläge einen heraus und reicht ihn mir über den Tresen. „Die Einladung. Mit Kindern bitte und wenn du jemanden mitbringen möchtest, ist er natürlich auch eingeladen."

„Oh Murat. Ich freu mich total. Aber mitbringen werde ich sicherlich nur meine Mädels."

„Auch gut. Hauptsache du bist dabei."

„Ehrensache. Wo feiert ihr denn?"

„In Bensberg. Ist ein altes Hotel am Waldrand. Da stört es keinen, wenn wir bis in die Puppen feiern.“

„In Bensberg? In der Nähe hab ich früher gewohnt.“

„Oliver kommt von da. Wir suchen auch gerade nach einem Haus.“

„Ihr verlasst Köln? Als schwules Pärchen? Das soll doch einer verstehen.“ Wir lachen.

„Na ja, wir wollen in Zukunft auf jeden Fall Kinder und möchten, dass sie im Grünen aufwachsen.“

„Wow. Das sind Pläne. Und was wird dann aus deinem Kiosk hier?“

„Weiß ich noch nicht. Oliver leitet einen Supermarkt in Refrath. Da könnte ich mit einsteigen.“

Ich reiße die Augen auf: „Oh Murat, du darfst uns hier im Veedel nicht verlassen. Das wäre ganz schrecklich.“

„Fahr du erst einmal in Urlaub. So schnell bin ich hier schon nicht weg. Frühstens im nächsten Jahr muss ich mir darum Gedanken machen. Und wer weiß ... du suchst doch einen neuen Job. Denk doch mal drüber nach.“ Er kommt hinter seinem Tresen hervor. „Und jetzt lass dich drücken und fahr schön vorsichtig. Hörst du?“

„Mach ich, mein Lieber. Keine Sorge.“

Ich drapiere die gemischte Tüte und ein paar Äpfel auf dem Beifahrersitz und drehe den Schlüssel. Heute Morgen braucht mein Volvo ein bisschen Zeit, um anzuspringen. Er wird sich schon noch warmlaufen auf den 800 Kilometern.

Ich komme gut durch, das Radio läuft, ich singe laut. Mit den Kindern hätte ich bereits drei Pipi-Pausen einlegen müssen. Irgendwo hinter Würzburg meldet sich schließlich meine kaffeegefüllte Blase. Passt, denn Hunger habe ich auch.

Ich fahre von der Autobahn ab. Raststätten meide ich tunlichst, seit ich Kinder habe. Die Toiletten sind fies – insbesondere für

Mädchen - und der Naschkram ist viel zu teuer.

Im ersten Dorf nach der Ausfahrt steht eine Kreidetafel vor einer Bäckerei:

Heute frischer fränkischer Schmelzeplootz
mit Johannisbeeren – hausgemacht!

Hab ich noch nie gehört, aber frisch und hausgemacht ist ganz nach meinem Geschmack. Ich parke und betrete die Bäckerei. Bevor ich zur Toilette gehe, schaue ich mir die Auslage an. Schmelzeplootz scheint eine Art Quarkschnitte mit Deckel zu sein. Ich bestelle mir ein Stück und einen großen Milchkaffee. Als ich zurückkomme, steht alles bereit.

Eine Familienkutsche aus Hamburg mit Jetbag auf dem Dach und vollgepacktem Kofferraum fährt gerade neben meinem Auto vor der Bäckerei vor. Heraus springen zwei kleine Jungen, die sogleich in die Bäckerei stürmen. Dahinter, im Stechschritt, die Mutter mit dem jüngsten Kind auf dem Arm. Der Vater zündet sich vor der Bäckerei eine Zigarette an und lehnt sich gegen die Motorhaube. Während der Jüngste vom Arm der Mutter aus die Thekenscheibe mit seinen vollgesabberten Fingern verschmiert, toben Kind Nr. 2 und Kind Nr. 3 um die Tische.

„Friedrich und Ludwig! Setzt euch sofort hin!“, schnauzt die Mutter über die Schulter und bestellt im gleichen Atemzug die Verpflegung für die gesamte Familie. Verlegen lässt sie sich eine Serviette reichen und wischt die Thekenscheibe sauber. Dann geht sie zur Tür, öffnet sie und ruft: „Das Essen kommt gleich.“ Entschuldigend lächelt sie in meine Richtung. Ich lächle zurück, wende mich meinem Kuchen zu und beachte die Familie nicht weiter. Ausnahmsweise mal nicht mein Zirkus. Ein schönes Gefühl.

Ich schlürfe meinen Kaffee. Der Schmelzeplootz schmeckt erfrischend und nicht zu süß.

„Sind Sie aus Köln?“, fragt mich die Mutter, während sie Kind Nr. 2 die Kuchengabel reinschiebt und Kind Nr. 3 den Mund abwischt. Sie deutet mit ihrem Kinn auf mein Auto mit Kölner Kennzeichen.

„Ja. Und Sie kommen aus Hamburg? Da sind Sie aber früh los heute Morgen.“

„Oh ja, um vier. Wir genießen es, ein paar Stunden ohne Kindergebrüll fahren zu können. Die Kinder schlafen dann noch ne Weile.“ Sie lächelt müde. Bevor ich antworten kann, mischt sich der Vater ins Gespräch ein: „Ach, seien Sie froh. Es gibt doch nichts Schöneres, als allein auf Reisen zu sein. Sie können sich nicht vorstellen, wie anstrengend das mit Kindern ist.“ Er verdreht die Augen.

„Doch, das kann ich. Hab selbst zwei – aber ohne Mann. Dann ist die Reiserei auch nur noch halb so schlimm. Das können *Sie* sich nicht vorstellen.“ Ich zwinkere ihm zu, wünsche ihnen noch eine gute und sichere Reise und bezahle.

Ich fahre wieder auf die Autobahn und denke an meinen Urlaub vor drei Jahren zurück. Damals bin ich allein mit den Mädchen gefahren, weil Christoph arbeiten musste. Wir hatten Kroatien eigentlich als Familienurlaub gebucht und dann kam uns sein Projekt in die Quere, von dem der nächste firmeninterne Aufstieg zum Senior Manager abhängig sein sollte. Ich hab’s trotzdem durchgezogen. 1600 Kilometer mit dem Auto quer durch Europa. Das war tatsächlich die längste und entspannteste Autoreise meines Lebens. Danach klares Wasser und blauer Himmel, ganze zwei Wochen lang. Ich hatte Zeit, in Ruhe nachzudenken und habe unglaublich viel Kraft tanken können. Das war schon damals genau richtig, es war mir nur nicht bewusst gewesen. Und jetzt ist das hier genau richtig. Ich freue mich riesig auf meine Zeit. Ich bin gespannt, wie mir die Bergbauernhilfe gefällt. Aber erstmal muss ich den Weg finden.

Der Rest der Reise verläuft ruhig. Ich denke an meine Kinder und an Murat. Ob er wohl wirklich in meine alte Heimat zieht und den Kiosk aufgibt? Ich solle mal überlegen, ob ich den Kiosk nicht übernehmen will, hat er gesagt. In Gedanken spinne ich mir meinen Traumkiosk zurecht. Ich würde einen Pausenbrotservice anbieten, Obst verkaufen und vielleicht eine kleine Bücherecke einrichten. Auch das Notfall-Drogerie Sortiment für Frauen würde ich ausbauen. Die Postkarten würde ich aus dem Sortiment nehmen. In Sülz haben wir eh keine Touris. Dafür vielleicht eine kleine Ecke mit selbstgemachten Basteleien. Aus dem Veedel, für das Veedel, oder so. Dann noch Kondome, Zahnbürsten und natürlich Lakritze. Viel mehr Lakritze. Macht schon Spaß ein bisschen rumzuträumen. Am Ende wird es wohl doch wieder ein Bürojob werden. Ich kann mir nicht vorstellen, dass ich mit einem Kiosk genug verdiene.

Oh Mist, jetzt wäre ich fast Richtung Slowakei abgebogen. Ich drehe das Radio wieder lauter und konzentriere mich auf den Verkehr.

Als ich von der Autobahn abfahre und auf die Bundesstraße abbiege, lasse ich die Fenster runter. Die Luft schmeckt nach Bergkräutern. Schroffe Berge wechseln sich mit sanften, knallgrünen Wiesen ab. Dazwischen entdecke ich immer wieder idyllisch gelegene Höfe. Als ich von der Bundesstraße abbiege, krame ich den Zettel mit der Wegbeschreibung und Peters Handynummer aus dem Handschuhfach. Auf unzähligen Serpentinen schlängle ich mich immer höher in die Berge. Nach mehreren Sackgassen, die mich vor Abgründe, Schafsherden und Heuschober führen, wähle ich Peters Nummer. Kein Netz. Wäre ja auch langweilig, wenn's einfach wäre.

Ich fahre weiter. Vorbei an herrlichen Bergpanoramen, Viehherden und Wiesen. Ich entdecke die Lichtung mit Blaubeerbüschen und biege links ab. Als sich der Himmel in der Abendsonne rot verfärbt, erreiche ich den Hof.

Eine Klingel kann ich nicht entdecken, also schwinge ich den schmiedeeisernen Türklopfer. „Is offen!", höre ich und betrete den Flur. Es riecht nach Speck, Holz und Butter. Eine hölzerne Treppe führt in die obere Etage. Ansonsten liegt der Flur im Halbdunkel. Grobe Steinfliesen, Jagdtrophäen und eine Garderobe voll mit Loden- und Wolljacken, Hüten und diversen Wanderstöcken. Darunter ein Sammelsurium von Arbeitsschuhen, Gummistiefeln und Schneeschuhen. Ich ziehe meine Jacke aus, hänge sie zu den anderen und stelle den Koffer ab.

Die Tür zur Küche steht offen. Ein lautes Klappern, gefolgt von einem „Kim eina. Bin in da Kuchi!" [3], lässt mich nähertreten. Eine ältere Dame in Jeans und Holzfällerhemd kommt auf mich zu und umarmt mich. „Griaß di, Pia. I bin die Irmhild." [4]

Ihre Augen strahlen, der Teint ist sonnengebräunt und ihre Hände, die mir munter auf die Schulter klopfen, sind rau, schwer und stark. Der Empfang fühlt sich herzlich an. Sie bittet mich zu Tisch und schenkt mir Wasser mit Holundersirup ein. Kindheitserinnerungen. Schön. Es ist reichlich aufgetragen. Speck, Käse, Tomaten, Rührei und Brot. Ich erzähle von meiner Fahrt. Sie stellt viele Fragen. Ich muss sie immer wieder bitten, langsamer zu sprechen, denn ich kann den Dialekt wirklich kaum verstehen. Wenn ich erzähle, strahlen ihre Augen. Ich habe das Gefühl, dass sie es genießt, von der Welt jenseits der Berge zu hören.

Nach dem Essen zeigt mir Irmhild mein Zimmer unterm Dach. Die Bodendielen sind gefühlte tausend Jahre alt und knarzen bei jedem Schritt. Wenn ich auf dem Bett liege, kann ich durch das Fenster auf die Berge sehen. Ich dusche und ziehe mich um, denn ich will noch eine Runde über den Hof spazieren. Leider hatte ich vergessen, wie dunkel es in den Bergen wird, sobald die Sonne untergegangen ist. Die Welt ist tiefschwarz. Nur über dem Tal kann ich eine schwache Lichtglocke erkennen. Ich sauge die klare Nachtluft ein und gehe wieder hoch in mein Zimmer. Dann schreibe ich Carmen, dass ich angekommen bin und versuche, bei den Kindern anzurufen. Leider gehen sie nicht ans Telefon. Ich schicke ihnen eine kleine Roomtour von meinem Zimmer und ein Foto von mir in meiner karierten Bettwäsche. Darunter tausend Küsschen-Emojis.

Morgen gibt es um halb sieben Frühstück. Dann werden die Aufgaben für den Tag besprochen. Ich bin gespannt.

Septemberschnee

Mit einer Holzschüssel, voll mit Getreide und Bioabfällen aus der Küche, trete ich auf den Hof und halte nach den Gänsen und Hühnern Ausschau. Ich kann sie weder sehen, noch hören.

Das Gebrüll der Kühe übertönt momentan alles. Ich überlege kurz, ob es wohl eine bestimmte Art gibt, das Federvieh zu rufen und stimme dann in ein rhythmisches „Puuut, put, put, put, puuut" ein.

Als ich zum Kuhstall hinüberblicke, steht Jonas in der Stalltür und grinst. Er ist auch Gast hier. Peter hat gesagt, dass er schon ein paarmal hier war und sich gut auskennt. Wenn ich Fragen habe, soll ich mich an ihn wenden. Er selbst muss diese Woche die Gatter einige Kilometer talabwärts reparieren und ist immer erst abends wieder am Hof. Leider hat sich Jonas als wortkarger Stoffel entpuppt. Seine Antworten wirken derart genervt und blöd, dass ich mir vorgenommen habe, allein zurecht zu kommen. Schade eigentlich, denn rein äußerlich gefällt er mir gut. Sportlicher Typ, strahlend blaue Augen und wilde, blonde Locken. Er ist definitiv eher Typ Beachboy als Typ Almöhi.

„Ich würd's mal mit einem lauten Schnalzen versuchen", sagt er und verschwindet wieder im Dunkel des Stalls.

„Danke. Ich komme zurecht!", rufe ich ihm hinterher. Meint er das jetzt ernst oder will er, dass ich mich lächerlich mache? Ich lasse es auf einen Versuch ankommen.

Tatsächlich kommt eine flatternde und schnatternde Horde hinterm Misthaufen hervorgeschossen und steuert geradewegs auf mich zu.

Als Abstandshalter werfe ich die erste Ladung Futter in ihre Richtung. Tatsächlich halten die meisten Viecher an und beginnen geschäftig zu picken. Eine der Gänse denkt gar nicht daran, starrt mich an und breitet angriffslustig ihre Flügel aus. Sie wirkt erstaunlich groß. Ich werfe eine volle Hand Futter direkt vor ihre aufgeblasene Brust und hoffe, sie damit gnädig zu stimmen. Als Antwort senkt sie den Kopf und rast in einem Affenzahn auf mich zu. Bevor ich mich versehe, hat sie mich in die Wade gezwickt. Erschrocken lasse ich die Schüssel fallen. Die blöde Gans schnappt sich eine Scheibe getrocknetes Brot und verschwindet. Ich sammle die Schüssel auf, trete den Rückzug Richtung Kuhstall an und lasse mich davor auf einen Strohballen plumpsen. Nächstes Mal nehme ich einen Besen oder eine Mistgabel mit zur Raubtierfütterung.

„Wenn du der Gans nicht als erstes ihr Brot zuwirfst, wirst du gezwickt“, höre ich Jonas sagen.

„Vielen Dank für die Info. Ich hab's gemerkt“, antworte ich und reibe mir die schmerzende Wade.

„Du sagtest, du kämst zurecht.“

Natürlich komme ich das. So ein Blödmann.

Zeit für meine nächste Aufgabe. Ich betrete den Stall. Meine Augen brauchen einige Zeit, um sich an das dunkle Licht zu gewöhnen. Jonas hockt vor einer Tür und schraubt an einem verrosteten Scharnier herum. Ich suche in der Ecke hinter der Tür nach dem Schemel, dem Melkfett und dem Eimer.

„Wenn ich hier fertig bin, erkläre ich dir, was du machen musst. Geh schon mal vor zu den Kühen“, sagt er, ohne den Blick von seiner Arbeit abzuwenden.

Mit der Melkausrüstung bewaffnet, steuere ich den hinteren Bereich des Kuhstalls an. Das Muhen der Mutterkühe ist herzzerreißend. Gestern Abend wurden ihre Kälber abgeholt. Ich schiebe eine große Boxentür zur Seite, was mir nur gelingt, indem ich mein komplettes Körpergewicht dagegenstemme. Als ich die Stallungen betrete, verstummt das Leidklagen für einen Augenblick. Eine wunderschöne braune Kuh schaut mich traurig an. Ihr Fressen hat sie nicht angerührt.

„Haben sie dir dein Baby weggenommen?“ Ich strecke meine Hand aus und berühre ihre Stirn. Ich habe einen Kloß im Hals und muss schlucken. Sie tut mir leid.

„Dann wollen wir mal“, sagt Jonas.

Ich habe ihn gar nicht näherkommen hören.

Er schnappt sich die Melkutensilien und beginnt mit der Arbeit. „Wir müssen ihre überschüssige Milch abmelken, damit sich die Euter nicht entzünden. Keine Kälber, zu viel Milch.“

Während er mir jeden Handgriff zeigt, nehme ich mir fest vor, zukünftig auf Kalbfleisch zu verzichten.

„Wie lange werden sie wohl leiden?“, frage ich.

„Ich glaube, das ist ganz unterschiedlich.“

Nach einer Weile fragt er: „Meinst du, du schaffst das hier allein? Ich hab vorne noch zu tun.“

„Ja, klar“, antworte ich und konzentriere mich weiter auf ein möglichst gleichmäßiges Drücken und Ziehen der Zitzen. Nach dem Abmelken verlasse ich keine der Kühe, ohne sie ausgiebig gestreichelt zu haben.

Ernüchtert verlasse ich den Stall.

***

Die Arbeit hier am Hof ist hart. Zumindest härter, als ich es mir vorgestellt habe. Zum Nachdenken und Abschalten bin ich vor lauter Arbeit noch gar nicht gekommen. Heute Abend schmerzt jeder Muskel und ich habe Blasen an den Händen. Da hilft auch das Murmeltierfett nicht, das mir Peter mit aufs Zimmer gegeben hat. Er meint, ich solle es auf die schmerzenden Stellen schmieren. Ganzkörper also. Ich würde sagen, ich habe es als Bodylotion verwendet. Es stinkt ein wenig muffig.

Ich muss an Thorstein, den Schmied vom Mittelalterfestival, denken. Er hätte das alles sicherlich mit links erledigt. Ich bin körperliche Arbeit in diesen Dimensionen nicht gewohnt. *Ach, Thorstein, ich könnte dich hier gerade gut gebrauchen*. Natürlich habe ich auch meinen schicken Vibrator in der Schublade zu Hause liegen lassen. Vermutlich werde ich nach dem Urlaub weder viel weiser noch sexuell ausgelasteter, aber wenigstens top-fit sein.

Ich scrolle durch die Fotos, die mir Helen heute Nachmittag geschickt hat. Sie sehen glücklich aus. Ich schicke Bilder von Almwiesen, dem Hof und ein Selfie mit Murmeltierfett zurück und schreibe: ‚Ich liebe euch fürchterlich. Tausend Küsse und Umarmungen aus den Bergen. Morgen können wir ja mal skypen, wenn die Verbindung hält. Ist schlechtes WLAN hier oben.'

***

Ich stehe auf und öffne die Holzläden meines Fensters. Vogelgezwitscher und der Duft von Almwiesen und Heu schlagen mir entgegen.

Es ist sechs Uhr sieben. Normalerweise stehe ich um sechs auf, aber heute ist mein Geburtstag und ich habe mir erlaubt, einmal die Snooze-Taste zu drücken. Das sind sieben Minuten, die reichen, um mich einmal zurück in den Tiefschlaf zu schicken und mich doppelt so kaputt wieder aufwachen zu lassen.

Dass ich Geburtstag habe, habe ich keinem erzählt. Hier oben spielt das für mich keine Rolle. Pünktlich um Mitternacht hat mir Carmen eine Nachricht geschrieben, mir gratuliert und ein *Wir vermissen Dich - Foto* von ihr, Tina und Melanie angehängt. Meine Kinder in Florida schlafen noch. Ich lächle in mein Handy und lege es zurück auf meinen Nachttisch.

Ich bin seit zehn Tagen hier. Die Zeit vergeht wie im Flug. Aufstehen, arbeiten, essen, schlafen. Ich genieße es, allein zu sein. Hier bin ich mir näher, als ich es die letzten Jahre gewesen bin. Die Schlichtheit tut mir gut. Es zählen die elementaren Dinge, denen wir kaum noch Beachtung schenken. Ich bin eins. Eins mit mir und der Natur.

Leider tut mir heute wieder alles weh, denn gestern haben Jonas und ich eine komplette Almwiese geschnitten. Die Hänge sind zu steil, um sie mit Traktoren zu bewirtschaften, deshalb macht man es mit der Sense. Die Blasen an meinen Händen sind wieder aufgeplatzt und die Dose mit dem Murmeltierfett ist fast leer. Irmhild hat mir zusätzlich eine selbstgemachte Arnica-Salbe mitgegeben. Geholfen hat beides nicht.

„Sei mir nicht böse, aber ich kann heute einfach nicht gut mit anpacken", sage ich zu Jonas, als wir uns mit Putzeimern bewaffnet Richtung Traktor aufmachen. „Mir tut echt alles weh und das hier", ich zeige ihm meine Hände, „ist echt fies."

„Das sieht schlimm aus. Probier's mal mit Melkfett."

„Gute Idee." Ich biege in den Kuhstall ab und versorge meine Hände mit einem Klecks Melkfett.

Als ich zum Traktor komme, spritzt Jonas gerade mit dem Schlauch den gröbsten Dreck ab. Ich bleibe hinter ihm stehen und creme weiter meine Hände ein. Das Zeug will irgendwie nicht so richtig einziehen. Ich hab zu viel genommen.

„Brauchst du auch ein bisschen?", frage ich. „Ich hab zu viel genommen."

„Gib mir ruhig etwas ab“, sagt er und hält mir seine Hände entgegen. Ich streife das überflüssige Fett an seine Hände. Für einen Wimpernschlag fühle ich mich beobachtet. Ich blicke auf und unsere Blicke treffen sich. Irgendwo zwischen Herz und Beckenboden durchfährt mich ein verwirrendes Kribbeln. Ich ziehe meine Hände weg.

Jonas übernimmt die Arbeit und ich beobachte ihn dabei, wie er in der schlammigen Pfütze steht und den Traktor putzt. Auf dem trockenen Boden bilden sich feine Rinnsale, die ihre schlammige Fracht Richtung Wiese davontragen. *Vergiss es, Pia.* Er sieht zwar verdammt gut aus, aber ...

„Kannst du mir mal den Schwamm anreichen?“, fragt Jonas. „Und jetzt bitte den Schlauch aufdrehen.“

Ich gehe zum Stall und drehe das Wasser auf.

„Links! Nicht die Tränken!“, höre ich Jonas brüllen.

Scheiße. Ich habe in Gedanken den falschen Hahn aufgedreht. Rechts sind die Tränken der Kuhställe angeschlossen. Warum bringt mich Jonas derart durcheinander? Ich drehe den Hahn zu und renne in den Stall. Meine Braune begrüßt mich mit einem freundlichen Muhen. Ein Blick in ihre Tränke verrät mir, dass ich verdammtes Glück gehabt habe. Wären sie übergelaufen, hätten wir das feuchte Stroh entfernen müssen. Scheinbar hat sie heute noch niemand mit Wasser versorgt.

Erleichtert drehe ich den linken Hahn auf, an dem der Schlauch angeschlossen ist und gehe zurück zu Jonas.

„Und?“, fragt er, ohne seinen Blick vom Traktor zu lösen.

„Glück gehabt. Die Kühe haben jetzt auf jeden Fall ausreichend Wasser.“

„Willst du den Traktor fahren? Dann hättest du zumindest irgendwas getan“, sagt Jonas und wirft mir die Traktorschlüssel rüber.

„Hab ich noch nie.“ Und eigentlich hatte ich das auch überhaupt nicht vor.

„Ein Grund mehr, dass du ihn zurück zum Unterstand fährst."

„Ja, toll", antworte ich, ohne zu wissen, wie man so ein Ding überhaupt bewegt. Ich kann Auto fahren. Das wird wohl nicht so einen großen Unterschied machen.

Ich klettere auf den Bock und blicke mich um. Drei Pedale, Lenkrad, Schaltknüppel. Nur die Gangzahl überrascht mich ein wenig. Es sind viele. Dann suche ich nach dem Zündschloss.

Jonas klettert auf den Kotflügel und setzt sich neben mich.

„Du kommst klar, oder?"

„Natürlich komme ich klar." Mr. Schlaumeier schon wieder. Das nervt vielleicht.

„Ist ganz einfach. Wie Gänsefüttern ...", antwortet er und glotzt gelangweilt über die Wiesen, die hinterm Hof liegen.

„Okay. Wo kommt der Schlüssel rein?"

„Oben auf dem Lenkrad. Du musst erst die Klappe zur Seite schieben."

Unter mir vibriert der Motor in einem sonoren Brummton. Wir rollen los. Ein überragendes Gefühl, ein solches Gefährt in Bewegung zu setzten. Vorsichtig manövriere ich den Koloss über den Hof Richtung Wiesen.

Ich jauchze vor Freude. „Das ist so ein geiles Gefühl." Jonas reagiert mal wieder gar nicht. Den Rest der kurzen Fahrt genieße ich und schweige.

***

Es wird früher Nachmittag. Wir machen eine Pause mit Käse und Brot.

Peter legt die Stirn in Falten: „Mia mian di Kiah heid vo da Oim owa hoen. Is Wetta sogt Schnee o bis auf 1200 Meta." [5]

Er wirft Jonas die Jeep-Schlüssel rüber. „Du nimmst die Pia mit. Foats bis zum Goaßkopf auffi, in Rest miassts z'Fuaß geh. Wenns Glick hobts, san di Viecha nid weit weg." [6]

Ich schaue Jonas an. Ich habe nicht alles verstanden.

„Wir müssen die Kühe von der Alm am Geißkopf runterholen, weil es Schnee gibt bis auf 1200 Meter", übersetzt Jonas. Er steht auf und geht zur Tür. „Ich ziehe mich eben um und komme zum Wagen."

Septemberschnee. Mein Geburtstagsgeschenk. Ich könnte weinen vor Freude.

Ich laufe die Stufen zu meinem Zimmer hoch. Die ausgestopften Tierschädel im Flur beobachten mich. Peter ist Jäger. Hier oben jagt irgendwie jeder. Kim würde ihn dafür hassen.

Ich ziehe mir die lange Skiunterwäsche, ein dickes Sweatshirt, die wasserabweisende Trekkinghose und alle meine Jacken an. Das wird wohl reichen. Bei aller Vorfreude kann ich mir trotzdem nicht vorstellen, dass es wirklich schneien wird. Die Luft ist zwar knackig kalt, aber der Himmel ist klar und blau.

Jonas steht am Wagen und wirft mir die Jeep-Schlüssel zu. „Fahr du. Keine Angst, ist fast wie Traktorfahren."

Witzbold. Ich schwinge mich auf den Fahrersitz und fahre los.

Ich habe es aufgegeben, Jonas in ein Gespräch verwickeln zu wollen. Soll er doch schweigen. Verstohlen betrachte ich ihn von der Seite. Wirklich schade. Ich frage mich, wo dieser wortkarge Stoffel seine schönen Lachfalten herhat.

In dem Moment sagt er: „Ich glaube, wir hätten hier rechts fahren müssen."

Stimmt. Ich bin den Weg erst einmal mit Peter gefahren, aber ich erkenne es wieder. Ich wende gekonnt an einem Wiesengatter und biege wieder auf den richtigen Weg ab. Wir fahren über felsige Pisten bis es an einem Gatter nicht mehr weiter geht.

Wir steigen aus.

Jonas geht zum Kofferraum und holt die langen Holzstäbe heraus. „Hier.“ Er wirft mir einen Stab zu. In den letzten zehn Tagen habe ich gelernt, wie man Kühe damit antreibt. Es reicht, wenn man sie leicht antippt. Außerdem eignen sie sich hervorragend als Wanderstock. Besonders beim bergauf gehen.

Jonas Blick streift über die Landschaft, aus der sich hier und da riesige Felsbrocken zwischen Blaubeer- und Azaleenbüschen hervorheben. Ich folge seinem Blick und sehe, dass sich hinterm Geißkopf etwas zusammenbraut. Tiefgraue Wolken wabern zwischen den steilen Gipfeln auf uns zu. Einzig der Enzian leuchtet strahlend blau gegen das nahende Grau an. Also stimmt die Wettervorhersage.

„Wir sollten uns beeilen“, sage ich. Jonas nickt mir zu und schließt das Gatter hinter uns.

Über Trampelpfade geht es bergauf. Hier und da säumen niedrige Latschenkiefern und Büsche den Weg. Von den Rindern fehlt jede Spur.

„Wir sollten hoch bis zur Geröllgrenze, von dort können wir auf die andere Seite der Alm blicken“, sagt Jonas. Ein paar hundert Meter weiter ist die Vegetation fast völlig verschwunden. Nur noch Geröll und Felsen. Überall. Beinahe mystisch breiten sich Nebelschwaden aus. Die Berggipfel kann ich nicht mehr sehen. Nun ist klar, dass die Rinder auf der anderen Bergseite sein müssen.

Plötzlich lässt ein gewaltiger Donner die kesselförmige Hochalm erbeben. Das Echo hallt von einer Felswand zur nächsten. Wind kommt auf und Sekunden später fallen Hagelkörner, groß wie Vogeleier, vom Himmel. Jonas sucht an einem Felsen Schutz. Ich folge ihm. In schneller Abfolge wird aus Hagel prasselnder Regen und dann dichter Schnee. Man kann kaum die Hand vor Augen sehen. Es ist ein ausgewachsener Schneesturm.

„Da haben wir den Mist“, sagt Jonas. Nun ja, meinen Septemberschnee habe ich mir auch anders vorgestellt.

Er steht auf und geht weiter.

„Wo willst du hin?“, rufe ich gegen den Schneesturm an.

„Auf der Rückseite des Geißkopfes ist eine kleine Hütte. Eine alte Klimaforschungsstation. Zurück ist zu gefährlich.“

„Wie weit ist es bis dorthin?“ Im tosenden Sturm kann ich mein eigenes Wort kaum verstehen.

„Ungefähr eine Stunde.“

Nullsicht. Meine verträumte Vorstellung von Geburtstagsschnee im Sommer weicht purer Kälte, durchmischt mit einem Hauch von Panik. Ich ziehe mir meine Kapuze ins Gesicht und blicke nach unten auf Jonas Füße. Schritt für Schritt. Immer weiter. Ich will ihn auf keinen Fall verlieren. Der Pfad ist schmal und wirkt im Schnee noch schmaler. Links von mir geht es steil bergab. Eine Schneeschicht bedeckt die Hänge und Felsen. Es ist glatt. Hier wäre es leicht, abzustürzen. Die Flocken drängen sich in jede Ritze meiner Kleidung. Kälte und Feuchtigkeit drücken sich durch meine alten Wanderschuhe. Meine Socken sind nass. Nach einer Stunde ist der Schnee mindestens 30 Zentimeter hoch, aber wir sind immer noch nicht da. Meine Füße spüre ich kaum noch und ich habe Angst vor dem Abgrund, der links von mir liegt. Mit der freien Hand halte ich Kontakt zu Jonas Rücken, mit der anderen den Stab, der mir etwas Halt gibt.

„Es ist nicht mehr weit. Geht’s noch?“, brüllt Jonas nach hinten.

Ich antworte nicht. Mein Gesicht ist eingefroren. Ich kann nur noch stumm nicken. Ich glaube, jetzt macht er sich Sorgen, denn er holt ein Seil aus seinem Rucksack und bindet es mir und sich selbst um die Hüfte.

Wir gehen weiter.

Ich spüre mich nicht mehr. Ich funktioniere nur noch. Mein Körper ist unterkühlt und völlig überanstrengt. Ich will nur noch ankommen. Wie schön, dass meine Kinder jetzt am Strand von Florida liegen.

Endlich kann ich vor uns die Umrisse einer Hütte erkennen. Geschafft. Jonas lehnt sich mit vollem Gewicht gegen die Tür, die erst knarzt und dann aufschwingt. Modriger Geruch schlägt uns entgegen. Schnell drücke ich die Tür hinter uns zu.

„Ich versuche, den Kamin anzuschmeißen", sagt Jonas, während er mir das Seil von der Hüfte bindet.

Ich stehe mitten in der Hütte, unfähig mich zu bewegen. Zwei Feldbetten mit braunen Wolldecken an der Wand, ein Tisch, zwei Stühle und ein Schrank. Die Fenster sind mit Brettern zugenagelt.

Jonas öffnet eine kleine Kammer neben dem Kamin. Jede Menge gestapeltes Holz, eine Leiter und eine Schaufel. Er nimmt Leiter und Schaufel und verschwindet nach draußen.

„Ich schaufle den Kamin frei, damit wir heizen können", sagt er und schließt die Tür hinter sich.

Ich höre seine Schritte, dann ein Kratzen und Klopfgeräusche und wieder Schritte. Die Dachbalken ächzen und knarren und es rieselt Staub und Dreck auf mich herab. Hoffentlich braucht er nicht so lange, ich friere mir den Arsch ab.

„Hättest ja auch schon mal Holz hineinlegen können", murmelt er, als er wieder zurückkommt.

Ich stehe immer noch reglos da. Mir ist zu kalt.

Jonas stapelt Holz im Kamin und entfacht bemerkenswert rasch ein prasselndes Feuer. Er holt Schnee von draußen, befüllt einen Kessel damit und stellt ihn ins Feuer, dann nimmt er die beiden Stühle und eines der Feldbetten und schiebt sie vor den Kamin.

„Du musst raus aus den nassen Klamotten. Zieh alles aus."

„Ich glaube, meine Klamotten trocknen auch so," nuschle ich durch meine klappernden Zähne. Nur über meine Leiche würde ich mich hier nackt ausziehen. Das hätte er wohl gerne.

„So wirst du höchstens krank."

Ehe ich mich versehe, fängt er an, sich auszuziehen. Ich drehe mich um zur Tür.

„Kannst dich wieder umdrehen", sagt er nach einer Weile.

Er hat seine Klamotten auf den Stühlen vor dem Feuer ausgebreitet und sitzt auf dem Feldbett in eine Decke gewickelt. Das sieht angenehmer aus als meine momentane Lage. Ich stehe immer noch in nasser Montur mitten im Raum und friere mir den Arsch ab. Mein Unterleib brüllt: „Blasenentzündung!"

Vielleicht ist seine Idee doch nicht so übel?

„Kannst du mir versprechen, nur ins Feuer zu gucken?", frage ich. Ich gehe hinter ihn, zu dem kleinen Tisch, und fange an, mich aus meinen Klamotten zu pellen. Es dauert eine Ewigkeit. Ich kann mich vor Kälte kaum bewegen und meine Finger sind taub.

„Ich bräuchte dann mal eine der Decken, bitte."

Ohne sich umzudrehen, wirft er mir eine Decke zu, die in einer Staubwolke vor meinen Füßen landet. Ich schüttle sie aus und wickle sie um mich.

Meine Kleidung lege ich zum Trocknen neben seine und fummle mit steifen Fingern das Handy aus meiner Jackentasche. Es ist feucht geworden, funktioniert aber noch. Kein Empfang.

„Hast du dein Handy dabei?", frage ich und setzte mich zu ihm auf die Pritsche.

„Nee. Hab ich im Auto gelassen. Kannst du hier oben eh vergessen. Kein Empfang."

Langsam kehrt das Leben zurück in meinen Körper. Das Knistern und Prasseln des Feuers und die Wärme lösen mich aus der Erstarrung.

„Danke fürs Feuermachen." Ich glaube, er hat mir hier und heute, an meinem Geburtstag, das Leben gerettet. Ohne ihn wäre ich umgekehrt und vermutlich irgendwo abgestürzt.

„Gerne", antwortet er und breitet die übrigen Decken über uns aus.

Schweigend sitzen wir am Feuer. Mein Körper beginnt zu prickeln. Die Durchblutung kehrt zurück. Ich erinnere mich, wie mir als Kind die Finger wehtaten, wenn ich stundenlang Schlitten gefahren war. Am liebsten würde ich mich überall kratzen, aber beim Loslassen der Decke würde ich Gefahr laufen, dass sie mir runterrutscht.

„Warum bist du eigentlich immer so schweigsam?" Ich betrachte ihn von der Seite.

Ohne seinen Blick vom Feuer abzuwenden, antwortet er: „Ist mir alles zu anstrengend. Ich bin hier, um den Kopf frei zu kriegen."

„Wie lange bist du schon hier?"

„Letztes Jahr war ich für ein paar Wochen hier. Jetzt bleibe ich für zwei Monate."

Ich frage mich, was er privat und beruflich so treibt, dass er sich einfach so für zwei Monate ausklinken kann. Ich frage aber nicht nach. Schließlich steht er nicht auf Smalltalk.

Er steht auf, nimmt ein kleines Holzscheit und schiebt es unter den Griff des Kessels, um ihn aus dem Feuer zu nehmen. Dann geht er zu dem Schrank, öffnet ihn und wühlt im Regal.

„Ich schaue mal, ob es Tee gibt."

Eine zerknitterte Zellophantüte mit trockenen, zerbröselten Blättern fällt ihm entgegen. Er öffnet sie und riecht.

„Minze und Salbei. Sollte gehen."

Er kramt weiter, und ein Glas mit Schraubverschluss kommt zum Vorschein.

„Honig. Perfekt."

Er kippt die getrockneten Blätter und den Honig in den Kessel, nimmt zwei Becher aus dem Schrank, holt einen weiteren Stuhl und platziert die Tassen darauf.

„Wir werden wohl die Nacht über hierbleiben, oder?" Ein weiteres Donnern und eine Sturmbö, die an den Läden rüttelt, beantworten meine Frage.

„Ja. Zu Fuß, im Dunkeln, wäre es zu gefährlich."

Er schenkt uns ein.

„Danke. Schmeckt gar nicht mal so schlecht."

Wieder Schweigen und prasselndes Feuer.

„Warum bist du hier?", fragt er.

Unsere Blicke treffen sich. Er sieht mir in die Augen. Da ist es wieder dieses Kribbeln. Warum verwirrt er mich so?

„Weil ich Ruhe brauche", antworte ich wahrheitsgemäß.

„Verstehe." Er lächelt. Nicht anzüglich. Einfach nur nett.

Ich muss an meine Kinder denken und an unsere Geburtstagsfeiern zu Hause. Kuchen, Geschenke, Freunde. Sie haben sicherlich versucht, mich zu erreichen. Hoffentlich machen sie sich keine Sorgen. Ich vermisse sie. Jetzt sitze ich hier mit Jonas. Dazu noch splitterfasernackt und nur in eine Decke gewickelt. Aber wenn ich ehrlich bin, fühle ich mich sicher mit ihm. Er strahlt eine geerdete Ruhe aus. Ich würde gerne mehr über ihn erfahren. Smalltalkphobie hin oder her.

„Wovon musst du denn den Kopf frei bekommen?", frage ich also und ziehe mir die Decke, die von der Schulter gerutscht ist, wieder enger um mich.

„Ach, das ist eine längere Geschichte." Er dreht seine Tasse zwischen den Händen und blickt ins Feuer.

„Magst du nicht darüber reden?"

„Doch." Er fährt sich durch die blonden Haare. Seine Gedanken scheinen ihn aufzuwühlen. „Mein Vater war der Auslöser. Er ist tot."

„Das tut mir leid." Ich nehme einen Schluck Tee.

„Muss es nicht. Die Tatsache, dass er tot ist, hat nichts in mir ausgelöst. Es war mir egal."

„Krass", sage ich. Es rutscht mir einfach so raus. Jonas ignoriert es zum Glück.

„Sein letzter Wille war, dass ich sein Geschäft in Köln übernehme."

„Wohnst du etwa in Köln?"

„Nein, München. Wieso?"

„Ach unwichtig, ich wohne in Köln. Wäre jetzt nur ein merkwürdiger Zufall."

Jonas lächelt auf eine mir neue und noch unbekannte Art. Schön.

„Wann ist dein Vater gestorben?"

„Im Januar. Reich, einsam und allein. Ich habe seit Jahren nicht mehr mit ihm gesprochen."

„Das klingt traurig."

„Nein, ist ok. Wir hatten keinen Kontakt mehr. Eigentlich, seit der Scheidung meiner Eltern."

Ich verstehe.

„Was ist das für ein Geschäft, das du übernehmen sollst?"

„Eine der größten Medienagenturen in Köln. Ich bin selbst in dem Bereich tätig. Als ich jung war, hatte ich gehofft, dadurch Kontakt zu meinem Vater zu bekommen. Als das nicht klappte, habe ich einen Job in München angenommen."

„Und, was wirst du tun?"

„Ich werde alles regeln, einen Nachfolger bestimmen und mich wieder zurückziehen."

„Hast du Familie? Entschuldige, zu viele Fragen?"

„Nein. Ich bin geschieden. Wir konnten keine Kinder bekommen."

Nachdenklich starrt er in die Flammen.

Also ist er nicht schwul, denke ich und merke, wie mir der Gedanke zu gefallen scheint.

„Musst du für die Geschäftsabwicklung in Köln sein?"

„Vielleicht für eine gewisse Zeit. Ich weiß es noch nicht."

Meine Haut hört nicht auf zu jucken. Ob es an der zurückkehrenden Durchblutung liegt oder irgendwelche Flöhe in den Decken stecken, will ich gar nicht wissen. Ich stehe auf, um meine prickelnden Beine zu bewegen und lege Holz nach. Die Hütte ist jetzt wunderbar warm.

„Und du? Was macht dich so rastlos?" Er lächelt wieder. Er hat ein hübsches Lächeln. Warm und sanft und seine Augen lachen mit. Daher also die Lachfalten.

„Auch das ist eine längere Geschichte."

Und so erzähle ich. Von meiner Trennung, von den Versuchen, mich neu zu erfinden und von meiner Wut auf meinen Ex, die mich müde macht. Ich erzähle von meinen zwei Kindern, die in meinem Herzen wohnen und von meinem Irrglauben, irgendein Kerl könne noch Platz darin finden. Ich erzähle von meinem bescheuerten Job und vom Vermissen, von den Ablenkungsmanövern an den Papawochenenden und meinen neuen Freunden und wie mich meine Abenteuer zwar wachsen ließen, ich aber einsam blieb.

Ich sage: „Ich bin zerrissen worden und jetzt bin ich unglücklich. Ich vermisse etwas. Und ich will wissen, was und warum. Und außerdem ist heute mein Geburtstag."

Ich starre ins Feuer.

Ich bin zerrissen. In tausend Fetzen. Ja, das ist der richtige Ausdruck, der mein Gefühl umschreibt. Es tut weh, es ist laut, es zerstört, es trennt. Tränen kullern meine Wangen hinunter. Ich weine. Still und traurig.

Jonas kramt Taschentücher aus seinem Rucksack und reicht sie mir.

„Herzlichen Glückwunsch!“ Ein aufmunterndes Lächeln huscht über sein Gesicht.

„Danke.“

Und dann Schweigen wir wieder und schauen ins Feuer.

Irgendwann muss ich eingeschlafen sein.

Ich wache auf, weil einfach alles unerträglich juckt. Ich blinzle. Licht schimmert durch die Holzbretter an den Fenstern. Ich liege unter einem Haufen von Decken. Er muss mich zugedeckt haben.

Jonas steht angezogen im Türrahmen und schaut hinaus.

„Guten Morgen und danke für die ganzen Decken.“

„Guten Morgen.“ Er lächelt. „Es hat sich aufgeklart. Zeit für den Abstieg. Wir werden sicher schon vermisst.“ Während ich hinter der Tür in meine trockenen, aber unangenehm kalt gewordenen Klamotten schlüpfe, schaufelt Jonas die Tür frei. Der Schnee türmt sich meterhoch. Wir nehmen unsere Stäbe und schreiten durch kniehohe Verwehungen. Die Landschaft ist überzogen mit einer unberührten, glitzernden Schneedecke. Bis auf das Knirschen unserer Schritte ist es still. Hin und wieder dreht sich Jonas zu mir um.

„Alles okay?“

„Alles gut.“ Außer einem mordsmäßigen Hunger geht es mir tatsächlich gut. Je weiter wir herabsteigen, desto dünner wird die Schneeschicht. Unterhalb der Geröllgrenze verschwindet sie ganz. Von weitem kann ich das Auto erkennen. Die Rinder weiden nur wenige Meter entfernt auf den letzten grünen Flächen.

„Wir müssen sie nur durch das Gatter auf die untere Alm treiben. Wahrscheinlich sind sie vor dem Schneesturm talabwärts geflüchtet.“

Während der Rückfahrt ist Jonas wieder schweigsam.

„Es hat gutgetan, mal mit jemand Fremden über alles zu reden“, sage ich.

„Ja, mir auch. Danke fürs Zuhören.“

„Kein Grund, danke zu sagen.“

Wir lächeln.

Alpenglühen

„Jo Gott sei Donk, mei do sama owa froh, dass wieda heil vom Berg owa kema seids.“ [7]

Irmhild schmeißt den Ofen an und zaubert uns ein herrliches Frühstück mit Eiern, Brot und Speck. Dieses Frühstück ist gefühlt das Beste, was ich jemals gegessen habe. Wir sitzen eine Weile zusammen und berichten von unserem Abenteuer.

Später müssen wir nur noch das Heu von der Wiese holen.

Wir setzen uns auf die Bank vor die Hütte, strecken die Beine aus und lassen uns die Sonne auf das Gesicht scheinen. Ich schließe die Augen. Wärme und Licht. Wie wohltuend. Seufzend lege ich meinen Kopf zurück.

„Ich bin übrigens froh, dass du kein psychopatischer Serienkiller bist und ich wieder heil hier unten angekommen bin.“

„Dafür hast du mich gehalten? Herzlichen Dank!“ Wir lachen. Er glaubt, dass ich scherze.

„Du bist schön. Weißt du das eigentlich?“

„Danke, Jonas.“ Ich schütze meine Augen mit der Hand vor der Sonne und blinzle ihn an. Er betrachtet mich. Ich weiß nicht, was ich sagen soll. Mit sowas habe ich nicht gerechnet.

„Deine Augen sind, äh ... grün.“

Jetzt weiß ich auch, warum Jonas so schweigsam ist. Er ist einfach nicht besonders talentiert im Umgang mit Worten.

„Ja, stimmt.“ Ich kann mir ein Grinsen nicht verkneifen.

„Ich hole uns noch einen Kaffee aus der Küche.“ Jonas steht auf und flüchtet ins Haus.

Ich lehne mich wieder zurück und schließe die Augen. Er kommt mit zwei dampfenden Kaffeebechern zurück, reicht mir einen und setzt sich wieder. „Hast du Antworten finden können, letzte Nacht?"

„Nein. Ich bin zu schnell eingeschlafen."

„Ja, das stimmt und das war ziemlich leichtsinnig von dir. Immerhin hätte ich ein Serienkiller sein können." Er zwinkert mir zu.

Schweigend sitzen wir nebeneinander und genießen das Bergpanorama. Auf den Spitzen der Berge glänzt der Schnee im Sonnenlicht. Während ich die saftig grünen Wiesen um uns herum betrachte, kann ich mir kaum vorstellen, was gestern passiert ist.

Am Nachmittag machen wir uns, mit Körben und Forke bewaffnet, zu unserer frisch gemähten Almwiese auf. Der Duft ist herrlich. Erst schieben wir das Heu zu langen Reihen zusammen, dann rechen wir es zu kleinen Haufen. Obwohl wir uns von oben abwärts bewegen, ist es anstrengend. Jonas zieht sein T-Shirt aus. Er sieht unverschämt gut aus. Ich bemühe mich, nicht ständig hinzugucken und harke andächtig weiter.

In den Pausen überfliege ich die Geburtstagsglückwünsche auf meinem Handy. Die Kinder haben Fotos aus Disney World geschickt und tausend Küsse. Mario hat geschrieben und meine Mutter. Schön, dass sie sich mal meldet, obwohl sie doch untröstlich ist, dass ich es nicht hinbekommen habe, meinen Mann *bei der Stange zu halten* – wie sie sich ausdrückt. Zumindest für den äußeren Schein hätte ich mir mehr Mühe geben können, meint sie.

Seit ich ihr meine Einstellung zur Rolle der Frau erläutert habe, ist unser Verhältnis schwierig. Sie redet nicht mehr mit mir. Mein Bruder ist sauer auf mich, weil ich meine Mutter damit *überfordert* habe, wie er sagt. Angeblich hat sie wegen mir wieder angefangen zu trinken.

Wie schwer es ist, mein neues Lebensmodel zu leben, können die beiden sich nicht vorstellen. Ich habe beschlossen, dass das ihr Problem ist.

Ich kehre das frische Heu an seinen Platz. Zweimal rechts, zweimal links. Immer weiter. Die Ruhe und die eintönige Bewegung besänftigen meine düsteren Gedanken.

„Kannst du mir mal deinen Korb reichen?", fragt Jonas. Er steht weiter oben am Hang und lehnt seinen vollen Korb gegen den Zaun. Ich schleppe meinen Korb neben seinen und wir setzen uns in den Schatten eines Baumes. Ich lehne mich an den Stamm. Eine leichte Brise geht. Ich liebe diese Ruhe und das Gefühl, sich nach harter Arbeit eine Auszeit zu gönnen.

Jonas kaut auf einem Strohhalm. „Soll es regnen die nächsten Tage? Ansonsten könnten wir uns mit dem Rest noch Zeit lassen."

„Kein Regen. Sonnenschein und um die fünfzehn Grad. Beste Arbeitsvoraussetzungen." Ich grinse ihn an. „Hauptsache kein Schnee mehr." Ich nehme einen großen Schluck aus meiner Wasserflasche. „Möchtest du?" Ich reiche sie ihm.

„Hat es dir etwa nicht gefallen, mit mir im Schnee?", fragt er, nimmt einen Schluck und reicht mir die Flasche zurück.

„Na ja, die Umstände waren etwas ungünstig. Am Anfang."

„Peter sagt, das letzte Mal hat es vor vierzig Jahren so weit runtergeschneit im September."

„Na, dann waren wir ja Teil eines seltenen Naturphänomens." Ich flechte Heuhalme zwischen meinen Fingern zu kleinen Zöpfen, die am Ende immer wieder aufspringen. „Sollen wir unsere Körbe ausleeren gehen?"

Er antwortet nicht und zieht mir stattdessen einen Grashalm aus den zerzausten Haaren. „Sorry, der stand so albern ab."

Ich fahre mir mit den Fingern durch die Haare und es rieseln noch mehr Halme zu Boden. Ich fühle mich wohl. Für Jonas muss ich nicht perfekt sein. So hat er mich kennengelernt. Ohne gemachte Haare, Make-up oder schicke Klamotten. Einfach nur Pia. In Jeans mit Schlabber-Shirt und Wanderschuhen.

Er betrachtet mich. Einfach so. Stille, das Rauschen der Blätter und das duftende Heu. Mein Herz hüpft.

Wir schultern die Körbe, tragen sie zum Hof und entleeren sie auf dem Heuschober.

***

Irmhild kocht. Ein herrlicher Duft strömt zu uns herüber.

„Was hat sie denn jetzt schon wieder gezaubert?“

„Lass uns nachsehen.“ Jonas nimmt mir meinen Korb ab, stellt ihn vors Haus, und wir betreten die Stube.

Wiesenblumen schmücken den Tisch, der wegen einer weißen Häkeltischdecke einen festlichen Eindruck macht.

„Wieso host ins nid gsogt, dast Geburtstog ghobt host, Pia?“ [8] Irmhild stemmt die Hände in die Hüften.

„Da junge Mo hot ins dei Geheimnis verrotn.“ [9] Sie schiebt ihr Kinn in Jonas‘ Richtung und lächelt.

„Ich wollte euch beiden keine Umstände bereiten.“

„Umständ? Ah, red do koan Unsinn. Setzts enk hi.“ [10] Sie deutet auf unsere Plätze am Tisch. „Heid gibt‘s Kropf’n. Nochträglich zu dein Geburtstog.“ [11] Sie stellt einen großen Teller mit goldgelben, herrlich duftenden Krapfen auf den Tisch und noch eine Schüssel Honig. „Kropf’n san friaher nua am Somstog und za bsundern Feiern gmocht woan“ [12], sagt Irmhild.

Wir stürzen uns auf die süßen Rollen.

Peter kommt aus dem Stall, zieht sich seine Gummistiefel aus und setzt sich zu uns.

„Ia zwoa hobt's am Obend frei. Mocht's wos sches.“ [13]

Irmhild grinst, springt auf und holt einen Korb aus der Küche. „I hob enk a gschaide Jausn zompockt“ [14], sagt sie und grinst noch breiter.

Jonas und ich schauen uns an. Ich nehme den Korb und wage einen Blick. Rotwein, zwei Gläser, ein Messer, Speck, Käse und Brot. Das ist deutlich mehr, als ich es von einer *gescheiten Jause* erwartet hätte.

„Da muss ich aber noch schnell duschen, sonst bekommt die arme Pia keinen Bissen runter.“ Jonas erhebt sich. Staub rieselt von seinem T-Shirt auf den Tisch.

„Danke für das schöne Essen, Irmhild.“ Ich drücke sie kurz und gehe dann auch nach oben, um mich frisch zu machen.

Das Wasser fließt über meinen überarbeiteten Rücken. Ich könnte noch Stunden unter der heißen Dusche bleiben. *Macht was Schönes*, rauscht es durch meinen Kopf.

Ich lausche in mich hinein. Keine innere Stimme meldet irgendwelche Bedenken.

Vielleicht sollte ich den Rasierer aus dem Kulturbeutel kramen und meine Bikinizone rasieren? Seit ein paar Tagen habe ich das nicht mehr getan. Ich strecke meinen Arm aus der Dusche und wühle blind im Kulturbeutel, der über dem Waschbecken steht. Als erstes ertaste ich ein Kondom. Ich nehme es heraus, werfe es auf mein Bett und beantworte mir damit die Frage, die im Raum steht. Ja, ich möchte mit ihm schlafen, wenn es sich ergibt. Dann krame ich den Rasierer hervor und fange an, mich zu rasieren.

Mit Thorstein hat es sich gut angefühlt. Es war klar, dass es nur für den einen Abend war. Aber hier, bei Jonas, könnte es ernster werden. Also für mich. Vielleicht auch für ihn. Oder eben überhaupt nicht. Habe ich mich verliebt? Oh Mann, ich bin doch hier, um mich auf mich selbst zu besinnen. Ach, egal. Ich weiß nicht, was ich will.

„Aua!" Scheiße, jetzt habe ich mir ins Bein geschnitten. Blut rinnt in feinen Linien in die Duschwanne.

Ich blicke an mir herunter. Früher fand ich meine Beine zu kräftig. Aber jetzt mag ich mich, wie ich bin. Und er wohl auch. Er hat mich oft in kurzen Shorts und Top gesehen.

Ich schlüpfe in meine Jeans, mein graues Lieblings-T-Shirt und die Sneakers, stecke das Kondom in meine Hosentasche, schnappe mir den Picknickkorb und hüpfe die Treppen zum Flur hinunter. Ich glaube, einer der ausgestopften Gamsköpfe lächelt mich an.

„Wenn ich wiederkomme, bringe ich dir ein Gänseblümchen mit, versprochen", flüstere ich.

Jonas steht am Türrahmen zur Stube und unterhält sich mit Peter. Mein Poltern auf der alten Holztreppe unterbricht sie und Jonas dreht sich zu mir um.

„Wollen wir? Peter hat mir einen Geheimtipp gegeben. Darf ich dich überraschen?"

„Ja. Gern."

Die Sonne steht schon tief, als wir den Hof verlassen und taucht die Bergwelt in ein warmes Licht. Wir erklimmen unsere frisch gemähte Almwiese, steigen über den Zaun und folgen einem schmalen Pfad, der sich am Rand eines Tannenwaldes entlangschlängelt.

Hinter einer Holzbank biegen wir auf einen Trampelpfad ab.

„Das muss es sein. Von hier aus ist es nicht mehr weit."

Der Weg windet sich einen breiten Kiefernwald hinauf. Moosbewachsene Steine und Wurzeln haben eine verwunschene Naturtreppe am Berg entstehen lassen. Kleine Blaubeerbüsche und Farn bedecken den Waldboden. Es riecht nach Tannenwald. Am oberen

Waldrand scheint die Sonne durch die Bäume und man kann den blauen Himmel sehen.

„Da oben muss eine Lichtung sein, oder?"

Jonas dreht sich zu mir um, reicht mir seine Hand und hilft mir über einen Felsbrocken, der den Weg versperrt.

„Ja, ich denke, wir sind gleich da", antwortet er.

Wir lassen den Wald hinter uns und betreten eine herrlich grüne Wiese. Kleine, moosbewachsene Steine ragen hier und da aus dem Boden. Ein paar hundert Meter weiter endet die Ebene abrupt in einen Steilhang. Die Sicht ist weit und klar. Um uns herum erstreckt sich ein atemberaubendes Alpenpanorama.

„Ist das herrlich." Jonas stellt den Korb ab.

Wir stehen da und inhalieren den Duft und die Ruhe.

Dann breiten wir die Decke aus, öffnen den Wein und wickeln den Speck und den Käse aus. Jonas schneidet dicke Scheiben Brot vom Laib.

„Sag mal, wenn ich nach Köln komme, wegen der Firma meines Vaters, wollen wir dann vielleicht mal essen gehen?" Er reicht mir eine Scheibe Brot, schaut mich aber nicht an. *Ertappt!* Er ist schüchtern.

„Also eigentlich wäre ich sogar ziemlich sauer, wenn du mich nicht anrufen würdest", antworte ich. „Weißt du denn schon, wann du nach Köln kommst?" Ich belege mein Brot mit einem dicken Stück Käse und beiße hinein.

„Ich muss das ziemlich bald angehen." Er lehnt sich zurück und stützt sich auf die Unterarme. Irgendwie wirkt er immer noch angespannt.

Ich schenke uns ein und reiche ihm einen Becher. „Möchtest du?"

Er nimmt ihn. „Ich denke, ich brauche ungefähr eine Woche, um in München alles zu regeln. Dann würde ich nach Köln kommen."

„Gut."

Ich lege mich neben ihn auf die Decke und wir genießen das Panorama. Das warme Orange der untergehenden Sonne taucht die Gipfel, Hügel und Wiesen in ein sanftes Licht.

Irgendwann spüre ich seinen Blick auf meinem Gesicht. Er streicht mir eine Strähne hinters Ohr. Eine Flut bezaubernder Schauer fließt durch meinen Körper.

Ich blicke ihm in die Augen. Ich will ihn jetzt augenblicklich küssen, aber ich bin nicht die, die den ersten Schritt macht.

Gut, dass ich nicht länger nachdenken muss. Jonas rückt näher an mich heran, lässt seinen Arm um meine Taille gleiten und küsst mich. Erst ganz zaghaft und sanft, dann mit mehr Verlangen.

„Warte." Ich drücke ihn ein Stück von mir weg.

Er schaut mich an.

„Du musst mir versprechen, dass du nach Köln kommst. Bald."

„Versprochen." Jonas lächelt und streichelt mein Gesicht. „Nichts kann mich davon abhalten, okay?"

„Mehr als okay." Ich nehme seine Hand, ziehe ihn zu mir heran und küsse ihn. Er küsst meinen Hals. Mein Herz droht aus meiner Brust zu springen. Ich ziehe ihm sein T-Shirt über den Kopf und werfe es hinter uns. Seine Haut auf meiner Haut. Es fühlt sich richtig an und er riecht so verdammt gut. Wir küssen uns fordernd. Ich streichle seinen Oberkörper. Er bekommt eine Gänsehaut. Von Lust gesteuert, zerren und ziehen wir an unseren Jeans. Sein Gürtel will mir nicht gehorchen. Er hilft mir. Er zieht mich auf sich. Seine Hände, seine warmen, rauen, starken Hände sind überall auf mir. Von meinen Haaren, über meinen Hals, immer weiter abwärts. Ich werfe meinen Kopf zurück und blicke in den klaren Himmel. Ich kann es nicht glauben. Das fühlt sich so unglaublich gut an. Schauer der Erregung durchfließen meinen Körper. Ich lege mich auf ihn und küsse sanft seinen Hals. Seine Haut schmeckt salzig. Ich spüre seinen Atem.

„Pia, ich will dich so sehr." Er zieht mich näher zu sich heran und streichelt meinen Po. Ich will mehr. Jetzt. Die restlichen Hüllen fallen. Mit der freien Hand suche ich nach meiner Jeans. Ich ziehe das Kondom hervor.

Verdutzt guckt er mich an. Ich lächle nur und küsse ihn.

Er legt mir den Arm um die Hüfte und zieht mich auf die Decke unter sich. Ich öffne meine Beine und umschlinge ihn. Wir verlieren uns in einem Meer aus Berührungen.

Das habe ich so noch nie erlebt. Wir sind eins.

Die Alpen glühen.

Ich liege in seinem Arm und versuche, in mich hineinzufühlen. Das war kein Spiel. Kein Mittelalter. Das war mehr. Ich bin hin- und hergerissen zwischen Angst und Glück. Kann ich etwas Ernstes zulassen? Will ich das?

„Du frierst." Er grinst und kitzelt meine sich aufrichtenden Nippel.

Ich gebe ihm einen Klaps und ziehe mir mein T-Shirt über. Den BH stopfe ich in den Picknickkorb. „Lass uns aufbrechen, bevor es dunkel wird und wir uns hier den Tod holen." Ich ziehe meine Jeans an, schlüpfe in die Sneakers und stehe auf. Dann werfe ich ihm sein T-Shirt zu, das im Eifer des Gefechts in einem Blaubeerbusch gelandet ist, und packe zusammen.

Er umarmt mich von hinten und flüstert mir ins Ohr: „Warum eigentlich das Rabenmutter Tattoo auf deiner Hüfte?"

Ich drehe mich zu ihm um und schaue ihn an.

„Weil ich eine bin."

Jonas lacht. „Das glaube ich nicht!"

„Lass uns gehen." Ich reiche ihm den Picknickkorb. „Es wird jetzt wirklich gleich dunkel. Oh, warte ..." Ich drehe mich noch einmal um, pflücke ein Gänseblümchen und klemme es mir hinters Ohr.

Das hatte ich der Gams versprochen. Hand in Hand stolpern wir durch den fast finsteren Wald. Wir lachen. Es fühlt sich richtig an. Schließlich huschen wir durch den Hausflur die Holztreppen hinauf und ich stecke der Gams das Gänseblümchen zwischen die Zähne.

Aneinander gekuschelt liegen wir in meinem Bett.

„Wir haben nur noch eine Nacht. Übermorgen reise ich ab", sage ich und lege meinen Kopf auf seine Brust. Sein Herzschlag beruhigt mich. „Wie lange bleibst du noch hier?"

„Eigentlich habe ich noch zwei Wochen."

„Hm. Und danach bist du in München und dann dauert es ewig, bis wir uns wiedersehen."

„Was hältst du davon, wenn ich mit dir nach Köln komme? Also, nur solange deine Kinder noch in den USA sind?"

Mein Herz macht einen Satz. „Dein Ernst? Das wäre fantastisch! Wir könnten ..." Weiter komme ich nicht. Er zieht mich auf sich und nimmt mein Gesicht in seine Hände.

Er sagt: „Wir könnten noch viele Nächte miteinander verbringen", und küsst mich sanft.

Wow, denke ich. Das alles ist unglaublich. Unglaublich schön.

Heimkehrer

Während Jonas die Koffer ins Auto hievt, drehe ich eine letzte Runde über den Hof. Ich habe versprochen, Carmen anzurufen, bevor ich losfahre. Ich lehne mich an die Rückwand des Stalls, die einzige Stelle, an der ich nahezu konstant Empfang habe, und wähle ihre Nummer.

„Oh, wie schön von dir zu hören. Ich habe gerade an dich gedacht. Geht's dir gut? Wann kommst du wieder?“

„Wir fahren gleich los. Ich wollte nur Bescheid geben. Ich komme nicht allein. Ich bringe jemanden mit.“

„Wie jetzt?“

„Wart's ab.“

„Da bin ich aber gespannt. Ich fahre gleich einkaufen. Soll ich euch Mettbrötchen, ein Sixpack Kölsch und ein bisschen was fürs Frühstück mitbringen?“

„Das wäre super. Denkst du an Milch?“

„Ist notiert! Ich freue mich so sehr auf dich.“

„Ich mich auch. Du bist ein Schatz.“

„Bis später, Süße. Fahrt vorsichtig.“

Ich lege auf und blicke ein letztes Mal hoch zu unserer Almwiese. Schön war es hier. Wunderschön.

Peter und Irmhild stehen vor dem Haupthaus und verabschieden uns.

„Hobt's a guade Foat ia zwoa, und kemts boed wieda!“ [15], rufen sie uns hinterher, als wir vom Hof rollen. Wir winken durchs offene Fenster.

Die acht Stunden Autofahrt verfliegen. Wir reden, lachen und singen.

„Sind deine Kinder eigentlich genauso verrückt wie ihre Mutter?"

„Der Großen bin ich mittlerweile oft peinlich, aber die Kleine kommt ganz nach mir." Ich mache das Radio leiser. „Ich bin gespannt, wie du ihnen gefällst."

„Mach dir keine Sorgen. Das machen wir schon."

„Eigentlich drängt mich Helen schon eine ganze Weile dazu, mir einen Freund zu suchen. Ich weiß nur nicht, wie ernst sie das noch meint, wenn sie dir gegenübersteht."

„Hmja. Mal sehen." Schweigend fahren wir eine Weile.

„Und deine Kleine, Kim?"

„Entweder du gefällst ihr oder halt eben nicht. Es wird auf jeden Fall schwierig, da du nicht auf einem Glitzer pupsenden Einhorn angeritten kommst. Wenn du wenigstens zaubern könntest. Aber so ... viel Glück!"

Ich mache Witze, habe aber in Wirklichkeit eine Scheißangst. Angst, er könne es doch nicht ernst meinen mit uns. Aber das sage ich nicht. Außerdem war ich seit der Trennung ausschließlich für meine Kinder da. Was, wenn sie eifersüchtig werden oder Angst bekommen, mich zu verlieren? Sie haben ja erlebt, wie es bei Christoph gelaufen ist. Aber so weit ist es ja noch nicht. Ich werde erstmal die Zeit, die wir ohne sie haben, genießen. Ich hoffe, ich mache keinen Fehler. Ich will verliebt sein und ich habe verdammt nochmal das Recht dazu.

„Carmen kauft für uns ein. Mettbrötchen und ein paar Sachen fürs Frühstück."

„Klingt gut."

„Magst du Mett?"

„Ich liebe Mett. Mit Zwiebeln und Pfeffer aus der Mühle. Hab ich ewig nicht gegessen. Herrlich."

„Gut."

Es sind nur noch wenige Kilometer bis nach Hause. Vor uns liegt die Rheinebene. Der Dom ragt imposant hervor. Ich bin zu Hause.

An Murats Kiosk biegen wir in meine Straße ein. Murat winkt mir zu, als er meinen Wagen erkennt.

„Das ist Murat."

„Du hast mir von ihm erzählt. Ich erinnere mich."

Jonas schleppt unsere Koffer die Treppe hoch. Als ich den Schlüssel ins Schloss stecke, geht Carmens Tür auf.

„Meine beste Freundin. Endlich. Ich hab dich sooooo vermisst. Komm her."

Wir drücken uns.

„Gut siehst du aus", sage ich.

„Du aber auch. Erholt und knackigbraun." Neugierig blickt sie über meine Schulter. „Und das ist?"

„Jonas."

„Willkommen in Köln, Jonas." Sie geben sich die Hand. Ich sehe an ihrem Blick, dass er ihr gefällt. „Sorry, dass ich euch so überfalle, aber Pia hat am Telefon gesagt, dass sie nicht allein kommt. Da musste ich einfach wissen, welchen Almöhi unsere Heidi da mitgebracht hat."

Ich zwinkere ihr zu und schiebe Jonas vor mir in die Wohnung. Im Umdrehen sehe ich, wie sie mir ein *Daumen-hoch-Zeichen* gibt, ihre Arme um sich schlingt, die Augen schließt und einen Kussmund formt. Ich zeige ihr einen Vogel. Sie sagt: „Die Einkäufe stehen schon in deinem Kühlschrank. Vielleicht komme ich später mal rüber."

Ich schließe die Tür. Wir stehen im Flur.

„Zeigst du mir dein Zuhause? Ähm, ich müsste auch tierisch dringend mal aufs Klo."

„Oh, ja klar, komm mit."

Ich zeige ihm zuerst mein Bad. In der Zwischenzeit öffne ich alle Fenster im Wohnzimmer und die Balkontür.

„Na, besser?“, frage ich, als er zurückkommt.

Er nickt und steht ein wenig unbeholfen einfach so rum.

„Schau mal, von meinem Balkon kannst du den Dom sehen.“

„Wo denn?“

„Na, da drüben?“ Ich zeige auf die beiden Spitzen.

Wir bleiben eine Weile andächtig stehen und genießen den Ausblick auf die Stadt. Das gleichmäßige Rauschen des hektischen Trubels hallt durch die Straßen. Nach der Ruhe in den Bergen kommt es mir lauter vor als sonst. Ich hole uns ein Wasser aus der Küche.

„Auf Köln.“ Ich proste Richtung Dom.

„Auf uns“, antwortet Jonas, prostet zum Dom und gibt mir einen Kuss.

„Komm mit, du hast das Schlafzimmer noch nicht gesehen.“

Wir lassen uns auf das Bett fallen. Jonas rollt zu mir herüber, nimmt mich in den Arm und küsst mich. Es stört mich plötzlich, dass wir in meinem *Ehebett* liegen. Ich hätte mir ein neues kaufen sollen. Jetzt gerade gibt es für mich nichts Abtörnenderes, als das Gefühl, dass der Geist meines Exmannes anwesend ist. Egal. Wir können auch auf dem Sofa oder dem Küchentisch vögeln. Ich winde mich aus seinem Arm und wir packen unsere Taschen aus. Währenddessen rufe ich meine Kinder in den USA an. Wir reden lange. Von Jonas erzähle ich nichts.

Es klingelt an der Tür.

„So und jetzt erzähl mir alles.“ Carmen drückt sich an mir vorbei in die Küche.

Ich denke an das frische Mett im Kühlschrank und merke wie hungrig ich bin.

„Du siehst verdammt glücklich aus, Pia.“

„Das bin ich." Bevor wir weiter quatschen können, kommt Jonas in die Küche. Ich reiche ihm ein Kölsch. „Du auch eins, Carmen?"

„Ja, gern. Aber dann lasse ich euch zwei Turteltäubchen wieder allein. Wie lange bleibst du denn?"

„Dienstag fliege ich. Am Mittwoch kommen Pias Mädels zurück."

„Dann habt ihr nicht viel Zeit.

Sie dreht sich um, bleibt aber noch mal stehen. „Ach, das hätte ich fast vergessen. Es gibt traurige Nachrichten. Die alte Frau Schmitz von oben ist tot. Ihre Verwandten haben die Wohnung ausgeräumt."

„Oh nein. Was ist passiert?"

„Ein Unfall. Sie wurde von der S-Bahn erfasst. Sie hat die Bahn bestimmt nicht kommen hören."

„Das ist ja furchtbar. Die Arme ..."

„Ach Mensch, ich wollte euch jetzt nicht das ganze Homecoming verderben."

„Willst du nicht noch auf ein Mettbrötchen bleiben?"

„Nein. Wirklich nicht. Hab noch einen Hausbesuch später."

„Am Samstag?", frage ich.

„Ein Notfall. Mein Lieblingsbandscheibenvorfall."

Ich begleite Carmen zur Tür.

„Momentan etwas bewegungseingeschränkt, aber unverschämt gutaussehend."

„Jonas?" frage ich etwas verdattert.

„Nee. Mein Hausbesuch."

„Na dann, viel Spaß."

„Soll ich den Tisch schon mal decken, während du duschst?", fragt Jonas.

„Ach nö. Das können wir doch gleich zusammen machen." Ich gehe zu ihm, schmiege meinen Körper an seinen und rümpfe die

Nase. „Ich finde, du könntest auch eine Dusche gebrauchen. Ich dusche so ungern allein."

Er umarmt mich und umfasst meinen Po mit seinen Händen. Das war Antwort genug. Unsere Klamotten bilden eine Spur vom Flur bis zum Bad. Sex in der Dusche hatte ich ewig nicht.

Nach der *heißen* Dusche tut das kühle Kölsch doppelt gut. Wir essen, reden und teilen uns eine letzte Flasche Bier auf dem Balkon. Danach lotse ich ihn auf das Sofa im Wohnzimmer. Durch die Balkontür weht eine warme Sommerbrise, die sich wie kühlender Balsam um unsere Körper legt. Wir verschmelzen. Genauso liebe ich es.

Ich schwebe im siebten Himmel. Jonas ist toll. Ich will ihn ständig spüren, riechen und in meiner Nähe haben und das Beste ist, dass es ihm genauso geht. Ich kann mit ihm diskutieren, lachen, schweigen und unglaublich guten Sex haben. Ich bin einfach komplett erfüllt.

***

Montagmorgen. Ich schmeiße eine Waschmaschine an und leere auf dem Rückweg nach oben den Briefkasten. Flyer, Anzeigenblättchen und drei Briefe. Ich koche mir einen Kaffee und setze mich an den Küchentisch, um die Post aufzumachen. Der erste Brief ist meine Knolle aus Bärbroich. Erstmal nur der Anhörungsbogen. Auf dem Blitzerfoto steht mir die Panik ins Gesicht geschrieben. Mir wird immer noch heiß und kalt, wenn ich an die Nacht zurückdenke, als ich Helen gerettet habe.

Die anderen beiden Briefe sind von der Meyer GmbH & Co. KG. Meine Gehaltsabrechnung lege ich zur Seite und reiße den letzten Brief auf.

Es ist die Kündigung. Unterschrieben von Meyer Junior. Maximilian, du kleines, mieses Arschloch. Da hat er gewartet, bis sein Vater auf Sylt ist und mir dann die Kündigung zugeschickt. Etwas zu laut schlage ich mit der Hand auf den Tisch. Meine Kaffeetasse wackelt bedrohlich.

Jonas guckt um die Ecke. „Alles in Ordnung?"

„Die haben mir gekündigt."

„Warum?"

„Ach, keine Ahnung. Unüberwindbare Differenzen, Arbeitsverweigerung, blabla. Alles erstunken und erlogen." Ich reiche ihm den Brief.

„Willst du da denn überhaupt noch arbeiten?"

„Nein. Natürlich nicht. Ich wollte mir nur in Ruhe einen neuen Job suchen. So ist das natürlich echt beschissen für mich."

Jonas nimmt sich auch einen Kaffee und setzt sich zu mir.

Ich seufze. „Soll sie doch der Blitz treffen oder das Baugerüst einstürzen oder was auch immer."

„Das ist ein guter Plan." Er gibt mir einen Kuss. „Was hältst du von einem Spaziergang, um die Nerven zu beruhigen? Wir können ja schlecht bis Dienstag im Bett bleiben."

„Das ist eine gute Idee. Wobei ich auch nichts gegen das Bett hätte. Und auf dem Weg stelle ich dir Murat vor. Wir sind im Oktober übrigens zu seiner Hochzeit eingeladen."

***

„Dachte schon, du kommst mich gar nicht mehr besuchen, nach deiner Rückkehr. Wer ist dieser Kerl?"

„Mein neuer Freund. Jonas." Murat beäugt Jonas von oben nach unten und kratzt sich über seinen Dreitagebart. „Wo hast du *den* denn aufgegabelt?"

„In den Bergen."

„Ist er gut zu dir?" Murat redet komplett an Jonas vorbei, als wäre er gar nicht wirklich da.

„Ja, das ist er." Wie zum Beweis umarme ich Jonas und halte seine Hand fest in meiner.

„Gut. Wenn nicht, sag ich meinem Bruder Bescheid. Dann ist er schneller wieder in den Bergen, als er gucken kann." Wir lachen.

„Spricht dein Bruder wieder mit dir?"

„Ja. Er ist der einzige aus meiner Familie, der auch zur Hochzeit kommt. Ich hoffe, du begleitest Pia auf meine Hochzeit, Jonas."

„Das mache ich gerne. Danke für die Einladung."

Murats große Hand landet fest auf Jonas Schulter. Er blickt ihm tief in die Augen. „Pass gut auf unsere Pia auf. Sie ist ein kostbarer Schatz. Hörst du?"

Jonas hält seinem Blick stand. „Ehrensache."

„Guter Mann." Murat verzieht keine Miene und wendet sich wieder mir zu. „Hast du dir das eigentlich mal mit dem Kiosk überlegt? Das war ernst gemeint."

„Ach Murat. Ich weiß nicht. Heute ist vielleicht nicht der richtige Tag, darüber nachzudenken. Ich habe gerade die Kündigung von den Meyers erhalten."

„Dumme Menschen. Jemanden wie dich lässt man nicht ziehen." Sein Blick haftet warnend auf Jonas.

Wir nehmen uns noch eine gemischte Tüte mit für später und ziehen weiter.

„Was sollst du dir denn mit dem Kiosk überlegen?", fragt Jonas in sicherer Entfernung zum Kiosk.

„Erzähle ich dir in Ruhe beim Frühstück", antworte ich. „Ich kenne da ein schönes Café."

***

„Kannst du dir *mich* als Kioskbesitzerin vorstellen?“

„Ich kann mir dich in unterschiedlichsten Jobs vorstellen. Wichtig ist doch, dass du glücklich bist.“

„Hmja. *Pias Büdchen* müsste es heißen und ich will eine pink-weiß gestreifte Markise.“

Wir bestellen uns noch einen Milchkaffee und philosophieren über die neue Verkaufsstrategie des Veedel-Kiosks. Es macht Spaß, mit Jonas Wolkenschlösser zu bauen.

Nach unserem Frühstück spazieren wir zum Rheinboulevard. Wir setzen uns auf die Stufen. Ich denke an damals, als ich Carmen hier am Neujahrsmorgen von der Pflastersteinguckerin erzählt habe. Verrückt, wie sich alles ändern kann. So schnell.

Danach schlendern wir am Rheinufer entlang und flitschen Steine in den Rhein. Jonas schafft zwei, ich fünf Titscher. „Das ist unmöglich.“ Er knufft mich in die Seite. „Du könntest mich auch einfach mal gewinnen lassen.“ Er zieht mich zu sich, streicht mir eine Haarsträhne hinters Ohr und küsst mich. Hand in Hand gehen wir weiter und ich zeige ihm mein Köln, wie ich es liebe.

„Carmen hat geschrieben und gefragt, ob wir später auf ein Kölsch mit Melanie und Tina ins Peterchens kommen wollen.“

„Oh ja, unbedingt. Ich gehe liebend gern mit vier Damen aus.“

„Haha. Sehr lustig. Du solltest aufpassen, dass sie dich nicht in der Luft zerreißen für derartige Machosprüche. Das wird eine hochoffizielle Vorstellrunde. Besser, du gefällst ihnen.“

„Jetzt habe ich Angst.“

„Solltest du!“

***

21:00 Uhr. Scheiße. Wir sind eingeschlafen. Ich drehe meinen Körper unter seinem Arm aus dem Bett und schlüpfe in meine Unterwäsche. Jonas wälzt sich zur Seite und grunzt irgendetwas Unverständliches im Schlaf.

„Hey Jonas, wach auf. Wir wollten doch ins Peterchens."

„Baby, der Sex war göttlich", schnurrt er und zieht mich wieder zu sich ins Bett.

„Finger weg und raus aus den Federn. Wir können nachher gerne weitermachen, aber jetzt müssen wir los."

Ich schreibe Carmen eine Nachricht: ‚Postkoitale Dynamik ... sind eingeschlafen. Kommen später.'

Im Peterchens werden nur noch kalte Gerichte serviert. Die Küche hat schon Feierabend. Wir bestellen zwei Mettbrötchen und einen *Halven Hahn*.

Ich freue mich, endlich auch Tina und Melanie wieder in die Arme schließen zu können. Hab sie echt vermisst. Melanie erzählt von ihrer ersten großen Yoga-Convention. Nächsten Januar eröffnet sie ihre Yoga Schule.

„Volltreffer", sagt Carmen.

„Hammer", meint Melanie.

„Perfekt", schließt Tina die Beurteilungen meiner Freundinnen, als Jonas kurz zur Toilette ist. Ich freue mich, dass sie ihn auch mögen.

Wir bleiben, bis die Stühle hochgestellt werden und bummeln noch ein Stück in die gleiche Richtung nach Hause.

„Morgen, wenn ich Jonas zum Flughafen gebracht habe, fahre ich zum Arbeitsamt", sage ich.

„Das sind doch alles Zeichen für einen wunderbaren Neuanfang. Karma lässt nichts gehen ohne Grund und schickt nichts ohne Grund. Ich glaube fest daran, dass du an einem Wendepunkt bist“, sagt Melanie.

„Das sehe ich genauso. Heute bist du eine völlig andere Pia als die, mit der ich damals Silvester gefeiert habe. Du bist rehabilitiert – würde ich sagen.“

Carmen und Melanie haben recht. Vielleicht ist jetzt die Zeit für den ultimativen Neuanfang gekommen. Trotzdem muss ich erstmal zum Arbeitsamt.

***

Es ist Dienstag.

Wir stehen am Gate. Jonas Flug geht in vierzig Minuten.

Er umarmt mich, wir küssen uns und er nimmt mein Gesicht in seine Hände. „Guck nicht so traurig. Morgen holst du genau hier deine Kinder ab und bald auch wieder mich. Versprochen.“

Ein letztes Mal drücke ich meine Nase an seinen Hals und inhaliere seinen Duft. „Flieg vorsichtig.“

Er sieht mir einen tiefen Atemzug lang in die Augen. Zeit zu gehen. Mein Magen zieht sich zusammen. Ich vermisse ihn jetzt schon.

Bevor er abbiegt und endgültig verschwindet, dreht er sich noch einmal um und winkt mir zu.

Morgen bin ich wieder hier am Flughafen und hole meine Kinder ab. Dieser Ort ist momentan Dreh- und Angelpunkt für das Kommen und Gehen meiner Liebsten. Nachdem ich nun zweimal schweren Herzens hier rausgestiefelt bin, wird es wirklich Zeit für Wiedersehensfreude – und ich freue mich wirklich wahnsinnig.

Ich bin glücklich.

***

„Mama! Da ist Mama!“ Kim hüpft auf und ab und zieht Helen am T-Shirt. Sie hat mich durch die Schiebetür gesehen und winkt. Ich sehe, wie Helen Kim an die Hand nimmt und sie rennen in einem Affenzahn auf mich zu. Kim schleift eine lebensgroße Mickey Mouse Puppe hinter sich her. Die Tür öffnet sich und sie fliegen in meine Arme. Ich vergrabe meine Nase an ihren Hälsen und sauge ihren Duft in mich auf. Ihre Haare kitzeln. Ich habe sie so sehr vermisst. Ich drücke sie, küsse ihre Gesichter und presse sie wieder fest an mich. Helen entwindet sich meiner Umklammerung als erste.

„Boah Mama, ich bekomme keine Luft.“

„Entschuldige. Ich habe euch doch so sehr vermisst.“

Sofort schmiegt sie ihren Kopf wieder an meinen Hals und flüstert: „Ich bin so froh, wieder bei dir zu sein. Das war ganz schön anstrengend.“

Kurz darauf kommen Christoph, Bianca und Biancas Sohn durch die Tür.

Kim hängt an meinem Bein. Ich begrüße Bianca mit Handschlag. Sie sieht gestresst aus. Tja, drei Kinder für drei Wochen sind halt kein Pappenstiel.

Christoph kommt und drückt unsere Kinder noch einmal. Dann heben wir die Koffer auf einen Gepäcktrolley.

„Und? Alles gut überstanden?“, frage ich ihn.

„Natürlich. Keine Probleme. Sie wollten nächstes Wochenende wieder zu uns kommen. Moritz feiert am Sonntag seinen Geburtstag.“

„Gut, du kannst sie Sonntagvormittag holen. Mittwoch fängt die

Schule wieder an. Dann bring sie doch am Dienstag zurück. Aber nicht so spät."

„In Ordnung. Moritz freut sich."

Moritz, der immer noch hinter Bianca steht, nickt stumm.

Auf der Rückfahrt schwärmen Kim und Helen von Disney World und Bush Garden. Helen ist begeistert von dem Haus, in dem Biancas Eltern wohnen. Es hat einen gigantischen Pool, drei Garagen und eine riesige Küche.

Ich höre mir alles an. Sie hatten eine tolle Zeit. Soviel steht fest und darauf kommt es an.

„Und sonst so?"

„Kim hat am Anfang immer geheult. Heimweh", sagt Helen.

„Oh meine arme, kleine Maus. Ich habe dich auch vermisst."

Ich gucke in den Rückspiegel. Mickey Mouse sitzt auf Kims Schoß und grinst mich an. Kim sehe ich nicht. Ihr Kopf ist zur Seite gesackt. Sie ist eingeschlafen.

Ich trage Kim die Stufen zur Wohnung hinauf und gehe zurück zum Auto, um die Koffer zu holen.

Mein Handy brummt. Bestimmt Jonas, der wissen will, ob die Kinder gut angekommen sind. Ich hole mein Handy aus der Hosentasche.

Ich stutze. Eine Nachricht von Patrick Scheidbach. Den hatte ich total vergessen.

‚Bin gerade aus dem Urlaub zurück und musste an dich denken. Hast du Lust? Bin so richtig geil auf dich.'

So. Das reicht jetzt ein für alle Mal. Ich blockiere ihn. Der Typ hat wohl ne Meise. Ich werde ihm morgen einen Besuch abstatten.

Helen kommt mir im Flur entgegen und wedelt mit einem Kapuzenpulli vor meiner Nase herum.

„Wem gehört der denn?“, fragt sie. „Lag in deinem Bad neben dem Wäschekorb.“

„Der gehört Jonas“, antworte ich.

„Aha ... wer ist Jonas?“ Helen legt den Kopf schräg, grinst und schaut mich an.

Kim ist aufgewacht und stapft schlaftrunken an uns vorbei zur Toilette. „Jonas ist bei mir im Kindergarten und ärgert immer die Mädchen.“

„Aber der Jonas trägt bestimmt nicht so große Kapuzenpullis, oder?“ Helen breitet den Pulli demonstrativ vor ihrer Brust aus. Kim schüttelt den Kopf und schließt die Klotür hinter sich.

„Ich habe Jonas in den Bergen kennengelernt. Er hatte in Köln etwas berufliches zu erledigen und da habe ich ihm angeboten, ein paar Tage bei uns zu wohnen.“ Das ist zumindest nicht gelogen.

„Dann hast du jetzt endlich einen Freund?“, fragt Helen.

„Vielleicht“, antworte ich. „Und jetzt gib schon her.“ Ich reiße ihr den Pulli aus den Händen und werfe ihn auf mein Bett.

Meine kluge Große hat mich sowieso durchschaut.

Am Nachmittag hängen die Kinder todmüde in den Seilen.

Carmen besucht uns auf einen Kaffee. Nachdem Kim und Helen ausgiebig von ihrem Urlaub berichtet haben, sitzen wir allein in meiner Küche. „Was haben die vom Arbeitsamt eigentlich gesagt?“

„Ich habe Arbeitslosengeld beantragt. Ich solle mich zur Verfügung halten, sei top ausgebildet und sie würden mir Jobvorschläge unterbreiten.“

„Hört sich doch gar nicht so schlecht an, oder?“

„Nee. Ist ganz okay. Ich überlege aber immer noch, ob ich nicht mal was völlig Neues ausprobieren sollte.“ Ich hole uns ein paar Kekse aus dem Schrank. „Hier. Lies mal, was dieser Patrick schon wieder geschrieben hat." Ich reiche ihr mein Handy.

„Das reicht jetzt aber wirklich, Pia. Du musst irgendetwas unternehmen. Kannst du dich nicht bei der Schule über ihn beschweren?"

„Ich denke, ich werde morgen mal bei ihm vorbeifahren und ihm ordentlich den Marsch blasen. Wenn das nicht hilft, wende ich mich an die Direktorin und das Schulamt. Wenn er Helens Lehrer wird, habe ich keine ruhige Minute mehr. Das muss aufhören!"

Gegen Abend sind Helen und Kim hellwach. An Schlaf ist nicht zu denken.

***

Hartnäckig wecke ich sie am nächsten Morgen, damit sie sich wieder an unsere Zeit gewöhnen, und fahre einkaufen. Außerdem muss ich zum Fahrradgeschäft auf der Luxemburger Straße, um mir eine neue Pumpe zu kaufen. Meine ist schon wieder geklaut worden.

Vorher will ich aber bei Patrick Scheidbach - diesem notgeilen Arschloch - vorbeifahren. Ich habe mir die ganze Nacht Gedanken gemacht, wie ich es am besten angehe und habe alle denkbaren Varianten durchgespielt.

Als ich in seine Straße abbiege, schlägt mir das Herz bis zum Hals. Ich kann nicht einschätzen, was mich erwartet.

Es ist ein schwülwarmer Morgen. Gewitter liegen in der Luft. Die Menschen haben die Fenster aufgerissen und nutzen jeden Windhauch zur Abkühlung.

Was mache ich eigentlich, wenn seine Frau die Tür öffnet? Das hatte ich in meinen Gedanken nicht geprobt. Ach, keine Ahnung. Ich muss das jetzt klären. Da kann ich keine Rücksicht nehmen. Hier geht es um mich.

Vor seinem Haus parkt ein silbergrauer Sportwagen, der mir bekannt vorkommt. K-PS-1974. Ach, der Spinner von der Bäckerei, der mir an meinem ersten Arbeitstag vors Rad gelaufen ist. Die Fahrertür steht offen und Patrick steigt aus. Ich wusste, dass ich ihn irgendwo schon mal gesehen hatte. Natürlich. K-PS ... Piss Sack, Perverse Sau, *Patrick Scheidbach*. Seine Initialen. Neben seinem Auto steht eine Golftasche. Er hängt sie sich über die Schulter, öffnet den Kofferraum und legt sie hinein.

Ich parke mein Fahrrad hinter ihm. Er nimmt mich gar nicht wahr.

„Patrick!", rufe ich.

Er dreht sich zu mir um und nimmt seine Sonnenbrille ab. Er mustert mich von oben bis unten.

„Was eine nette Überraschung. Hast du es dir überlegt?"

Ohne darauf einzugehen, lege ich los. „Wer glaubst du eigentlich, wer du bist? Lass mich gefälligst in Ruhe. Keine Nachrichten, keine Anrufe, keine Belästigungen mehr. Sonst ..."

„Sonst, was?"

Seine Provokation bringt das Fass meiner Geduld endgültig zum Überlaufen.

„Sonst zeige ich dich an. Wegen Stalkings, und ich melde das beim Schulamt. Dann bist du deinen Job schneller los, als du gucken kannst."

„Ach, Pia. Meine sexy, kleine Lieblingsmutti. Was glaubst du denn, was das Schulamt damit zu tun hat, was ich in meiner Freizeit mache?" Er lehnt sich lässig an seinen Wagen, verschränkt die Arme vor der Brust und lässt seine Augen über meinen Körper glitschen. „Ich find dich halt extrem heiß."

Widerlich. Mein Herz hämmert mir fast aus der Brust.

„Du bist verheiratet, Patrick. Lass mich in Ruhe. Ich warne dich!"

„Drohst du mir etwa?"

Ich hasse ihn. Er lacht mich aus.

„Ich glaube, du hast mich verstanden. Keine Nachrichten mehr, und solltest du meine Tochter ungerecht behandeln, hast du das Schulamt am Hals."

Im Augenwinkel glaube ich, einen Schatten im Fenster wahrzunehmen. Ich schaue genauer hin. Das Fenster steht weit offen. Die Gardine bewegt sich. Flüchtig folgt er meinem Blick zum Fenster hinauf.

„Du solltest hier auf der Straße nicht so eine Szene abziehen, Pia. Vor allem nicht in dieser Lautstärke."

„Ich mache Szenen, wo und wie laut ich das will. Deine Frau ist wirklich zu bemitleiden."

Ich drehe mich zu meinem Fahrrad um, steige auf und fahre davon. Der tickt doch nicht ganz richtig.

Mein Puls schlägt wütend gegen meine Schläfen. Ich nutze die Fahrt zum Fahrradladen, um mich zu beruhigen. Ich darf nicht vergessen, noch einkaufen zu gehen. Kim will Kuchen backen. Einen besonders schönen Käsekuchen für Biancas Sohn. Ich bete meine imaginäre Einkaufsliste herunter: Eier, Puddingpulver, Quark, Vanillezucker, Mehl, Butter, Zucker, Himbeeren für die Deko. Mein Puls reguliert sich und meine Wut weicht der Befriedigung über meinen Auftritt.

***

Am Freitag kommen Helens Freundinnen. Sie begutachten ihre Amerika-Mitbringsel und tauschen Neuigkeiten aus. Dann berichten sie, dass Timo eine neue Freundin hat. Diana aus Bochum. Sie ist zugezogen und wird ab dem neuen Schuljahr in Helens Klasse gehen. Ob sie sich wohl gerne den Hintern versohlen lässt? Ich grinse in mich hinein.

Eigentlich ist schon wieder alles beim Alten.

Kim backt Käsekuchen für Moritz. Das heißt, ... ich backe. Sie mag Biancas Sohn und meint, zum Geburtstag gehört ein Kuchen. Also backe ich Kuchen für ihn.

Draußen schüttet und gewittert es heftig. Nach der Schwüle des Vormittags hoffe ich auf ein wenig frische Luft.

Ich hole die Himbeeren aus dem Kühlschrank, um sie auf dem Käsekuchen zu verteilen. Ein Blitz, gefolgt von einem krachenden Donner erhellt den Raum. Kim zuckt zusammen. Das hörte sich ganz schön nah an.

Kim schaut mich mit großen Augen an. „Das macht mir Angst, Mama!"

Ich blicke aus dem Fenster. Die Straße ist menschenleer. Gegenüber parkt ein Wagen in einer Einfahrt. Die Scheinwerfer brennen, der Motor läuft. Ein silbergrauer Sportwagen. Komisch. So einen fährt doch Patrick Scheidbach.

Ich versuche das Kennzeichen zu erkennen. Es regnet zu stark und die Scheinwerfer verblenden es. Ich kann es nicht lesen.

„Nichts passiert, Kim."

„Blödes Gewitter."

„Möchtest du die Himbeeren auf dem Kuchen verteilen?"

„Oh ja!"

So leicht ist das manchmal.

Ich reiche ihr die Schüssel mit den frisch gewaschenen Himbeeren. Kim klettert auf den kleinen Tritt vor der Arbeitsplatte und fängt an, Himbeere für Himbeere mit der offenen Seite nach unten auf dem Kuchen zu verteilen.

Als ich wieder aus dem Fenster schaue, ist der Sportwagen verschwunden. Okay, kein Grund, sich Sorgen zu machen. Jetzt bekomme ich schon Halluzinationen wegen dieses Arschlochs.

***

Abends telefoniere ich mit Jonas. Ich überlege, ob ich ihm von Patrick erzählen soll. Ich lasse es. Er soll sich keine Sorgen machen.

Er fragt: „Und was machst du am Wochenende?"

„Von Sonntag bis Dienstag sind meine Kinder bei meinem Ex."

„Gehst du mit Carmen weg?"

„Vielleicht. Sie wollen am Sonntagabend ins Peterchens."

„Da waren wir zusammen, oder?"

„Genau."

Er seufzt. „Liebe Grüße an alle."

„Bestelle ich."

„Ich vermisse dich."

„Ich dich auch. Du musst bald wieder nach Köln kommen, versprochen?"

„Versprochen."

„Schlaf schön und träum süß."

„Von dir. Bis morgen."

„Bis morgen."

Wir legen auf, ich lösche das Licht und drehe mich um.

Sommergewitter ziehen über die Stadt. Unruhig wälze ich mich hin und her. Das Bettlaken klebt an meinem Körper. Ich stehe auf und hole mir ein Glas Wasser. Dabei schweift mein Blick aus dem Küchenfenster zu der Stelle, wo vorhin das Auto stand. Was, wenn der Irre jetzt tatsächlich anfängt, mich zu stalken oder wenn er irgendwas Schräges mit meiner Helen abzieht. Bevor ich mich weiter mit meinen Angstgedanken quälen kann, springe ich unter die Dusche. Die Abkühlung tut gut. Mein Gedankenkarussell beruhigt sich. Ich versuche zu schlafen.

Alles ist Dunkel. Ich schreite einen Gang entlang. Es ist der Flur in Helens Schule. Rechts und links von mir Türen, aus denen mir wildes Stimmenwirrwarr entgegenschlägt. Sie öffnen sich in einem rhythmischen Schwingen, wie Saloon-Türen im Western. Ich kann immer nur für einen Bruchteil einer Sekunde in die Klassenzimmer schauen. Manche Räume sind leer, die Einrichtung demoliert, Stühle und Tische liegen kreuz und quer. Eine Tür weiter sehe ich Maximilian Meyer, Thorstein, Murat, Tina, Melanie, Carmen, Mario, Christoph und auch Jonas. Alle sitzen in weißen Ledersesseln in den Klassenzimmern und starren an die Tafel. Patrick steht vorne und klatscht mit einem langen Stab auf ein Schaubild. Ein Bild von mir, nackt. Plötzlich drehen sich alle um und mustern mich lüstern. Sie stehen auf, wie Zombies, und versuchen, durch die hin und her schwingende Tür nach mir zu greifen. Ich laufe schneller. Rechts und links von mir hektisches, immer schneller werdendes Türenschwingen. Ich höre Schreie „Mama, hilf uns!" Hinter einer der Türen stehen meine Mädchen an einem Abgrund. Vor ihnen ein knurrender und zähnefletschender Patrick, wie ein tollwütiger Wolf. Panische Angst erfasst mich. Die Tür schwingt zu schnell. Ich kann nicht durchkommen. Ich schlage um mich und renne und schlage und renne und stürme vorwärts, durchbreche die Tür. Meine Mädchen stolpern und fallen, Patrick springt hinterher. Der Boden unter mir bricht auf. Ich stürze und dann ...

... öffne ich meine Augen. Ich sehe die Staubflusen unter meinem Bett. Meine Wange liegt auf kühlem Holzboden, mein Ellbogen schmerzt. Ich bin aus dem Bett gefallen. Ich raffe mich auf und lege mein Kissen zurück. Morgendämmerung. Ich gehe in die Kinderzimmer und küsse die schlafenden Gesichter meiner Mädchen. Alles gut. Ich setze mich auf mein Sofa und fange an, die frisch gewaschene Wäsche zusammenzulegen. Schlafen kann ich auch später noch.

Zerreißprobe

Es ist Sonntag. Christoph hat heute Vormittag die Kinder abgeholt. Helen wollte eigentlich nicht mit, ist aber ihrem Papa zuliebe mitgefahren.

Mir geht es wie Helen. Eigentlich hatte ich gar keine Lust aufs Peterchens, habe mich aber trotzdem aufgerafft. Ich bin todmüde.

***

„Mensch Pia, was bist du denn so übel drauf?"

„Ich habe so fürchterlich geträumt und kaum geschlafen diese Nacht."

„Es hat aber auch ordentlich gescheppert bei uns", antwortet Carmen.

Ich reibe mir meinen dröhnenden Schädel. Zu allem Überfluss bekomme ich übelste Kopfschmerzen. „Irgendwie habe ich das Gefühl, mir wächst alles über den Kopf. Ich habe wirklich keine Ahnung, wie es jetzt weitergehen soll. Ich vermisse Jonas, brauche einen neuen Job und dann noch dieser Scheidbach. Ich hoffe, der lässt mich zukünftig in Ruhe."

„Wenigstens hast du dem mal ordentlich Bescheid gesagt. Der meldet sich bestimmt so schnell nicht wieder", sagt Carmen.

„Das hoffe ich."

„Hast du Jonas von dem Typ erzählt?", fragt Melanie.

„Nee, warum auch? Was soll er auch tun? Von München aus."

„Läuft's denn sonst gut bei euch? Fernbeziehungen sind schrecklich." Melanie drückt Tina einen Kuss auf.

„Hast du ihn schon so ganz offiziell deinen Mädels vorgestellt?", fragt Tina.

„Uff, noch so ein Thema. Ich habe irgendwie Schiss, wie sie auf Jonas reagieren. Wäre gut, wenn sie ihn bald mal kennenlernen."

„Ich glaube, Jonas wird prima mit ihnen klarkommen. Außerdem ist er verrückt nach dir, Pia. Wie er dich angesehen hat, als wir uns getroffen haben. Das war wirklich süß." Melanie kommt ins Schwärmen und seufzt.

„Ja, schon. Aber der Alltag ist etwas anderes als Urlaub und sturmfreie Bude. Und es sind ja erst ein paar Tage ..."

Meine Kopfschmerzen werden schlimmer. Ich brauche dringend eine Tablette. Um kurz vor Mitternacht verabschiede ich mich von meinen Freundinnen und fahre nach Hause.

***

Gedankenverloren parke ich mein Fahrrad, stülpe die Plastiktüte über den Sattel und schließe es ab. Vorsichtshalber nehme ich die neue Fahrradpumpe mit. Ich will nicht, dass sie mir schon wieder geklaut wird. Ich stecke sie in die hintere Tasche meiner Jeans.

„Was für ein schöner Zufall, dich ganz allein anzutreffen." Aus dem dunklen Hauseingang des Nachbarhauses tritt mir jemand in den Weg. Ich kann nur einen schwarzen Schatten erkennen, aber die Stimme kenne ich.

„Patrick. Was willst du hier?"

„Ok, ich gebe es zu, es war kein Zufall. Ich habe angerufen, aber du bist nicht ans Telefon gegangen. Da dachte ich mir, ich besuche dich. Du warst lange weg, viel zu lange. Hast du wieder jemanden heiß gemacht und stehengelassen?"

Ich schweige. Mein Bauchgefühl meldet Gefahr. Das hier ist nicht gut.

Er kommt näher. Ich weiche einen Schritt zurück, aber er greift nach meinem Handgelenk, zieht mich zu sich heran und drückt mir mit der anderen Hand die Kehle zu. Erschrocken ziehe ich die Luft ein. Es fühlt sich an, als würde ich durch einen zusammengepressten Strohhalm atmen.

„Einen Ton und ich dreh dir den Hals um, du miese Schlampe."

Sein Atem stinkt nach Alkohol. Ich taumle rückwärts, stolpere über meine eigenen Füße, die mir nicht mehr gehorchen wollen. Er zieht mich am Hals hoch und drückt mich in den Hauseingang.

„Los, schließ auf."

Ich weigere mich. Ich hoffe, dass jemand vorbeikommt, der mir helfen kann.

Aber es kommt niemand.

„Schließ auf." Seine Stimme ist eisig. Mit roher Gewalt presst er mein Gesicht gegen das Türblatt, stemmt sich schwer gegen mich und quetscht mich an der Tür ein. Mit der freigewordenen Hand wühlt er in meiner Tasche und fingert den Haustürschlüssel heraus.

Warum zum Teufel kommt denn niemand?

Sein Griff lockert sich etwas, als er im Halbdunkel das Schloss der Tür sucht. Scheinbar ist er zu besoffen, um zu merken, dass ich nun meine Hände zwischen Türblatt und meinem Körper hervorziehen kann. Ich drehe blitzartig meine Hüfte, kann etwas Raum zwischen unsere Körper bringen und ziehe die Fahrradpumpe aus meiner Jeans. Sie liegt kühl und glatt in meiner Hand. Ich umschließe sie fest, hole aus und schlage sie mit Wucht auf seinen Hinterkopf. Verdutzt lässt er vom Schloss ab. Ich nutze den Augenblick, tauche ab und stolpere aus dem Hauseingang heraus. Er folgt mir und greift nach meinem Arm. Ich dresche mit aller Gewalt auf seine Hände und seinen Körper ein. Er hebt die Arme, um meine Schläge abzuwehren.

„Hau ab, du Scheißkerl. Lass mich in Ruhe!", schreie ich.

Er lacht.

Ich hebe die Pumpe hoch und ziehe sie ihm durch seine grinsende Fratze. Unter seinem Auge platzt die Haut auf. Seine Adern zeichnen sich an seinen Schläfen ab. Er zittert vor Wut. Rasend schnell kommt er zwei Schritte auf mich zu, umgreift meine Hüfte mit beiden Armen und schmeißt mich zur Seite. Ich kann mich gerade noch an einem parkenden Auto abfangen. Als ich zu ihm aufblicke, landet seine Faust in meinem Gesicht. Mein Kopf fliegt nach hinten und schlägt hart auf dem kalten Asphalt auf. Meine Nase fühlt sich an, als hätte man sie in brennende Kohlen getaucht. Auch Patrick stolpert und fällt auf den Bürgersteig. Nüchtern wäre ihm das sicher nicht passiert. Ich ziehe mich am Auto hoch und starre auf Patrick, der blutend auf dem Boden hockt.

„Ich krieg dich, Schlampe! Keine Frau weist mich zurück. Niemals. Hörst du? Niemals!"

„Verschwinde, du verficktes Arschloch ...", mein Mund formt die Worte, aber mehr als ein Flüstern ist es nicht. Die Fahrradpumpe halte ich fest umklammert. Hier und da sind die Fenster der Häuser hell erleuchtet. Ich kann Umrisse von Gaffern erkennen. Als meine Blicke die Fenster treffen, werden Gardinen zugezogen und Rollos heruntergelassen. *Ihr miesen Feiglinge.*

Wildes Gebrüll holt mich zurück in die Realität. Bevor ich die Quelle orten kann, springt Patrick auf und rennt über die Straße davon. Im selben Augenblick schießen Mario und Jonas in einem Affenzahn an mir vorbei. Ihre Schritte verhallen in den Häuserschluchten der Nacht. Carmen ruft meinen Namen.

„Pia? Pia? Bist du okay?"

Die Fahrradpumpe fällt scheppernd auf den Gehweg und ich sacke auf die Knie.

„Wir brauchen die Polizei und einen Krankenwagen, sofort! Meine Freundin ist zusammengeschlagen worden! Der Täter ist flüchtig. Höhe Arnulfstraße Nummer 13. Ja, wir sind auf der Straße. Danke." Carmens Stimme rauscht in meinem Kopf.

Sie nimmt meine Hand und setzt sich neben mich auf den Bürgersteig.

„Wer war das?"

„Patrick Scheidbach. Es war Patrick. Er ist umgefallen wie eine Fichte." Ich will lächeln, aber mein Gesicht spannt schmerzhaft.

„Du redest wirres Zeug." Schweigend streichelt sie meine Hand.

„Was macht Jonas hier?", frage ich.

„Er wollte dich überraschen. Er kam ins Peterchens. Du warst schon weg. Die Polizei und der Krankenwagen werden gleich hier sein. Alles wird gut, Pia. Ich verspreche dir, alles wird gut."

***

Gestern Nacht musste ich alle möglichen Untersuchungen über mich ergehen lassen. Zur Beobachtung muss ich noch zwei Tage im Krankenhaus bleiben. Christoph hat die Kinder für die Zeit zu sich genommen.

Ich schlafe nicht. Alpträume wechseln sich mit Wachphasen ab. Meine Gedanken rasen. In meinen Träumen renne ich durch Häuserschluchten. Ich schreie um Hilfe, aber alle Fenster bleiben dunkel. Immer wieder springen dunkle Gestalten aus Hauseingängen in meinen Weg. Mal ist es Patrick, dann Maximilian Meyer, dann wieder namenlose Wesen. Erst wenn ich aufschrecke, zu mir komme, atme und mich an der Bettdecke und den Geräuschen des Krankenhauses festhalten kann, gelingt mir die Flucht.

Die Nachtschwester hat mich gefragt, ob ich ein Schlaf- oder Beruhigungsmittel haben möchte. Ich habe abgelehnt. Es war eine Scheißnacht und es werden noch weitere Horrornächte folgen. Aber ich bin davon überzeugt, dass ich sie überstehen werde. Ich lebe.

***

„Wäre ich früher gekommen, wäre das alles nicht passiert."

„Du kannst nichts dafür, Jonas."

„Wir haben versucht dich anzurufen, aber du bist nicht ans Telefon gegangen. Wir sind dann direkt aufgebrochen und dann war da dieser Tumult vor deiner Tür. Mario kam gerade aus dem Haus, als wir ankamen. Wir haben das Arschloch noch bis zur Universitätsstraße verfolgt. Er ist wie ein Irrer über alle vier Fahrspuren gerannt. Da haben wir ihn verloren. Mario ist fast von einem Auto gerammt worden."

„Mach dir bitte keine Vorwürfe. Ich bin froh, dass du jetzt hier bist."

„Ich bleibe. Hörst du, ich bleibe."

Ich streiche durch sein Haar. Es strengt mich an.

„Lass mich noch ein wenig schlafen. Ich bin todmüde."

„Natürlich. Ich fahre zu Carmen. Sie hat ein paar Sachen für dich zusammengepackt. Dann komme ich wieder. Du bist in Sicherheit, Pia."

Mit diesen Worten schlafe ich ein. *Ich bin in Sicherheit.*

Ein Klopfen reißt mich aus einem traumlosen Schlaf. Zwei Polizeibeamtinnen betreten mein Zimmer.

„Guten Tag, Frau Lückerath. Mein Name ist Betty Jäger. Das ist meine Kollegin Dorothea Kost." Sie zeigen mir ihre Dienstausweise.

„Es tut uns sehr leid, was Ihnen passiert ist. Sind Sie in der Lage, uns einige Fragen zu beantworten?“

Ich nicke. „Haben Sie ihn gefunden?“

Sie schieben einen weiteren Stuhl an mein Bett und setzen sich.

„Nein. Bisher noch nicht. Wir suchen im gesamten Stadtgebiet nach ihm. Er kann nicht weit sein.“

„Freunde von mir haben ihn bis zur Universitätsstraße verfolgt.“

„Ja, das wissen wir schon.“

Frau Kost zückt ihren Notizblock. „Können Sie uns bitte noch einmal schildern, was letzte Nacht passiert ist?“

Ich fange an dem Punkt an, an dem ich die Plastiktüte über meinen Fahrradsattel gezogen habe.

„Können Sie uns die Kleidung beschreiben, die er getragen hat?“

„Eine Jeans, einen grünen Parka und blaue Turnschuhe.“

Sie notiert alles, steckt den Notizblock zurück in die Innentasche ihrer Jacke und die beiden erheben sich. „Wir wollen Sie jetzt auch nicht länger stören. Sollte Ihnen noch etwas einfallen, rufen Sie uns bitte an.“ Sie legt mir zwei Visitenkarten auf meinen Nachttisch und zückt eine weitere aus ihrer Tasche.

„Hier sind die Kontaktdaten der Opferhilfe. Vielleicht werden Sie Hilfe benötigen, das Geschehene zu verarbeiten. Aus unserer Erfahrung wissen wir, wie wichtig es für die betroffenen Frauen ist, in dieser Situation Hilfe anzunehmen.“

Ich lege die Karte zu den anderen.

***

„Du siehst besser aus. Hast du geschlafen?“ Jonas reicht mir eine große gemischte Tüte aus Murats Kiosk. „Liebe Grüße von Murat, soll ich bestellen. Ganz viel Lakritz.“

Ich lege die Tüte auf meinen Nachttisch. „Komm her."

Er setzt sich auf meine Bettkante, küsst meine Stirn und nimmt meine Hand.

„Die Polizei war vorhin hier. Sie haben ihn noch nicht gefunden. Ich habe Angst, Jonas."

„Die kriegen den Scheißkerl schon."

Es klopft an meiner Zimmertür.

Jonas sieht mich fragend an. Ich blicke zur Tür und zucke mit den Schultern. „Herein!"

Es ist Christoph. Unsicher blickt er von Jonas zu mir. „Oh, entschuldige. Ich wusste nicht, dass du Besuch hast."

„Ist schon okay, komm rein. Das ist Jonas."

Die beiden Männer geben sich die Hand.

„Ich wollte nur mal sehen, wie es dir geht. Die Kinder wollen dich unbedingt besuchen. Ich habe ihnen gesagt, dass du dich erstmal ausruhen musst. Oder willst du sie sehen?" Besorgt mustert er mich.

„Ich komme schon Übermorgen nach Hause. Ich würde mich dann gerne in Ruhe mit ihnen unterhalten. Ich kann mir vorstellen, dass sie sich Sorgen machen."

Christoph nickt. „Dann melde dich einfach, wenn ich die Kinder bringen soll."

„Sag ihnen, dass ich sie liebe und dass es mir schon wieder gut geht. Und vielleicht kannst du sie auf meine Boxervisage ein wenig vorbereiten?"

Unsicher tritt er von einem Bein auf das andere. „Das alles hat mir einen Riesenschreck eingejagt."

„Mir auch."

Er lächelt, kommt zu meinem Bett und drückt meine Hand. Tränen glitzern in seinen Augen. „Ach, bevor ich das vergesse." Er kramt in seiner Jackentasche, zieht ein gefaltetes Blatt hervor und reicht es mir. „Das hat Kim für dich gemalt."

Ich falte das Blatt auseinander. Bunte Blumen, Sterne, Herzen und dazu ein prächtiger Schmetterling. In einer Sprechblase steht in krakeligen Großbuchstaben: ICH LIEBE DICH. Wahrscheinlich hat Helen ihr das vorgeschrieben. Ich drücke das Bild an meine Brust. „Ich rufe sie später mal an. Küsse sie von mir. Ganz doll!"

„Das mache ich." Er drückt noch einmal meine Hand, wendet sich ab und geht zur Tür. Bevor er den Raum verlässt, dreht er sich zu mir um: „Gute Besserung, Pia. Auf Wiedersehen, Jonas."

Jonas mustert mich schweigend.

„Das war mein Exmann", sage ich in die Stille.

„Dachte mich mir", antwortet Jonas. „War doch ganz okay, oder?"

„Klar. Normalerweise ist der nicht so nett. Komm nicht auf die Idee, sein bester Freund zu werden, hörst du?" Ich grinse. „Lass uns eine Runde ums Krankenhaus spazieren. Frische Luft täte mir mal ganz gut." Ich stehe auf. Mir wird schwindelig. Mein Kreislauf ist im Keller. Ich setzte mich auf die Bettkante. Jonas holt meine Jacke und hilft mir. Die Prellungen an den Rippen und der Erguss, den ich mir an der Schulter beim Aufprall auf den Boden zugezogen habe, schmerzen bei jeder Bewegung.

Wir setzen uns auf eine Bank hinter dem Krankenhaus. Die Sonne wirft Schatten unserer Umrisse auf den kiesbedeckten Weg vor unseren Füßen. Mit meiner Fußspitze fahre ich ihre Linien nach.

„Ich bin müde."

„Das glaube ich dir." Jonas nimmt meine Hand.

„Nein. Wirklich todmüde. Es ist so viel passiert."

„Nimm dir Zeit, deine *Gedanken zu sortieren*. Ich bleibe noch ein paar Tage in Köln."

„Ich brauche keine Zeit, um meine Gedanken zu sortieren. Du weißt nicht, was ich in den letzten zwei Jahren alles durchgemacht habe. Ich habe das Leben neu lernen müssen. Ich habe mir alles neu aufgebaut, habe Freunde gefunden, ich habe gelebt und gelacht und ich habe es geliebt. Ich wollte mich wieder verlieben. Und dann kamst du und dann ging alles so schnell und jetzt sitze ich hier und alles tut weh."

„Oh, okay." Jonas sieht verwirrt aus.

Ich beginne nochmal neu.

„Er hat mich schon eine ganze Weile gestalkt. Ich hatte Angst vor ihm. Ich habe immer noch Angst." Meine Stimme bricht. Tränen bahnen sich ihren Weg. Sie laufen und ich kann nichts dagegen tun.

„Wieso hast du mir nichts erzählt? Ich dachte, wir wären ... also ich dachte, ich wäre ... ach, ist auch egal, was ich denke." Jonas schnappt nach Luft, um auch nochmal neu anfangen zu können. „Ich habe so eine Wut. Und es tut mir alles so schrecklich leid für dich. Dass du sowas erleben musstest." Er steht auf und kickt wütend ein paar Kieselsteine ins Beet. „Ich will, dass du weißt, dass ich für dich da bin." Er setzt sich wieder und nimmt meine Hand.

„Das weiß ich. Ich weiß, ich schaffe das. Und ich bin froh, dass du da bist."

Tag null

Heute darf ich das Krankenhaus verlassen.

Meine Tasche ist gepackt. Ich sitze in meinem Zimmer und warte. Carmen wird mich abholen. Christoph bringt die Kinder am Nachmittag. Die Ferien sind vorbei. Dann kann es endlich wie gewohnt weitergehen - unser liebes Leben. Das hoffe ich zumindest. Jonas wird noch ein paar Tage in Köln bleiben. Er schläft vorerst bei Mario.

Ich habe mit der Opferhilfe telefoniert. Ihre Gesprächskreise sind im Moment alle voll besetzt, aber sie melden sich, wenn ein Platz frei wird. Sie haben mir den Kontakt zu einer Psychologin gegeben. Vielleicht werde ich sie anrufen. Warum nicht?

***

Einige Meter vor unserem Hauseingang bleibe ich stehen.

„Hier hat er mir aufgelauert." Ich zeige auf den Hauseingang, aus dem Patrick mich attackiert hat.

„Hat die Polizei schon eine Spur?", fragt Carmen.

„Bisher nicht. Sie wollten sich melden."

„Warte, Pia. Ich möchte dir schon die ganze Zeit etwas geben." Sie öffnet ihre Hand und reicht mir eine hölzerne Figur.

„Ganesha", flüstere ich, betrachte die feinen, geschnitzten Linien und streiche mit meinem Finger über den hölzernen Bauch.

„Klugheit, Weisheit und Kraft. Also vor allem Kraft", sagt Carmen.

„Überwinder aller Hindernisse. Ich danke dir, Carmen."

Schweigend schließe ich auf und wir gehen die Stufen zu meiner Wohnung hoch. Es muss weitergehen. Ich will es so.

Jonas kommt aus Marios Wohnung und nimmt mir meine Tasche ab. Ich hänge die Jacke an die Garderobe und drehe mich zu meinen Freunden um. „Gebt mir bitte einen Moment, ja? Vielleicht setzt ihr schon mal einen Kaffee auf?"

Ich gehe durch mein Wohnzimmer auf den Balkon. Ich habe Angst. Angst vor Patrick, und Angst davor, wie es weitergehen soll. Ich blicke zum Dom. Morgen muss ich unbedingt dorthin radeln. Vielleicht bringt mir die Ruhe im Dom ein wenig Klarheit. Dieser gewaltige Bau, der allen Stürmen und Weltkriegen sein unverwüstliches Dasein entgegengesetzt hat. Er ist stark, unerschütterlich und wunderschön. Seine Türme ragen weit über die Hausdächer der Stadt hinaus. Ich liebe diese Stadt. Das ist meine Heimat. Kein Patrick, niemand darf mir das jemals zerstören. Ich streiche noch einmal über Ganeshas glatten, runden Bauch und stelle die Figur auf den Balkontisch.

Ich atme tief ein und langsam aus, dann gehe ich zurück zu meinen Freunden, die geduldig in der Küche auf mich warten.

„Alles okay?", fragt Carmen.

„Ja klar. Musste nur ein bisschen Köln-Karma inhalieren."

Es klingelt an der Tür. Mario steht im Flur mit einem großen Lavendelbusch im Arm.

„Herzlich willkommen zu Hause, Pia. Ich wollte das schnell abgeben. Wir sehen uns die Tage sicher noch mal. Ich habe eine Verabredung und muss gleich los."

„Aha, Mittwochmittag und Zeit für eine Verabredung? Ist es so ernst?"

Er grinst. „Nein. Nur ein Termin mit der Vermieterin. Leider!"

„Ich glaub dir kein Wort." Wir lachen.

„Geht es dir gut?"

„Ja, geht schon."

„Haben sie das Schwein?"

„Nein. Noch nicht. Jetzt hau schon ab zu deinem Termin. Danke für die Blumen und bis bald, Lieblingsnachbar."

Er zieht einen Schlüssel aus der Hosentasche. „Gibst du den bitte Jonas? Ist mein Ersatzschlüssel, falls er gleich wieder rüber möchte."

„Mach ich." Er reicht mir den Schlüssel. Normalerweise hätten wir uns jetzt umarmt. Er zögert, dann nimmt er meine Hand und deutet einen Handkuss an. Ich schließe die Tür und schleppe den Blumentopf auf meinen Balkon.

„Ich lasse euch jetzt allein. Ich hab noch einen Hausbesuch heute Abend." Carmen umarmt Jonas und bleibt vor mir stehen. „Schön, dass du wieder da bist." Ihre Augen werden feucht. Sie geht.

Ich habe Jonas gerade Marios Schlüssel gegeben, als es erneut klingelt. Ich rechne mit Carmen, die irgendetwas vergessen hat, aber sie ist es nicht. Es sind die zwei Polizistinnen, die mich bereits im Krankenhaus besucht haben.

„Guten Tag Frau Lückerath. Wir haben versucht, Sie im Krankenhaus zu erreichen, aber Sie waren schon aufgebrochen. Wir haben Neuigkeiten für Sie. Dürfen wir reinkommen?"

„Ja, sicher." Ich begleite die beiden in mein Wohnzimmer, wo sie auf meinem Sofa Platz nehmen. Ich bleibe vor ihnen stehen. Zum Sitzen bin ich auf einmal viel zu unruhig. „Möchten Sie einen Kaffee?", frage ich.

„Nein, vielen Dank. Wir wollen Sie gar nicht lange aufhalten."

Ein ungutes Gefühl beschleicht mich. Im Tatort werden so immer die schlechten Nachrichten übermittelt. Vielleicht bin ich in Gefahr. Ein Gefühl zwischen Angst und Neugierde macht sich breit. Jonas kommt ins Wohnzimmer und reicht mir meinen Kaffee. Seine Anwesenheit beruhigt mich ein wenig.

„Patrick Scheidbach wurde gefunden. Er ist tot. Seine Leiche wurde in Porz im Rhein von einer Spaziergängerin entdeckt. Er ist ertrunken, wohl bereits in der Tatnacht." Frau Jäger mach eine Pause. Dann sagt sie: „Wir haben ein Messer bei seiner Leiche gefunden. Wir müssen davon ausgehen, dass er sie umbringen wollte. Sie haben Glück gehabt, Frau Lückerath."

Meine Knie werden weich. Ich stelle meinen Kaffee neben den Fernseher und setze mich.

Er ist tot. Und er wollte mich töten. Die Endgültigkeit dieser Information lässt mich keine Worte finden.

Ich bin erleichtert. Aber ein wirkliches Glücksgefühl will sich nicht einstellen. Jonas legt mir die Hand auf die Schulter. Ich stehe wieder auf. Mein Blick streift ein Foto meiner Kinder.

„Ja, da habe ich wohl Glück gehabt. Ich muss das in Ruhe sacken lassen."

Die Polizistinnen erheben sich. „Wir werden die Ermittlungen einstellen und die Anzeige wird fallen gelassen."

Ich verabschiede die beiden, schließe die Tür, und stehe taub im Flur.

„Du brauchst keine Angst mehr zu haben. Er ist tot."

Ich nicke. Ich will nicht reden. Ich will nur noch denken. Nachdenken. Ich habe noch ein wenig Zeit, bis die Kinder kommen.

„Jonas?"

„Ja?" Er lächelt.

„Ich würde gerne ein paar Minuten allein sein, bevor die Kinder wiederkommen."

„Ich bin bei Mario, wenn irgendetwas ist."

Ich weiß, dass er mich umarmen möchte. Ich spüre das, aber ich will es gerade nicht.

„Ich bin für dich da."

„Ich weiß. Danke."

Ich schließe die Tür und gehe an meinen Küchentisch.

Tot. Er war ein Arschloch. Aber irgendwie fühle ich mich schuldig. Nicht schuldig, ihn auf dem Gewissen zu haben. Einfach nur schuldig.

***

„Papa hat uns von Jonas erzählt", sagt Helen.

„Und was erzählt er so?", frage ich und schenke mir einen frischen Kaffee ein.

„Er meint, er sei sehr nett und dass er wohl dein neuer Freund sei. Aber das habe ich ja eh schon geahnt." Helen kichert.

„Aha ... interessant." Ich hätte nicht von Christoph erwartet, dass er positiv von ihm spricht. „Ja, das stimmt. Er ist jetzt mein Freund."

„Ist das der Jonas aus den Bergen mit dem Pulli? Ist er noch hier?", fragt Kim und schnappt sich einen Apfel.

„Genau und ja, er ist noch hier. Er wohnt im Moment bei Mario."

„Der kann auch bei mir auf der Besuchermatratze schlafen", antwortet Kim schmatzend und wischt sich Apfeltropfen mit dem Ärmel vom Kinn.

Ich reiche ihr ein Stück Haushaltsrolle, wuschle ihr durch die Haare und wechsle das Thema. „Und jetzt müsst ihr mir unbedingt alles von der Schule und vom Kindergarten erzählen. Gibt es neue Lehrer, neue Kinder, neue Fächer, neue Klassenräume und vor allem: Müssen wir noch viel besorgen?"

Oh Gott, die Schule. Die hatte ich total vergessen. Sollte ich sie informieren, hätte ich sie früher informieren müssen? Wissen sie es vielleicht schon? Ich werde morgen mal die Direktorin anrufen.

„Haben wir schon alles mit Papa erledigt“, antwortet Helen. „Geht es dir denn wirklich wieder gut?“ Sie sieht besorgt aus.

„Ja. Macht euch keine Sorgen.“ Sie sollen sich *niemals* Sorgen um mich machen müssen. Ich könnte direkt wieder heulen.

„Ist der böse Mann jetzt im Gefängnis?“, fragt Kim.

„Nein. Er ist tot.“

„Hat die Polizei ihn erschossen?“, fragt Helen.

„Nein. Er hatte einen Unfall.“

„Gut so. So ein Arschloch.“ Helen lehnt sich zurück und verschränkt die Arme vor der Brust. Ihre Unterlippe bebt. Ich möchte jetzt endgültig das Thema wechseln. „Und jetzt packt eure Taschen aus. Sammelt eure dreckige Wäsche zusammen und macht eine Buntwäsche an.“

„Boah Mama, kann das nicht noch warten? Ich wollte in Ruhe duschen gehen.“ Gut so, Helen ist wieder meine kleine, süße *Boah Mama-Tochter*. Der Alltag kommt zurück.

„Keine Widerrede. Morgen ist wieder Schule und ich will die Hausarbeit erledigt haben. Geht bitte zusammen runter und bringt die Post und die Wäsche aus dem Trockner mit hoch.“

Stöhnend ziehen die beiden ab. Wenig später höre ich, wie die Wohnungstür zugezogen wird.

Nach einer halben Ewigkeit sind sie immer noch nicht aus dem Keller zurückgekehrt. Ich öffne die Wohnungstür und lausche in den Flur. Stille. Vor Marios Tür entdecke ich meinen Wäschekorb mit der sauberen Wäsche und der Post oben drauf. Kinderlachen tönt durch die geschlossene Wohnungstür.

Lächelnd schließe ich meine Tür und packe meine Krankenhaustasche aus.

Weitblick

Es ist Donnerstag. Ich habe ausgezeichnet geschlafen. Ab jetzt geht es bergauf. Das beschließe ich, während ich mir meine Klamotten aus dem Schrank nehme und mich anziehe. Ich stehe vor dem Spiegel. „Alles ist gut, Pia", sage ich zu mir selbst.

Helen ist in der Schule und hat Kim vorher sogar zum Kindergarten gebracht. Ausnahmsweise lief das ohne großes Chaos ab. Scheinbar nehmen die Mädels Rücksicht auf ihre angeschlagene Mutter. Heute Morgen klingelte Kim Jonas um halb sieben aus dem Bett. Seit er ihr gestern zeigte, wie man Einhörner malt, sind sie auf einer Wellenlänge. Sie wollte ihm unbedingt noch ihr neustes Einhorn-Bild zeigen. Kreativlinge unter sich.

Seitdem sitzt Jonas noch etwas verschlafen in meiner Küche. Wir trinken Kaffee.

Carmen ruft an.

„Hey Pia. Fahre gerade am Supermarkt vorbei. Wollen wir vielleicht heute Abend grillen? Mario hätte auch Zeit. Ich könnte auch bei Tina und Melanie anrufen."

„Können wir machen. Kann ich auch noch etwas besorgen?"

„Quatsch. Wie gesagt, fahre gerade zum Supermarkt. Du sollst dich doch noch ausruhen!"

„Alles klar, Chefin. Bis später."

„Wir grillen nachher", sage ich zu Jonas.

„Super."

„Ich möchte vorher eine kleine Radtour Richtung Dom machen. Am Morgen ist es dort noch nicht so überlaufen."

„Du möchtest alleine sein, oder?“

Ich nicke.

„Hast du noch ne Sekunde? Ich wollte mit dir sprechen.“

„Das klingt aber ernst. Was gibt’s denn?“

„Ich habe mich mal erkundigt, ob die Wohnung von Frau Schmitz wieder vermietet wird. Sie wollen sie kernsanieren und dann eventuell verkaufen. Ich denke darüber nach, nach Köln zu ziehen. Was hältst du davon?“

„Hm, wow. Okay.“ Ich spüre keinen Freudentaumel, kein gar nichts. Ich weiß, dass ich ihn liebe, aber das überrollt mich gerade ein wenig, so zwischen Tür und Angel.

„Nur okay?“ Seine Enttäuschung ist unüberhörbar.

„Nein, toll. Ich denk drüber nach. Wir reden später, ja?“, sage ich.

Ich brauche meine Ruhe.

Mit ordentlich Fahrtwind im Gesicht radle ich am Rheinufer entlang. In der Altstadt sind die Straßenkehrer damit beschäftigt, die Überbleibsel der Nacht zusammenzufegen. Der Fahrer der kleinen Kehrmaschine grüßt mich freundlich.

Ich parke mein Fahrrad, schlendere über die Domplatte und blicke hinauf zu seinen Spitzen. Ich glaube es gibt kaum jemanden, der einfach an ihm vorbeiläuft, ohne zumindest einmal hoch geschaut zu haben. Für mich ist es jedes Mal wie ein stilles Grüßen voller Bewunderung.

Im Dom gehe ich zu der Nische mit den brennenden Kerzen. Ich werfe einen Euro in den Opferstock und wähle mir eins der Teelichter aus, das ich an einem anderen Licht entfache. Ich stehe vor den Kerzen und danke meinen Schutzengeln, dass ich lebe und dass es Menschen gibt, die ich liebe und die mich lieben.

Dann zünde ich eine weitere Kerze an.

Für Patrick.

Er ist tot.

Neben meinen brennenden Kerzen ertrinkt eine Flamme im heißen Wachs. Ein feiner Rauchfaden verschwindet in den Bögen der Kathedrale. Ich ersetze sie durch eine neue und entfache damit meine Gedanken, denn darum bin ich hier.

Jonas will herziehen. Zu mir. Zu uns. Warum bin ich nicht vor Freude explodiert? Ich habe das Gefühl, mein Leben und jede Emotion ist auf Pause gestellt.

Aber ich lebe noch. Ich lebe wieder. Ich habe überlebt.

Also weiter: Meine Zeit bei der Meyer GmbH & Co. KG ist vorbei. Ich brauche einen neuen Job. Ich will aber nicht mehr *irgendwo* arbeiten, nur um Geld zu verdienen. Ich möchte etwas tun, wofür ich brenne. Ich möchte mit meinen Kindern und Jonas in die Berge reisen. Ich will Septemberschnee mit meinen Liebsten.

Die Tür schwingt auf, mehrere Touristengrüppchen betreten das Domportal. Es wird mir zu unruhig. Ich brauche Weitblick und klare Sicht.

Ich überlege, wann ich zuletzt ganz oben auf dem Dom war. Es ist ewig her. Helen und Kim waren klein, Christoph und ich glücklich.

Weitblick und klare Sicht. Vielleicht kann mir die Nähe zum Himmel helfen, Wege, Lösungen oder wenigstens Aussichten zu finden?

Ich gehe über das Domportal zum Ticketschalter für die Dombesteigung. Ich kaufe ein Ticket.

Ich weiß, es sind 533 Stufen bis zur Aussichtsplattform.

Auf der Hälfte schlägt die große Glocke. Der *dicke Pitter,* wie er in Köln genannt wird. Jeder Schlag vibriert in mir und bittet mich, weiter aufwärts zu steigen. Ich setze einen Fuß vor den anderen.

Ich freue mich auf die frische Luft, den Himmel und den vertrauten Anblick der Stadt. Die letzten Gitterstufen bis zur Plattform nehme ich in ausladenden Schritten. Meine Beine brennen, meine Lunge pocht, mein Herz hämmert das Blut in meinen Kopf. Ansonsten höre ich hier oben nichts. Herrlich.

Mein Blick schweift über die Stadt. Meine Stadt. Der Rhein glänzt in der Sonne. Die Luft ist klar. Ich blicke vom Bergischen Land rüber zum Siebengebirge. Zu meinen Füßen die Dächer von Köln. Einige Tauben landen gurrend neben mir auf der Brüstung.

Ich lehne mich gegen die Brüstung und streiche mit meinen Händen über den kühlen Stein. „Ich bin Pia Lückerath, ein Kind deiner Stadt. Du wachst über mich, du beschützt mich. Du bist meine Heimat. Danke“, flüstere ich.

Jetzt rede ich schon mit Kirchen. Ich lache. Aber irgendwann musste ich es meinem Dom doch mal sagen.

Ein paar Touristen huschen an mir vorbei und verschwinden im Treppenabgang. Ich bin wieder allein.

Mein Handy brummt. Ich fingere es aus meiner Hosentasche und lese: ‚Alles in Ordnung, Liebste? Du bist schon so lange unterwegs.‘

Ich tippe: ‚Dom, oben! Kommst du?‘ und schaue zurück in die Weite meiner Welt.

Während ich meinen Gedanken weiter nachhänge, Pläne schmiede als lägen sie unter Thorsteins Hammer, kommt ein Sicherheitsbeamter vorbei. „Wir schließen in zehn Minuten wegen Reinigungsarbeiten. Haben Sie das Schild unten nicht gelesen?“

Das muss ich übersehen haben. Ich nicke ihm zu.

Im gleichen Moment ruft jemand meinen Namen.

Es ist Jonas. Das Scheppern, das seine Schritte auf den letzten Gitterstufen auslöst, schallt mir von den Wänden entgegen. Er rennt zu mir und zieht mich in seine Arme. Er schnauft und pustet.

„Zehn Minuten!“, wiederholt der Wachmann.

„Was machst du hier oben?“, fragt Jonas, als er wieder atmen kann.

Er lässt mich nicht los.

„Ich brauchte Weitblick. Und du?"

„Ich wollte nach dir sehen."

Seine Fürsorge fühlt sich gut an. Ich sage: „Ich habe mir Gedanken gemacht. Ich habe Entscheidungen getroffen. Ich liebe dich, Jonas. Sehr." Ich lehne meinen Kopf an seine Schulter und vergrabe meine Nase an seinem Hals.

Er flüstert: „Ich liebe dich", und küsst mich. Wir stehen einen Augenblick einfach so da, dann blicken wir auf die Stadt hinab und weit in unsere neue gemeinsame Welt.

„Erzähl mir von deinen Plänen und deinen Entscheidungen."

„Ja, unbedingt. Und ich wünsche mir so sehr, dass vieles davon zu unseren Plänen und Entscheidungen werden kann. Würdest du jetzt mit mir bei Murat vorbeifahren?"

„Klar. Alles. Immer. Am besten sofort." Er nimmt meine Hände in seine.

„Warte ... ich will dir eins aber schon sagen, hier ist der perfekte Ort."

„Na?"

„Ich freu mich wahnsinnig, dass du herziehen willst."

Wir knutschen, bis uns der Sicherheitsbeamte endgültig verscheucht.

„Wir kommen wieder!", ruft Jonas während wir Hand in Hand die Treppen runter rennen.

***

Murat sieht mich, kommt mir entgegen und nimmt mich, ohne ein Wort zu sagen, in den Arm.

„Du erdrückst mich", japse ich.

„Ich habe mir Sorgen um dich gemacht." Er lässt mich nicht los. Meine Luftnot ist ihm gerade egal.

„Wie konnte das nur passieren? Ich hätte ihn bis zum Mond und zurück geprügelt."

„Lass gut sein, Murat und vor allem lass mich endlich los. Wir haben Wichtiges zu besprechen."

Er löst seinen Druck ein klein wenig.

„Als Jonas mir erzählte, was passiert ist, habe ich das zweite Kölsch meines Lebens getrunken. Und du weißt, ich trinke sonst nur Tee."

„Ich weiß Murat. Können wir jetzt reden?", sage ich mit einem Augenzwinkern.

„Gut, ich hol uns einen Tee!"

Endlich lässt mich Murat los. Verschwindet in der kleinen Küche und kommt mit drei dampfenden Tassen zurück.

„Na dann los. Was haben wir zu bereden, Pia?"

„Ich habe mir Gedanken gemacht", sage ich und blicke zwischen Murat und Jonas hin und her. Ich weiß, dass das jetzt ein weiterer wichtiger Moment in meinem Leben wird. Noch ein Neuanfang, der alles auf den Kopf stellen wird. Das, was folgen wird, wird mich herausfordern und wieder an meine Grenzen bringen.

„Jetzt spann uns doch nicht so auf die Folter", sagt Jonas und unterbricht meinen gedanklichen Trommelwirbel.

„Genau!", sagt Murat und nickt Jonas zu.

„Also gut. Murat, was wäre, wenn ich deinen Kiosk übernehme?"

Ein Jahr

Auch nach einem Jahr vergesse ich nicht Murats Reaktion auf meine Frage. Dieser Aufsprung, der Jubel, die Begeisterung, die anschließende Umarmung und die Freudentränen, bei ihm, bei mir und sogar Jonas.

Ich wusste sofort, jetzt beginnt meine Zeit. Die Zeit, die ich mir so hart erkämpft habe. Die ich mir gewünscht habe. Die ich so sehr verdient habe.

Und jedes Mal, wenn ich seitdem die Rollläden von *Pias Büdchen* hochziehe, meine pink-weiß gestreifte Markise heraus kurble und die Kaffeemaschine in der kleinen Küche anknipse, denke ich daran zurück.

Die Neonröhre meines Open-Schildes flackert. Ich gebe ihr den allmorgendlichen Klaps und sie tritt leise surrend ihren Dienst an.

Danach rolle ich den Ständer mit Melanies *Karma-schlägt-zurück-Karten* neben den Eingang und ordne die Magazine.

„Entschuldigung, haben Sie schon geöffnet?", höre ich eine Stimme hinter mir.

„Ja, sicher. Immer herein."

Die Frau sieht sich in meinem Kiosk um. Ich habe sie hier noch nie gesehen.

„Haben Sie Zahnpasta?"

„Hinten rechts in unserer Notfall-Drogerie."

Sie kramt Duschgel, Deo und die Zahnpasta zusammen und kommt zu mir zum Tresen. Sie sieht erschöpft aus. An ihren Jeans hängen Reste von Abklebeband. Ihr Shirt und die Haare sind mit Farbkleksen übersäht.

„Renovierung?“, frage ich.

„Einzug“, antwortet sie und reibt sich Farbreste vom Handrücken. „Hab die ganze Nacht gestrichen und Möbel aufgebaut. Morgen wollen die Kinder und ich die erste Nacht hier schlafen.“ Sie lächelt gequält.

„Na dann. Herzlich willkommen im Veedel. Noch einen Kaffee zum Mitnehmen?“, frage ich, während ich ihre Einkäufe in eine kleine Tüte packe.

„Danke. Ja. Kaffee, liebend gern. Mit viel Milch bitte.“

„Kleinen Moment bitte, die Maschine ist gleich startklar.“

Währenddessen stöbert die Fremde in Melanies Karma-Karten.

Lächelnd zieht sie eine meiner Favoriten heraus.

Darauf steht in großen Buchstaben:

Buchstabiert wird es K-A-R-M-A.

Ausgesprochen wird es: Du Affe bekommst auch noch, was du verdienst.

Im Hintergrund prangert ein herrlich pinker Stinkefinger. Sie reicht mir die Karte über den Tresen, ich stecke sie zu ihren übrigen Einkäufen in die Tüte.

„Meine Lieblingskarte, übrigens.“

„Ehrlich?“, fragt die Fremde. Für einen Wimpernschlag blitzen ihre Augen verschwörerisch auf. Hinter mir fließt brodelnd und zischend ihr Kaffee in den Becher. Ich reiche ihn ihr und sage: „8,75 Euro. Der Kaffee geht aufs Haus. Ich bin Pia. Es wird dir in unserem Veedel gefallen.“

„Das ist wirklich nett. Ich bin Sophie. Auf gute Nachbarschaft“, sagt sie und prostet mir mit dem Kaffee zu.

„Auf gute Nachbarschaft!“, antworte ich. „Und ... das wird schon alles. Du wirst sehen.“

Danksagung

Ich danke allen, die mich unterstützt haben, dieses Buch zu vollenden.

Meinen Kindern, die meine größte Inspiration sind und die mir ihre kostbare Zeit geschenkt haben, damit ich in Ruhe schreiben konnte.

Meinem Freund Mick. Danke, dass du an mich glaubst. Du weißt nicht, wieviel mir das bedeutet. Du bleibst mein Weichzeichner – immer.

Meiner besten Freundin Tanja, die immer für mich da ist, meine Zweifel wegwischt und meinen Rücken stärkt. Du hast übrigens recht. Besser ist, wenn man nach dem Sex erst zwei bis drei Zeilen in sich hineinfühlt, bevor man weiterschreibt (#Rationalität #WillkommenimMittelalter).

Ich liebe euch.

Ihrem Sohn Noah für seinen kreativen Input zum Cover. Glaub an dich.

Meinen Scyllas: Jeannette, Mea, Tanja und Fabienne. Danke für euren kreativen Wahnsinn, die Professionalität und den sensiblen Umgang mit meinem Herzensbuch.

Danke an alle, die mal reingelesen haben. Für die steirischen Übersetzungen danke ich der lieben Sandra Trinker aus Schladming in der Steiermark. Grüß die Berge und das Grubdorf von mir.

Liebe LeserInnen, ohne euch würde Pias Welt unentdeckt bleiben. Danke.

Zu guter Letzt: Danke, liebes Leben.

Du hast mich hin- und hergerissen, geschüttelt und gerührt und dieses Buch möglich gemacht. Du bist großartig – ich liebe dich!

Übersetzungen aus dem Steirischen

1. „Grüß dich, Pia. Du kommst heute Abend, richtig?"

2. „Also von der Bundesstraße biegst du kurz hinter Mandling Richtung Reiteralm ab. Du folgst immer den Hinweisschildern Reiteralm und nach circa vier Kilometern geht's dann hinter einem Heuschober rechts über ein Viehgitter weiter. Da gibt es dann keine Schilder mehr. Du folgst dem Weg einmal um den Berg herum und biegst dann hinter dem Bachlauf, der die Straße kreuzt, rechts ab. Hinter der Lichtung mit den Blaubeerbüschen und den Latschenkiefern musst du links abbiegen. Dann siehst du unseren Hof oben am Rand der Wiesen. Aber ruf mich doch kurz an, wenn du die Bundesstraße verlässt. Ich bin heute Abend auf den unteren Wiesen, die Gatter reparieren. Dann kann ich dir entgegenkommen. Hast du was zum Schreiben zur Hand?"

3. „Komm rein. Ich bin in der Küche"

4. „Grüß dich, Pia. Ich bin die Irmhild."

5. „Wir müssen die Kühe heute von der Alm runterholen. Das Wetter sagt Schnee bis auf 1200 Meter voraus."

6. „Du nimmst Pia mit. Fahrt bis zum Geißkopf rauf. Den Rest müsst ihr zu Fuß gehen. Wenn ihr Glück habt, sind die Viecher nicht weit weg."

7. „Ja Gott sei Dank, da sind wir aber froh, dass ihr wieder heil vom Berg zurück seid."

8. „Warum hast du nicht erzählt, dass du Geburtstag hattest, Pia?"

9. „Der junge Mann da hat uns dein Geheimnis verraten."

10. „Umstände? Ach, red doch keinen Unsinn. Setzt euch."

11. „Heute gibt es Krapfen. Nachträglich zu deinem Geburtstag."

12. „Krapfen wurden früher nur am Sonntag und zu besonders festlichen Anlässen gebacken."

13. „Ihr zwei habt den Abend frei. Macht was Schönes."

14. „Ich habe euch eine ordentliche Brotzeit zusammengepackt."

15. „Habt eine gute Fahrt, ihr Beiden und kommt uns bald wieder besuchen!"

Nicola Henselmann
veröffentlichte einige ihrer Geschichten
im Gemeinschafts-Kurzgeschichten-Band
„Kurz mal raus – Auszeitgeschichten“

Kurz mal raus – Auszeitgeschichten
Autorinnen: Jeannette Graf,
Nicola Henselmann, Mea Kalcher
Illustrationen: Tanja Horvath
Hardcover ISBN: 978-3-945287-20-0

Außerdem im Scylla Verlag erschienen:

Sechsuhrsieben - Roman

Autorin: Mea Kalcher

Taschenbuch ISBN 978-3-945287-17-0